O CHALÉ NO FIM DO MUNDO

Do autor:

Na escuridão da mente

PAUL TREMBLAY

O CHALÉ NO FIM DO MUNDO

Tradução
Ana Carolina Mesquita

1ª edição

Rio de Janeiro | 2019

Copyright © 2018 by Paul Tremblay

Título original: *The cabin at the end of the world*

Capa: adaptação do original de Julia Lloyd
Imagens de capa: © Shutterstock

Texto revisado segundo o novo
Acordo Ortográfico da Língua Portuguesa

2019
Impresso no Brasil
Printed in Brazil

CIP-BRASIL. CATALOGAÇÃO NA PUBLICAÇÃO
SINDICATO NACIONAL DOS EDITORES DE LIVROS, RJ

T725c

Tremblay, Paul, 1971-
O chalé no fim do mundo / Paul Tremblay; tradução Ana Carolina Mesquita. – 1ª ed. – Rio de Janeiro: Bertrand Brasil, 2019.

Tradução de: The cabin at the end of the world
ISBN 978-85-286-2417-5

1. Ficção americana. I. Mesquita, Ana Carolina. II. Título.

19-57210

CDD: 813
CDU: 82-3(73)

Vanessa Mafra Xavier Salgado – Bibliotecária – CRB-7/6644

Todos os direitos reservados. Não é permitida a reprodução total ou parcial desta obra, por quaisquer meios, sem a prévia autorização por escrito da Editora.

Direitos exclusivos de publicação em língua portuguesa somente para o Brasil adquiridos pela:
EDITORA BERTRAND BRASIL LTDA.
Rua Argentina, 171 – 3º andar – São Cristóvão
20921-380 – Rio de Janeiro – RJ
Tel.: (21) 2585-2000 – Fax: (21) 2585-2084

Atendimento e venda direta ao leitor:
sac@record.com.br

Para Lisa, Cole e Emma, e para nós

Then back in the ground/ We look at our hands/ And wonder aloud/ Could anyone choose to die/ In the end everybody wins/ In the end everybody wins*

> Future of the Left, "The House That Hope Built"

Meanwhile, planes drop from the sky/ People disappear and bullets fly... Wouldn't be surprised if they have their way/ (Tastes just like chicken they say)**

> Clutch, "Animal Farm"

... because when the blanket of death came for us we kicked it off and were left naked and shivering in the world.***

> Nadia Bulkin, "Seven Minutes in Heaven", *She Said Destroy*

Tradução livre dos trechos de música e do conto:

* Então, de volta ao chão/ Olhamos nossas mãos/ E em voz alta nos perguntamos/ Poderia alguém escolher morrer?/ No fim todos ganham/ No fim todos ganham.

** Enquanto isso, aviões mergulham do céu/ Gente some e balas voam... Não seria surpresa se eles conseguissem o que querem/ (O gosto é igualzinho ao de frango, dizem)

*** ... porque, quando o manto da morte veio até nós, nós o chutamos para longe e nos vimos pelados e tremendo no mundo.

Entre e Veja

Capítulo 1

Wen

A garota de cabelos escuros desce os degraus de madeira da entrada e se agacha na lagoa amarelada de grama, que chega à altura dos tornozelos. Uma brisa cálida ondula o gramado, as folhas e as pétalas dos trevos, semelhantes a caranguejos. Ela observa o jardim da frente, atenta ao movimento mecânico e espasmódico dos gafanhotos em seus saltos frenéticos. O frasco de vidro aninhado junto a seu peito cheira ligeiramente à geleia de uva e seu interior é grudento. Ela abre a tampa cheia de furos.

Wen prometeu a Papai Andrew que soltaria os gafanhotos antes que eles cozinhassem no terrário improvisado. Os gafanhotos vão ficar bem porque ela vai se certificar de deixar o vidro bem longe da luz solar direta. Só tem medo de que eles se machuquem saltando contra as beiradas cortantes dos furos da tampa. Por isso vai apanhar gafanhotos menores, que não saltam tão alto nem com tanta força quanto os grandes, e, graças a seu tamanho mais compacto, haverá mais espaço ali dentro para eles esticarem as pernas. Ela conversará com os gafanhotos em voz baixa e tom tranquilizador e, com sorte, será menos provável que eles entrem em pânico e terminem esmagados contra as perigosas estalactites de metal. Satisfeita com a reconfiguração de seu plano, ela arranca um punhado de grama com raízes e tudo, deixando um buraco bem no meio do mar amarelo e verde do jardim da frente da casa. Cuidadosamente, pousa o vidro no chão, ajeita a grama ali dentro e, em seguida, limpa as mãos na camiseta cinza da Mulher Maravilha.

O oitavo aniversário de Wen será dali a seis dias. Seus pais duvidam, não tão secretamente assim (ela ouviu os dois conversando a respeito), que aquele seja de fato o dia em que ela nasceu — ou apenas um dia escolhido ao acaso pelo orfanato na Província de Hubei, na China. Ela está no quinquagésimo sexto percentil de altura para sua idade e no quadragésimo segundo de peso, ou pelo menos estava seis meses atrás, na consulta pediátrica. Ela fez com que o Dr. Meyer explicasse o contexto daqueles números detalhadamente. Da mesma forma que ficou satisfeita por estar acima da quinquagésima linha para sua altura, sentiu raiva por estar abaixo quanto a seu peso. Wen é tão direta e determinada quanto atlética e esguia, e, frequentemente, ganha dos pais nas discussões e nas lutas de brincadeira na cama do casal. Seus olhos têm um tom de castanho profundo e escuro, com sobrancelhas finas como lagartas que se agitam por vontade própria. Ao longo do contorno direito do sulco do lábio superior, há uma tênue cicatriz que só pode ser vista sob certa luz e se a pessoa souber o que está procurando (ou pelo menos assim lhe disseram). A marquinha branca é a única evidência remanescente de um lábio leporino reparado depois de diversas cirurgias realizadas entre os dois e os quatro anos de idade. Ela se recorda da primeira e da última ida ao hospital, mas não das outras nesse ínterim. Ter esquecido as idas ao hospital e os procedimentos médicos que houve entre elas de certa maneira a incomoda. Wen é simpática, sociável e tão engraçada quanto qualquer outra criança de sua idade, mas não é nada generosa com seu sorriso reconstruído. Seus sorrisos têm de ser conquistados.

É um dia de verão sem nuvens no norte de New Hampshire, a poucos quilômetros da fronteira com o Canadá. A luz do sol cintila sobre a copa das árvores que, magnanimamente, protegem o pequeno chalé, o pontinho vermelho solitário na margem sul do lago Gaudet. Wen pousa o frasco de vidro em uma área sombreada ao lado das escadas da entrada da casa. Caminha pela grama, com os braços estendidos, como se estivesse atravessando um trecho de água. Movimenta o pé direito para frente e para trás pelo tapete de folhas sobre a grama, como Papai Andrew lhe ensinou a fazer. Ele cresceu em uma fazenda em Vermont, por isso é o especialista em caçar gafanhotos. Ele disse que o pé dela precisava imitar uma foice, mas sem cortar a grama de verdade. Ela não entendeu o que ele quis dizer com isso, e ele então começou a explicar o que era aquele instrumento e como era utilizado. Sacou seu smartphone para procurar imagens de foices, antes que os dois lembrassem que no chalé não tinha sinal de celular. Portanto, Papai Andrew desenhou uma foice em um guardanapo — uma faca em forma de lua crescente presa na ponta de uma vara longa, que bem podia ser usada por um guerreiro ou um orque de *O Senhor dos Anéis*. Parecia bastante perigosa. Wen não entendeu por que as pessoas precisariam de algo tão grande e extremo para cortar grama, mas mesmo assim adorou a ideia de fingir que sua perna era o bastão e o pé, a longa lâmina curva.

Com um bater de asas alto e lancinante, um gafanhoto castanho, grande o bastante para cobrir toda a mão de Wen, sai voando ao lado de seu pé e quica em seu peito. Wen cambaleia para trás por causa do impacto e quase cai no chão.

Ela ri e diz:

— Tá, você é grande demais.

Continua então a fazer movimentos exploratórios com o seu pé-foice. Um gafanhoto bem menor dá um pulo tão alto que, em algum ponto de seu arco elíptico em direção ao céu, ela o perde de vista, mas em seguida o localiza quando ele aterrissa a alguns centímetros à sua esquerda. Ele é do mesmo tom verde fluorescente de uma bola de tênis e tem o tamanho perfeito, não sendo muito maior do que os aglomerados de sementes que ficam presos na ponta das folhas de grama mais altas. Ah, se ela conseguisse apanhá-lo! Seus movimentos são rápidos e difíceis de antecipar, e ele salta para longe um instante antes de a armadilha trêmula que ela faz com as mãos tentar agarrá-lo. Ela ri e o segue em um louco ziguezague pelo jardim. Diz ao gafanhoto que não quer lhe fazer mal, que ela vai soltá-lo depois, que só deseja aprender mais a seu respeito para poder ajudar todos os outros gafanhotos a serem saudáveis e felizes.

Wen acaba apanhando o miniacrobata nos limites do gramado e da trilha de cascalhos para carros. Ali, entre suas mãos em concha, está o primeiro gafanhoto que ela já apanhou na vida. Grita baixinho, "Uhul!". O gafanhoto é tão leve que ela só o sente quando ele tenta saltar por entre seus dedos cerrados. A vontade de abrir as mãos um tantinho para dar uma espiada é quase compulsiva, mas ela sabiamente resiste. Sai correndo pelo jardim e o deposita dentro do frasco de vidro, e então fecha a tampa rapidamente. O gafanhoto salta ali dentro como um elétron, debatendo-se contra o vidro e o metal, para, depois, abruptamente, se acomodar sobre a grama e descansar. Wen diz:

— Certo. Você é o número um. — Retira do bolso de trás um caderno do tamanho da palma de sua mão, cuja primeira página já está dividida em fileiras e colunas tortas com cabeçalhos, e anota ali número um, uma estimativa de seu tamanho (escreve, imprecisamente, "5 centímetros"), cor ("verde"), menino ou menina ("menina Caroline"), nível de energia ("*auto*"). Devolve o frasco de vidro a seu local protegido de luz direta e volta a caminhar pelo jardim. Rapidamente apanha mais quatro gafanhotos de tamanho similar: dois de cor castanha, um verde e outro de alguma cor localizada no espectro entre uma e outra. Ela lhes dá os nomes de seus colegas de escola: Liv, Orvin, Sara e Gita.

Enquanto procura um sexto gafanhoto, ouve alguém caminhando ou correndo pela compridíssima estrada de terra, que serpenteia próximo ao chalé e acompanha a margem do lago antes de mergulhar, ondulante, floresta adentro e ao redor. Quando eles chegaram ali, dois dias atrás, levaram vinte e um minutos e quarenta e nove segundos para percorrer toda aquela estrada. Wen cronometrou o tempo. Claro que Papai Eric estava dirigindo devagar demais, como sempre.

O som de pés esmagando a terra e os pedregulhos ficou mais alto, mais próximo. Algo grande estava vindo pela estrada de terra. Grande de verdade. Talvez fosse um urso. Papai Eric a fez prometer que gritaria por eles e correria para dentro de casa se avistasse qualquer animal maior que um esquilo. Será que ela deveria sentir empolgação ou medo? Não consegue enxergar nada por entre as árvores. Wen fica parada no meio do gramado, preparada para correr em caso de necessidade. Seria ela veloz o suficiente para conseguir entrar no chalé se aparecesse um animal perigoso? Ela torceu para que fosse um urso. Queria ver um. Poderia se fingir de morta se necessário. O talvez-urso está no início do caminho de acesso a veículos, protegido pelas árvores. A curiosidade de Wen se transforma em aborrecimento por ter de lidar com o que ou quem quer que estivesse ali em vez de se dedicar ao seu importante projeto.

Um homem dobra a esquina e começa a caminhar rapidamente pelo caminho de acesso a veículos, como se estivesse voltando para casa. Wen não tem como avaliar a sua altura, pois todos os adultos existem no espaço repleto de nuvens acima dela, mas com certeza ele é bem mais alto que seus pais. Talvez seja mais alto do que qualquer outra pessoa que ela já conheceu, e tão largo quanto dois troncos de árvore juntos.

O homem acena com uma das mãos, que bem poderia ser uma pata de urso, e sorri para Wen. Por causa de suas diversas cirurgias de reconstrução labial, Wen sempre reparou e analisou muito os sorrisos. Muitas pessoas têm sorrisos que não indicam aquilo que um sorriso deveria indicar. Seus sorrisos são cruéis e debochados, da mesma maneira que o sorriso de um valentão é igual a um punho fechado. Os piores são os sorrisos confusos e tristes dos adultos. Wen se lembrava de como, nos procedimentos pré e pós-cirúrgicos, não precisara de espelho para saber que seu rosto ainda não estava igual ao das outras pessoas, por causa dos meios-sorrisos de "coitadinha" que via nos rostos das salas de espera, nos saguões e nos estacionamentos.

O sorriso do homem é simpático e largo. As cortinas de seu rosto se abrem com naturalidade. Wen não consegue descrever muito bem a diferença entre um sorriso verdadeiro e outro falso, mas sabe reconhecê-los quando os vê. Ele não está fingindo. O sorriso dele é real, tão real que pode ser contagiante, e Wen lhe retribui com um de lábios fechados, que ela cobre com as costas da mão.

O homem não está usando roupas apropriadas para caminhar ou correr na floresta. Seus sapatos pretos desajeitados com grossas solas de borracha fazem com que ele pareça ainda mais alto; não são tênis e tampouco são os sapatos elegantes e bacanas que o Papai Eric usa. Parecem mais os Doc Martens que o Papai Andrew usa. Wen se lembra da marca porque acha legal que os sapatos tenham o nome de uma pessoa. O homem usa jeans desbotados e uma camisa social branca, enfiada dentro da calça e abotoada até em cima, fazendo com que o colarinho aperte seu pescoço da largura de um hidrante.

Ele diz:

— Olá.

Sua voz não é nem de longe tão grande quanto ele. Parece mais a de um adolescente, um daqueles monitores de alunos do programa semi-intensivo que ela cursa.

— Oi.

— Eu me chamo Leonard.

Wen não diz seu nome e antes que possa dizer *vou chamar meus pais*, Leonard lhe faz uma pergunta.

— Tudo bem se a gente conversar um pouquinho antes de eu falar com seus pais? Quero muito conversar com eles, mas vamos bater um papo antes, só eu e você. Tudo bem?

— Não sei. Não devo conversar com estranhos.

— Você tem razão e é muito esperta. Prometo que quero ser seu amigo e não vou ser um estranho por muito tempo. — Ele sorri de novo. É um sorriso quase tão grande quanto uma risada.

Ela sorri de volta e, dessa vez, não esconde o sorriso com as costas da mão.

— Posso perguntar como você se chama?

Wen sabe que não deveria dizer mais nada, que deveria se virar e entrar em casa, e que deveria fazer isso depressa. Os pais já conversaram um monte de vezes com ela sobre o perigo de falar com estranhos e, por ela morar na cidade, faz sentido que seja cautelosa, porque lá existem muitas pessoas. Uma quantidade inimaginável de gente caminha pelas calçadas, lota os metrôs e mora e trabalha e faz compras nos edifícios altos, e tem gente que anda nos carros e ônibus que apinham as ruas a todas as horas do dia e da noite, e ela entende que pode haver uma pessoa malvada no meio de todas as pessoas boas, e que essa pessoa malvada pode se esconder em um beco ou um furgão ou atrás de uma porta ou no parquinho ou no mercado da esquina. Mas lá, na floresta perto do lago, de pé na grama, sob o sol e as árvores sonolentas e o céu azul, ela se sente segura e acha que Leonard parece legal. Diz isso na sua cabeça: *Ele parece legal*.

Leonard está no limite do caminho de acesso a veículos e do gramado, a poucos passos de distância de Wen. Seu cabelo tem cor de trigo e é desalinhado, caindo em camadas parecidas com as da cobertura de um bolo. Seus olhos são redondos e castanhos como os de um ursinho de pelúcia. Ele é mais jovem que seus pais. Seu rosto é pálido e liso e não tem nem sinal da barba rala que cobre o rosto de Papai Andrew no fim de cada dia. Talvez Leonard esteja na faculdade. Será que ela deveria lhe perguntar em qual faculdade ele estuda? Daí ela poderia lhe contar que Papai Andrew dá aulas na Universidade de Boston.

— Eu me chamo Wenling, mas meus pais e meus amigos e todo mundo na escola me chama de Wen — diz ela.

— Bem, é um grande prazer te conhecer, Wen. Então, me diga o que está aprontando. Por que não está nadando no lago em uma tarde tão linda como essa?

Era uma coisa que um adulto diria. Talvez ele não seja um estudante universitário.

— O lago está muito frio, por isso estou caçando gafanhotos — responde ela.

— É mesmo? Ah, eu adoro caçar gafanhotos. Fazia isso o tempo todo quando eu era pequeno. É muito divertido.

— É, sim. Mas isso é mais sério. — Ela projeta a mandíbula inferior para a frente, em uma imitação proposital de Papai Eric, das ocasiões em que ela lhe faz uma pergunta e não recebe um sim logo de cara, mas, esperando o bastante, a resposta às vezes acaba virando um sim.

— É mesmo?

— Estou caçando os gafanhotos, dando nomes pra eles e estudando todos pra poder descobrir se estão saudáveis. É o que as pessoas fazem quando estudam animais, e eu quero ajudar os animais quando eu crescer. — Wen ficou um pouco atordoada por ter falado tão depressa. Os professores na escola diziam para ela falar mais devagar, porque não conseguem entender nada do que é dito quando desembesta a falar desse jeito. O professor substituto, Sr. Iglesias, certa vez lhe disse que parecia que as palavras vazavam da sua boca e, depois disso, Wen passou a não gostar nem um pouco dele.

— Nossa, estou muito impressionado. Quer ajuda? Eu ficaria muito feliz em poder te ajudar. Sei que agora sou bem maior do que quando era criança. — Ele estende as mãos e encolhe os ombros, como se não pudesse acreditar no que se tornou. — Mas, apesar disso, continuo sendo muito gentil.

— Tá legal — responde Wen. — Eu vou segurar o vidro pra que os outros não saltem pra fora e, enquanto isso, você podia apanhar mais uns dois pra mim. Os grandes, não, por favor. Não pode ser dos grandes. Não tem espaço pra eles. Só os pequenos. Eu te mostro. — Ela caminha até as escadas para apanhar o vidro. Sobe na ponta dos pés e espia pelas janelas abertas do chalé que ladeiam a porta de entrada. Procura pelos pais, para ver se estão observando ou escutando, mas eles não estão nem na cozinha nem na sala de estar. Devem estar no deque dos fundos, recostados nas espreguiçadeiras tomando banho de sol (o Papai Eric quase com certeza vai acabar se queimando e depois repetindo que sua pele vermelha como uma lagosta não está doendo nem precisando de aloe vera), lendo um livro ou escutando música ou podcasts chatos. Por um instante, ela pensa na ideia de ir até lá e contar que vai caçar gafanhotos com Leonard, mas, em vez disso, ela apanha o frasco de vidro. Os gafanhotos reagem como se tivessem se transformado em pipoca quente, se atirando contra a tampa. Wen tenta acalmar sua carga e vai até Leonard, que está no meio do gramado, já curvado sobre a grama, examinando-a.

Wen se aproxima dele, estende o frasco e diz:

— Viu? Dos grandes, não, por favor.

— Entendi.

— Quer que eu apanhe os gafanhotos pra você ver como é?

— Ah, eu gostaria muito de apanhar pelo menos um. Faz muito tempo que não faço isso. Já não sou mais tão ágil quanto você, por isso vou me movimentar bem devagarinho para não os assustar. Ah, olha lá, lá vem um. — Ele se curva e estende os braços um de cada lado de um gafanhoto que está pendurado de ponta-cabeça na extremidade de um caule seco. O gafanhoto não se mexe, hipnotizado pelo gigante que está eclipsando o sol. As mãos de Leonard lentamente se juntam e o engolem.

— Uau! Você é bom nisso.

— Obrigado. E agora, como vamos fazer? Talvez seja melhor colocar o vidro no chão, deixar os gafanhotos que estão aí dentro se acalmarem um pouquinho e depois abrir a tampa e colocar este aqui.

Wen faz como ele sugere. Leonard se agacha apoiado em um joelho e olha para o frasco de vidro. Wen imita seus movimentos. Quer perguntar se o gafanhoto está saltando dentro da escuridão entre as mãos dele, se ele o sente rastejando pela sua pele.

Eles esperam em silêncio, até ele dizer:

— Certo. Vamos tentar. — Wen abre a tampa. Leonard desliza uma das mãos sobre a outra até que esteja segurando o gafanhoto com um dos punhos poderosos e, em seguida, delicadamente, inclina a tampa do vidro aberto com a mão que agora está livre. Deixa o gafanhoto cair no frasco, recoloca a tampa e a gira uma vez no sentido horário. Os dois se entreolham e riem.

— Conseguimos. Quer apanhar mais um? — propõe ele.

— Quero. — Wen saca o caderninho e anota nas colunas adequadas: "5 sentímetros, verde, menino Lenard, médiu." Ela ri sozinha por ter dado ao gafanhoto o nome dele.

Leonard apanha rapidamente outro gafanhoto e o deposita dentro do frasco sem maiores incidentes ou fugas dos colegas.

Wen anota: "2 sentímetros, marrom, menina Izzy, baixa."

— Quantos você tem agora? — pergunta ele.

— Sete.

— Este é um número poderoso, mágico.

— Um número da sorte, você quer dizer?

— Não, só de vez em quando traz sorte.

A resposta dele é irritante, porque todo mundo sabe que sete é um número de sorte.

— Acho que é o número da sorte, e acho que é um número da sorte para os gafanhotos.

— Talvez você tenha razão.

— Certo. Não preciso de mais nenhum gafanhoto, então.

— O que vamos fazer agora?

— Você pode me ajudar a observar eles. — Ela coloca o frasco no chão e os dois se sentam de pernas cruzadas, um de frente para o outro, com o frasco bem no meio. Wen sacou o caderninho e o lápis. Uma rajada de vento sacode o papel entre as palmas das suas mãos.

Leonard pergunta:

— Você mesma fez os buracos na tampa?

— Não, foi o Papai Eric. Encontramos um martelo e uma chave de fenda no porão. — O porão era um lugar de dar medo, cheio de sombras e teias de aranha por todos os cantos, que cheirava como as profundezas escuras de um lago. O chão de cimento era frio e áspero contra os pés descalços dela. Ela só podia descer até lá se calçasse sapatos, mas a empolgação fora tamanha que ela se esquecera. Cordas, ferramentas de jardinagem enferrujadas e velhos coletes salva-vidas pendiam de vigas de madeira expostas, os ossos desgastados do chalé. Wen gostaria que a casa deles em Cambridge tivesse um porão como aquele. Claro que, depois que eles subiram, o Papai Eric declarou que o porão era perigoso demais e ela não deveria mais ir lá. Wen protestou, mas ele disse que havia muita coisa afiada e enferrujada lá embaixo, coisas que não eram deles e que eles não podiam tocar nem usar. Diante da proibição de ir até o porão, Papai Andrew grunhiu do sofá de dois lugares da sala de estar e disse:

— O Papai Diversão é rígido demais.

Papai Diversão era o apelido, na maior parte das vezes engraçado, para o pai mais preocupado, aquele que era mais rápido em dizer *não*. Papai Eric, sempre calmo, disse:

— Sério. Você devia ir ver como é lá embaixo. É um perigo de morte.

— Tenho certeza de que deve ser mesmo terrível — disse Papai Andrew.

— Falando em perigo! — Então ele puxou Wen em um abraço-surpresa, girou-a e deu-lhe o que ele chamava de "beijo no rosto": lábios plantados no espaço entre a bochecha e o nariz dela, depois ele esmagou o resto de seu rosto grande no dela, de brincadeira. A barba por fazer a fez sentir cócegas e a arranhou o rosto, e ela, aos gritinhos e risadinhas, se desvencilhou do ataque brincalhão. Saiu correndo pela porta da frente com o frasco de vidro nas mãos, e Papai Andrew gritou:

— Mas a gente precisa obedecer ao Papai Diversão, porque ele nos ama, certo?

Wen gritou:

— Não!

E os seus pais fingiram indignação, enquanto ela fechava a porta atrás de si.

Wen desvia os olhos do frasco e percebe que Leonard está olhando para ela. Ele é maior que um rochedo, e sua cabeça está inclinada de lado, os olhos entreabertos como se estivesse apertando-os por causa do sol forte ou por estar tentando observá-la melhor.

— O que foi? O que você está olhando?

— Desculpe, foi falta de educação minha. Achei que era, sei lá, bonitinho...

— Bonitinho? — Wen cruza os braços na frente do peito.

— Eu quis dizer maneiro. Maneiro! Maneiro que você chame seu pai pelo nome desse jeito. Papai Eric, certo?

Wen suspira.

— Eu tenho dois pais. — Ela mantém os braços cruzados. — Chamo os dois pelo nome pra eles saberem com quem estou falando...

O amigo dela da escola, Rodney, também tem dois pais, mas ele vai se mudar para Brookline naquele verão. Sasha tem duas mães, mas Wen não gosta muito dela; ela é mandona demais. Algumas das outras crianças do bairro e da escola têm apenas um pai ou uma mãe, e outras têm o que se chama de padrasto ou madrasta, ou alguém que eles chamam de companheiro ou companheira da mãe ou do pai, ou alguém que não tem nenhum nome especial. Mas a maioria das crianças que ela conhece tem um pai e uma mãe. Todas as crianças dos programas preferidos dela no Disney Channel também têm um pai e uma mãe. Tem dias que Wen sai dando tapinhas no ombro das crianças, durante o recreio ou no parquinho (mas nunca na escola chinesa), dizendo que tem dois pais, para ver como elas reagem. A maioria das crianças não dá a mínima; algumas, que estão bravas com o pai ou a mãe, dizem que adorariam ter dois pais ou duas mães. Tem outros dias em que ela imagina que todos os sussurros e conversas na sala são sobre ela e que ela gostaria que os professores e tutores do programa de semi-intensivo parassem de lhe fazer perguntas sobre seus pais e de dizerem que *isso é tão legal*.

— Ah, claro. Faz sentido — diz Leonard.

— Acho que todo mundo deveria chamar as pessoas pelo nome. É mais simpático. Não entendo por que preciso chamar as pessoas de senhor, senhora e senhorita só porque são mais velhos que eu. Quando você conhecer o Papai Eric, ele vai me dizer pra te chamar de Sr. Qualquer Coisa.

— Esse não é o meu sobrenome.

— O quê?

— Qualquer Coisa.

— Hã?

— Deixa pra lá. Você tem minha permissão oficial para me chamar de Leonard.

— Tá bom. Leonard, você acha que ter dois pais é esquisito?

— Não, de jeito nenhum. As pessoas lhe dizem que ter dois pais é esquisito?

Ela encolhe os ombros.

— Talvez. Às vezes...

Havia um menino, Scott, que lhe disse que Deus não gostava dos pais dela e que eles eram bichas, e acabou sendo suspenso e transferido para outra turma. Ela e seus pais tiveram uma reunião familiar e o que eles chamavam de *conversa séria*. Seus pais avisaram que algumas pessoas não entenderiam a família deles e poderiam dizer coisas *grosseiras* a ela (foi essa a palavra que usaram), coisas que machucavam, e que talvez não fosse culpa delas, porque tinham aprendido aquilo com outras pessoas ignorantes que eram cheias de ódio no coração, e que, sim, tudo aquilo era muito triste. Wen achou que eles estavam falando das mesmas pessoas malvadas ou estranhas e perigosas que se escondem na cidade e querem levá-la embora, mas, quanto mais eles falavam sobre o que Scott tinha lhe dito e por que as outras pessoas poderiam lhe dizer coisas similares, mais parecia que estavam falando de gente comum. E eles três? Não eram gente comum também? Ela fingiu que tinha entendido tudo para agradar os pais, mas não entendeu e ainda não entende. Por que ela e sua família precisam ser compreendidos ou explicados aos outros? Ela ficou feliz e orgulhosa porque seus pais confiaram nela o bastante para terem aquela *conversa séria*, mas por outro lado também não gostava de pensar no assunto.

— Não acho esquisito. Acho que você e seus pais formam uma bela família — diz Leonard.

— Eu também.

Leonard se endireita e gira o corpo para olhar para trás, para o SUV preto deles estacionado perto do chalé, no pequeno estacionamento coberto de cascalhos, depois olha para o caminho de acesso a veículos vazio e em direção à estrada obscurecida. Ele se vira novamente, expira, esfrega o queixo e diz:

— Eles não fazem lá muita coisa, não é mesmo?

Wen supõe que ele esteja falando de seus pais e já está prestes a gritar com ele, dizer que eles fazem, sim, muita coisa e que são pessoas importantes com trabalhos importantes. Como Leonard deve ter pressentido a erupção do Vesúvio, aponta para o frasco de vidro e diz:

— Estou falando dos gafanhotos. Eles não fazem lá muita coisa. Só ficam aí parados, relaxando. Que nem a gente.

— Ah, não. Você acha que estão doentes? — Wen inclina o frasco, com o rosto a poucos centímetros do vidro.

— Não, acho que eles estão bem — responde ele. — Os gafanhotos só pulam quando precisam pular. É necessário ter muita energia para saltar desse jeito. Provavelmente eles só estão cansados após serem perseguidos por nós. Eu ficaria preocupado se eles estivessem saltando como doidos.

— Pode ser. Mas eu estou preocupada. — Wen senta e escreve "cansados, doentes, chateados, com fome, com medo?" no caderno.

— Ei, posso perguntar quantos anos você tem, Wen?

— Daqui a seis dias faço oito anos.

O sorriso de Leonard vacila um pouco, como se aquela resposta à sua pergunta fosse algo triste.

— Sério? Bem, feliz quase aniversário.

— Vou ter duas festas. — Wen respira fundo e depois diz rápido: — Uma aqui no chalé, só a gente, e vamos comer hambúrgueres sem aquele tempero picante, depois milho na espiga e bolo de sorvete, e de noite vamos soltar fogos e eu vou poder ficar acordada até meia-noite, procurando estrelas cadentes. E depois... — Wen para e ri, porque não consegue dar conta da rapidez com que quer falar. Leonard ri também. Wen se recompõe e acrescenta: — E depois, quando eu voltar para casa, eu e meus dois melhores amigos, Usman e Kelsey, e talvez Gita também, vamos até o Museu da Ciência ver a exposição de eletricidade e o salão de borboletas e talvez o planetário e depois passear de barco, eu acho, e daí mais bolo e sorvete.

— Uau. Pelo visto, tudo foi cuidadosamente planejado e combinado.

— Não vejo a hora de fazer oito anos! — Um fio solto de cabelo cai de seu rabo de cavalo, bem na frente de seu rosto. Ela rapidamente o coloca atrás da orelha.

— Sabe do que mais? Eu acho que tenho algo para você. Nada muito grande, mas vamos chamá-lo de presente de aniversário antecipado.

Wen enruga a testa e cruza os braços novamente. Os pais dela lhe disseram em termos inequívocos para não confiar em estranhos, especialmente se eles lhe oferecerem algum presente. Não fazia tanto tempo assim que ela estava sozinha ali com Leonard, mas a coisa estava começando a se prolongar um pouco.

— O que é? Por que quer me dar esse presente?

— Eu sei que parece estranho, e é engraçado, mas achei que eu poderia conhecer você ou alguém como você hoje, e quando estava andando pela estrada, vi isso — ele remexe no bolso do peito da camisa —, e por algum motivo achei que devia apanhá-la, apesar de não costumar fazer esse tipo de coisa normalmente. E agora eu quero que você fique com ela.

Leonard puxa uma pequena flor caída, com um halo de finas pétalas brancas.

Apesar de ter se sentido incomodada um instante atrás com a ideia de aceitar o presente de um estranho, Wen fica desapontada e não tenta esconder isso. Ela diz:

— Uma flor?

— Se não quiser ficar com ela, podemos colocá-la no frasco junto com os gafanhotos.

Wen de repente se sente mal, como se estivesse sendo má, mesmo que sem querer. Ela arrisca uma piada:

— De jeito nenhum, esses gafanhotos não são flor que se cheire.

Mas ela se sente pior ainda, porque, quando diz isso, percebe que agora, sim, estava sendo malvada.

Leonard ri e diz:

— Verdade. Provavelmente não deveríamos adulterar demais o habitat deles.

Wen quase cai desmaiada na grama, tamanho o alívio que sente. Leonard lhe estende a flor, por cima do frasco do gafanhoto, o braço atravessando a pequena área de gramado que o separa de Wen. Ela a apanha, cuidando para não tocar a mão dele sem querer.

— Está um pouco amassada por ter ficado no meu bolso — diz ele —, mas basicamente continua inteira.

Wen se endireita e arruma o caulezinho enrolado, que tem mais ou menos o mesmo comprimento do seu dedo indicador. O caule parece frouxo e provavelmente cairá em breve. O miolo da flor é uma bolinha amarela. As sete pétalas são longas, finas e brancas. Será que ele pensa que ela vai colocá-la atrás da orelha ou correr para dentro do chalé para pôr a flor em um copo d'água? Ela tem uma ideia melhor.

— Essa flor parece já estar meio morta. Será que a gente pode arrancar as pétalas e inventar um jogo? — diz.

— Você pode fazer o que quiser com ela.

— Então tá. Cada um de nós tira uma pétala de cada vez e faz uma pergunta, que a outra pessoa é obrigada a responder. Eu começo. — Wen arranca uma pétala. — Quantos anos você tem?

— Eu tenho vinte e quatro anos e meio. Esse meio ano ainda faz diferença para mim.

Wen passa a flor de volta para Leonard e diz:

— Tome cuidado. Não pode arrancar mais de uma pétala de cada vez!

— Vou me esforçar ao máximo, com essas luvas enormes. — Ele segue as instruções de Wen e cuidadosamente arranca uma pétala. Aperta com força as pontas dos dedos para não arrancar mais de uma pétala. — Pronto. Ufa.

— Qual é a minha pergunta?

— Ah, é. Desculpa. Hum...

— As perguntas têm de ser rápidas e as respostas também.

— Sim, desculpe. Qual é o seu filme preferido?

— *Operação Big Hero.*

— Eu gosto desse também. — Ele diz isso com grande naturalidade e, pela primeira vez desde que se conheceram, ela fica na dúvida se ele está mentindo para ela.

Leonard lhe devolve a flor. Wen arranca uma pétala com um gesto rápido. Ela diz:

— Em geral as pessoas perguntam qual é a comida que você mais gosta, mas eu quero saber qual é a comida que você mais odeia.

— Ah, essa é fácil. Brócolis. Eu odeio brócolis. — Leonard pega a flor e arranca uma pétala. Ele olha rapidamente para trás, para o caminho de acesso a veículos mais uma vez, e pergunta: — Qual é a sua primeira lembrança?

Wen não estava esperando por essa pergunta. Ela quase diz que aquela pergunta não vale porque é difícil demais, mas não quer ser acusada de inventar novas regras no meio do jogo — já foi acusada de fazer isso pelos seus amigos. Ela faz questão de ser justa quando joga.

— Minha primeira lembrança é de estar em um quarto bem grande. — Ela abre bem os braços e o caderno cai de seu colo no gramado. — Eu era pequenininha, talvez um bebê, e médicos e enfermeiras olhavam para mim.

— Ela não conta tudo para Leonard: que havia outras camas e berços no quarto, que as paredes eram revestidas de azulejos verdes (ela se lembra vividamente daquele tom feio de verde), que as outras crianças choravam, que os médicos e enfermeiras estavam inclinados sobre ela para olhá-la, que suas cabeças eram tão grandes quanto luas e que eles eram chineses como ela.

Wen estica o braço para apanhar o frasco e quase o derruba, na pressa de apanhar a flor de volta das mãos de Leonard antes que ele quebrasse as regras e fizesse uma pergunta em seguida àquela. Arranca outra pétala, que ela transforma em uma bolinha entre os dedos.

— Qual monstro te assusta?

Leonard não hesita.

— Os gigantes, como Godzilla. Ou os dinossauros nos filmes do *Jurassic Park*. Aqueles filmes me assustaram pra valer. Eu costumava ter pesadelos o tempo todo e, neles, eu era comido ou esmagado por um tiranossauro.

Wen nunca teve medo de monstros gigantes, mas, ao ouvir Leonard falar sobre eles e depois olhar para as árvores que subiam até muito além de onde ela poderia alcançar, e como elas se dobravam e oscilavam tão facilmente com a brisa, entendeu o que era ter medo de coisas grandes.

Era a vez de Leonard com a flor. Ele arranca uma pétala e pergunta:

— Como você arrumou essa pequena cicatriz branca no lábio?

— Você consegue enxergar?

— Só um pouquinho, quando você se vira de um jeito.

Wen olha para baixo e faz um beicinho para tentar ver a cicatriz. Claro que está lá. Ela a vê sempre que se olha no espelho, e às vezes deseja que vá embora de uma vez por todas, para nunca mais ter de olhar para ela. Outras vezes, torce para que esteja lá para sempre e traça o corte com o dedo, como se estivesse escurecendo uma linha com um lápis.

— Desculpe, não queria te deixar incomodada. Eu não deveria ter perguntado isso. Sinto muito.

Wen muda de posição, ajusta as pernas e diz:

— Tudo bem, eu tô legal.

A fissura em seu lábio leporino ia até a narina direita, de modo que os dois conjuntos de espaços vazios e escuros se sobrepunham e se transformavam em um só. No outono passado, Wen implorou aos pais que a deixassem ver fotos dela bebê, as mais antigas que eles tivessem, as que tinham sido tiradas antes das cirurgias e antes que eles a adotassem. Foi preciso certo esforço, mas seus pais acabaram concordando. Eles tinham um conjunto de cinco fotos dela deitada de costas sobre um cobertor branco, acordada, os punhos fechados pairando ao lado de seu rosto irreconhecível. Wen ficou inesperadamente abalada pelas fotos e certa de que estava, pela primeira vez, olhando para o seu verdadeiro eu, e que aquele verdadeiro eu havia desaparecido, fora esquecido, banido, ou pior, que aquela criança indesejada e imperfeita estava escondida, trancada dentro dela em algum lugar. Wen se sentiu tão incomodada que suas mãos começaram a tremer, e os tremores se espalharam por todo o seu corpo. Depois que seus pais a consolaram, ela se acalmou e agradeceu-lhes de um modo estranhamente formal por deixá-la olhar aquelas fotos. Ela pediu que fossem guardadas, porque nunca mais desejava olhar para elas novamente. Mas ela o fez, e com relativa frequência. Seus pais guardavam a caixa de madeira com as fotos debaixo da cama, e, sempre que podia, Wen se esgueirava até o quarto deles para olhá-las. Havia outras fotos na caixa, incluindo fotos de seus pais na China; Papai Eric parecia estranho com cabelos finos colados à cabeça — que ele raspava desde que ela se entendia por gente —, enquanto Papai Andrew parecia exatamente o mesmo, com seu cabelo escuro e comprido.

    Havia também fotos dos três no orfanato, sendo que uma delas era a foto de seus pais segurando-a no colo entre os dois. Ela tinha o tamanho de um pão de forma e estava embrulhada firmemente em um cobertor; apenas o topo de sua cabeça e seus olhos se mostravam para a câmera. Primeiro ela olhava as fotos em que apareciam seus pais e depois as fotos em que só havia ela. Quanto mais ela as olhava, mais a sensação assustadora de que seu verdadeiro eu se encontrava naquelas fotos de bebê ia desaparecendo. Sim, aquela era a sua cabecinha, coberta de cabelos negros desalinhados logo acima da argila não modelada de seu rosto. Wen corria com os dedos os limites da pele e o espaço deixado pelo seu lábio leporino nas fotos, depois manipulava e movia seu próprio lábio, tentando relembrar como devia ser ter aquela desconexão, possuir todo aquele espaço vazio. Toda vez que deslizava a caixa de volta para seu lugar embaixo da cama, ela se perguntava se seus pais biológicos a haviam entregado para adoção por causa da sua aparência. Eric e Andrew nunca esconderam que Wen tinha nascido na China e sido adotada. Compraram muitos livros para ela, incentivaram-na a aprender o máximo possível sobre a cultura chinesa e, em janeiro do ano anterior, matricularam-na em uma escola de chinês (como complementação à escola regular, de todos os dias), onde ela fazia aulas nas manhãs de sábado para aprender a ler e a escrever em chinês. Ela raramente pergunta sobre seus pais biológicos. Quase nada se sabe sobre eles; seus pais haviam sido informados de que Wen simplesmente fora abandonada no orfanato. Papai Andrew sugeriu certa vez que eles deviam ser muito pobres para cuidar adequadamente dela e que, portanto, esperavam que ela tivesse uma vida melhor em outro lugar.

— Eu tinha o que chamam de lábio leporino quando era bebê. E os médicos consertaram isso. Demorou muito pra conseguirem consertar — diz ela.

— Eles fizeram um trabalho incrível e seu rosto ficou lindo.

Ela preferiria que ele não tivesse dito isso e, portanto, o ignora. Talvez fosse hora de ir chamar um ou ambos os pais. Ela não está com medo de Leonard, nem receosa, não exatamente, mas uma sensação estranha está começando a surgir. Ela fala em um dos pais como se mencioná-lo fosse o mesmo que chamá-lo até ali.

— Papai Andrew tem uma cicatriz enorme que começa atrás da orelha e desce até o pescoço. Ele sempre usa o cabelo comprido, portanto só dá pra ver se ele te mostrar.

— Como ele arrumou essa cicatriz?

— Alguém estava sacudindo um taco de beisebol e bateu na cabeça dele sem querer quando ele era criança. Não viu que ele estava ali do lado.

— Ai — diz Leonard.

Wen pensa em lhe dizer que Papai Eric raspa o cabelo e às vezes pede para Wen olhar sua cabeça em busca de marcas e cicatrizes. Nunca há cicatrizes como as dela ou de Papai Andrew, e, quando ela encontra algum cortezinho vermelho, já está sempre curado e invisível da próxima vez que olha.

— Não é justo, sabia? — diz ela.

— O que não é justo?

— Você pode ver minha cicatriz e eu não consigo ver nada de errado com você.

— Só porque você tem uma cicatriz não significa que existe algo de errado com você, Wen. Isso é muito importante. Eu...

Wen suspira e o interrompe.

— Eu sei. Eu sei. Não foi isso o que eu quis dizer.

Leonard se vira para trás novamente e fica assim, com o corpo virado, como se estivesse vendo alguma coisa, embora não haja nada atrás dele além do SUV, do caminho de acesso a veículos e das árvores. Então chegam sons fracos de algum lugar da floresta, ou da estrada. Os dois ficam esperando em silêncio, escutando, enquanto os sons vão ficando cada vez mais altos.

Leonard se vira para Wen e diz:

— Eu não tenho nenhuma cicatriz como você ou seu pai, mas, se você pudesse ver meu coração, veria como ele está quebrado. — O sorriso sumiu de seu rosto, que agora parece triste, triste de verdade, como se ele pudesse até mesmo começar a chorar.

— Por que seu coração está quebrado?

Os sons agora podem ser ouvidos claramente, sem que eles precisem ficar em silêncio para isso. São sons familiares, de passos que se aproximam pela estradinha de terra, como antes, quando Leonard apareceu. De onde Leonard tinha vindo, por falar nisso? Ela devia ter lhe perguntado. Sabe que deveria. Ele devia ter vindo de longe. Dessa vez, é como se um monte de Leonards (ou ursos? Talvez desta vez sejam realmente ursos) estivessem andando pela estrada.

Wen pergunta:

— Tem mais gente chegando? São seus amigos? São legais?

— Sim, tem mais gente chegando — diz Leonard. — Você é minha amiga agora, Wen. Eu não mentiria para você sobre isso, da mesma maneira que não vou mentir para você a respeito deles. Não sei bem se posso chamá-los de amigos. Eu não os conheço muito bem, mas nós temos um importante trabalho a fazer. O trabalho mais importante na história do mundo. Espero que você possa entender isso.

Wen se levanta.

— Preciso ir agora.

Os sons estão mais próximos. Vêm do fim do caminho de acesso a veículos, mas ainda não viraram a curva nem ultrapassaram as árvores. Ela não quer ver essas outras pessoas. Talvez, se não as vir, se recusar-se a vê-las, elas desapareçam. São tão barulhentas. Talvez, em vez de ursos, sejam os monstros gigantes e os dinossauros de Leonard que estão vindo pegar os dois.

Leonard diz:

— Antes de entrar para chamar seus pais, você precisa me ouvir. Isso é importante. — Engatinhando, Leonard sai da posição sentada e se apoia sobre um dos joelhos, e seus olhos ficam marejados de lágrimas. — Você está me escutando?

Wen faz que sim e dá um passo para trás. Três pessoas dobram a esquina no caminho de acesso a veículos: duas mulheres e um homem. Vestem calça jeans e camisas sociais de cores diferentes; preto, vermelho e branco. A mais alta das mulheres tem a pele branca e os cabelos castanhos, e sua camisa branca é de um tipo diferente de branco da camisa de Leonard. A camisa dele brilha como a lua, enquanto a dela é fosca, lavada, quase cinzenta. Wen considera a evidente sintonia entre as roupas de Leonard e dos três estranhos algo importante para contar aos pais. Ela vai lhes contar tudo, e eles vão saber por que os quatro vestem jeans e camisas sociais, e talvez possam explicar por que os três novos estranhos traziam ferramentas de cabos compridos.

— Você é uma pessoa linda, por dentro e por fora. Uma das pessoas mais lindas que eu já conheci, Wen. Sua família também é perfeita e linda. Por favor, saiba disso. A questão aqui não é você. É todo mundo — diz Leonard.

Nenhuma das ferramentas é uma foice, mas parecem versões mais ameaçadoras e apavorantes dela, com garranchos malfeitos nas extremidades dos cabos no lugar das lâminas em formato de lua crescente. Os três cabos de madeira são compridos e grossos, e um dia talvez tenham comportado pás ou ancinhos. O homem atarracado de camisa vermelha carrega o cabo com as mais enferrujadas pás para jardinagem e/ou lâminas de colher de pedreiro dispostas como as pétalas de uma flor, pregadas e atarraxadas em uma das extremidades. Na outra, voltado para baixo, está um grosso bloco vermelho de metal amolgado e lascado, a cabeça de uma marreta muito gasta devido ao uso. Quando o homem se aproxima, o cabo parece maior, mais grosso, como se ele estivesse segurando o remo de um barco com a parte do remo removida. Enquanto Wen caminha para trás, em direção à cabana, vê o topo das cabeças de parafusos e pregos circundando aleatoriamente as duas extremidades do cabo de madeira, como se fossem pequenos cachos. A mulher mais baixa veste camisa preta e, na ponta do seu cabo de madeira, há um cata-vento feito de garras de rastelo — dentes de metal entortados e unidos para formar uma grande bola dentilhada, fazendo a ferramenta parecer o pirulito mais perigoso do mundo. A outra mulher usa a camisa branca--cinzenta. Na extremidade de sua ferramenta há uma lâmina que se curva e dobra-se sobre si em uma ponta, como um pergaminho, e afunila-se em um triângulo retângulo com a ponta afiada na outra.

Os passos agitados e incertos de Wen se tornam grandes passadas igualmente inseguras. Ela diz:

— Eu vou entrar agora. — Ela precisa dizer isso para ter certeza de que vai entrar no chalé, em vez de ficar olhando os três ali.

Leonard está de joelhos, com seus enormes e terríveis braços estendidos. Seu rosto é grande e triste, como são todos os rostos honestos.

— Nada do que vai acontecer é culpa sua — diz ele. Você não fez nada de errado, mas vocês três terão que tomar algumas decisões difíceis. Decisões terríveis, receio. Eu desejaria, do fundo do meu coração partido, que não fosse assim.

Trôpega, Wen sobe as escadas, ainda de costas, tendo olhos apenas para os amálgamas confusos de madeira e metal que aqueles estranhos estão segurando.

Leonard grita, mas não parece irritado ou angustiado. Ele grita para ser ouvido, apesar da distância cada vez maior entre eles.

— Seus pais não vão querer nos deixar entrar, Wen. Mas eles precisam deixar. Avise isso a eles. Não viemos aqui para machucar vocês, mas precisamos da sua ajuda para salvar o mundo. Por favor.

Capítulo 2

Eric

Marolas pontilham a água como singelas pinceladas e quebram silenciosamente na orla pedregosa e nos postes de tubulação metálicos do cais ainda ativo, apesar de degradado, do chalé. As tábuas de madeira, descoloridas e deformadas, parecem ossos fossilizados, a caixa torácica de um lendário monstro do lago. Antes que Eric pudesse sugerir que todos passassem longe daquela estrutura caindo aos pedaços e cheia de rangidos, Andrew já tinha prometido ensinar Wen a pescar percas na beira do cais. Eric desconfia que Wen desistirá assim que a primeira minhoca for empalada no anzol. Se as tripas expostas, a agitação e a agonia da morte da minhoca não forem suficientes para tanto, então ela desistirá quando tiver de arrancar o anzol farpado da boca da perca. Por outro lado, sempre há a possibilidade de que ela adore a coisa e insista em fazer tudo sozinha, inclusive enfiar a isca no anzol. Ela tem um senso de independência bastante intenso, quase desafiador. Tornou-se tão parecida com Andrew que aquilo faz com que ele a ame ainda mais e se preocupe ainda mais com sua segurança. No fim da tarde de ontem, quando Wen vestiu seu maiô, Andrew rejeitou a tentativa de Eric de iniciar uma discussão sobre o perigo do cais correndo por toda a sua extensão enquanto a estrutura tremia sob seus pés e, em seguida, atirou-se como uma bomba no lago.

Eric e Andrew estão deitados no deque dos fundos, que fica em uma elevação, com vista para o extenso Lago Gaudet; profunda e escura, sua bacia foi escavada por geleiras quinze mil anos atrás e é rodeada por uma floresta aparentemente interminável de pinheiros, abetos e bétulas. Atrás da floresta ao sul, parecendo tão distantes e inacessíveis quanto as nuvens, ficam as antigas corcundas das Montanhas Brancas, a fortaleza natural do lago, impenetrável e inescapável. Os arredores daquela paisagem são tão espetacularmente típicos da Nova Inglaterra quanto estranhos ao cotidiano urbano da vida deles. Há um aglomerado de chalés e campings no lago, mas nenhum deles pode ser visto do deque. O único barco que avistaram desde a sua chegada foi uma canoa amarela que deslizava silenciosamente ao longo da margem oposta do lago. Os três a observaram desaparecer do campo de visão, despencando da borda escondida do mundo, sem dizer uma só palavra.

O chalé mais próximo do deles fica a pouco mais de três quilômetros de distância pela antiga estrada de terra. Naquela manhã, bem antes de Andrew ou Wen acordarem, Eric correu até o chalé desocupado, que fora pintado recentemente de um tom escuro de azul, com venezianas brancas e um par de sapatos de neve decorando a porta branca da entrada. Resistiu ao impulso inexplicavelmente forte de bisbilhotar pelas janelas e explorar a propriedade. O que o impediu foi apenas o medo irracional de ser flagrado pelos proprietários ausentes e depois ter de gaguejar uma explicação racional e embaraçosa para seu comportamento.

Eric está deitado, parcialmente reclinado, em uma espreguiçadeira sob a luz brilhante do sol. Como se esqueceu de forrar a cadeira com uma toalha, suas costas nuas estão grudadas na trama de tiras de plástico. Se não aplicar protetor solar, provavelmente dali a poucos minutos vai acabar arrumando uma queimadura. Quando criança, ele costumava sofrer com a dor pungente de queimaduras solares propositais, para que mais tarde pudesse enojar as irmãs mais velhas com sua pele descascada. Ele levantava cuidadosamente grandes flocos de pele e os deixava presos a seu corpo, como as placas do dorso e da cauda de um estegossauro, seu dinossauro favorito, só que em miniatura.

Andrew está a poucos metros de distância de Eric, mas nenhuma parte de sua pele clara está exposta à luz do sol. Ele está encolhido em um banco, com as pernas dobradas, embaixo do guarda-sol quase transparente que protege a velha mesa de piquenique. A mesa solta grandes lascas de tinta vermelha seca. Andrew veste shorts pretos largos e uma camiseta cinza de mangas compridas, adornada com o brasão da Universidade de Boston, e seu cabelo comprido foi puxado para trás e enfiado embaixo de um boné verde-oliva. Está debruçado sobre uma coletânea de ensaios sobre escritores sul-americanos do século XX e realismo mágico. Eric sabe do que trata o livro porque, desde que chegaram ao chalé, Andrew já lhe contou três vezes o que está lendo, e, nos vinte minutos que estão naquele deque, já leu em voz alta duas passagens sobre Gabriel Garcia Márquez. Eric lera *Cem anos de solidão* na faculdade, mas, para seu constrangimento, pouca coisa do livro sobrevivera em sua lembrança. O fato de Andrew estar, não tão sutilmente assim, se exibindo e/ou buscando a aprovação de Eric é em igual medida comovente e irritante.

Eric lê e relê o mesmo parágrafo do que supostamente é o romance da moda daquele verão. É um típico suspense em que um dos personagens desaparece, e ele já está farto daquela trama absurda e limitada. Mas o fato de não estar conseguindo se concentrar não é culpa do livro.

— Um de nós devia ir lá ver o que a Wen está aprontando — diz ele.

Aquela frase foi cuidadosamente elaborada, de modo que não parecesse uma pergunta à qual Andrew pudesse rapidamente responder não. Foi uma declaração; algo que Andrew teria de enfrentar de forma direta.

— Quando você diz "um de nós", está querendo dizer eu?

— Não — afirma Eric de maneira que, espera, Andrew possa traduzir instantaneamente como "sim, é claro, ou eu não teria dito nada". Ele não sabe como acabou se tornando o pai protetor, o disciplinador (Deus, como ele odeia essa palavra), aquele que fica obcecado com os piores quadros possíveis. Eric se orgulha de sua simpatia típica do oeste da Pensilvânia, de ser aberto ao diálogo, de sua sensatez, de estar sempre disposto a chegar a um consenso e entrar em acordo. Segundo mais novo de uma família católica com nove filhos, sua habilidade de conversar e encantar praticamente qualquer pessoa foi o que permitiu que ele sobrevivesse aos anos confusos de sua adolescência e à turbulência que se seguiu aos vinte e poucos anos, quando ele saiu do armário e seus pais se recusaram a pagar o último semestre na Universidade de Pittsburgh. A reação de Eric foi contar com a ajuda de diversos amigos generosos que lhe deixavam dormir no sofá da sala e trabalhar em uma lanchonete popular próxima ao campus por dois anos, até pagar o que restava das mensalidades em aberto e conseguir seu diploma. Enquanto isso, não deixava de falar com os pais (basicamente com sua mãe) por telefone, nem de continuar confiante de que eles acabariam "aceitando". E foi o que aconteceu. No dia em que Eric recebeu seu diploma, seus pais apareceram no apartamento do amigo dele aos prantos, pedindo desculpas, e deram-lhe um cheque no valor das despesas da faculdade e mais um tantinho extra, cheque esse que Eric prontamente usou para se mudar para Boston. Hoje, ele é analista de mercado na Financeer e, devido às suas óbvias habilidades interpessoais, ocasionalmente é chamado para mediar reuniões litigiosas entre os gerentes e o diretor do departamento no qual ele trabalha. A abordagem de Eric com relação a todos os aspectos de sua vida é bastante relaxada, com exceção da paternidade. Andrew foi obrigado a praticamente arrastá-lo até o deque dos fundos e não permitir que ele ficasse dentro do chalé, observando diligentemente pelas janelas Wen brincando sozinha no quintal.

Sem levantar os olhos de seu livro, Andrew diz:

— Ursos. Wen está obcecada por ursos.

Eric deixa cair seu livro, que desaba ruidosamente no deque.

— Isso não tem graça nenhuma.

Os proprietários deixaram rígidas instruções por escrito, em letras maiúsculas, para que não deixassem sacos de lixo abertos lá fora, pois isso atrairia ursos. Há na propriedade uma pequena estrutura semelhante a um barracão que se destina unicamente a abrigar e esconder o lixo. Eles devem transportá-lo até um depósito na cidade (que só abre para não residentes nas terças e quintas e nos sábados), um trajeto de quarenta minutos, e pagar dois dólares por saco de lixo. Eric e Andrew poderiam ter alugado algo no popular lago Winnipesaukee, um local turístico situado na região centro-sul do estado, onde Eric não ficaria (tão) obcecado com ursos, em vez daquele lindo, mas remoto, chalé, tão embrenhado na floresta quanto o da história de Cachinhos Dourados (mais ursos...), a um pulo de distância da fronteira com o Canadá. Eric empertiga o corpo, ainda sentado, e esfrega a careca, que está quente ao toque e, quase com toda a certeza, queimada de sol.

Andrew diz:

— Tem, sim.

— Não tem, não.

— Posso gritar para chamá-la, sem sair daqui, mas isso pode assustar os ursos. Fazer com que eles se tornem mais propensos a atacar.

Eric ri e diz:

— Você é um imbecil.

Ele se levanta, caminha até a grade do deque e se espreguiça, fingindo estar olhando para o lado e que não vai entrar no chalé nem descer a escadinha do deque e ir direto até o jardim da frente da casa.

— Talvez fosse legal se aparecesse algum urso. Gosto de ursos. — Andrew fecha o livro. Seus olhos castanho-escuros e seu sorriso dizem "veja-como--sou-espertinho-e-fofo".

— Ela pode vir caçar gafanhotos aqui nos fundos. — Eric aponta para a área abaixo do deque, mas não há nada muito parecido com um jardim ali — apenas uma mistura de areia, pinhas, trechos cheios de limo e uma pequena fileira de pinheiros que leva até a margem do lago. Eric torce a barba na ponta do queixo, se vira e diz: — Ela provavelmente está com sede, ou com fome, ou precisando passar mais protetor solar.

— Ela está bem. Me dê mais uns cinco ou dez minutos e depois eu vou até lá ver como ela está, ou trazê-la para cá. Mas provavelmente ela vai nos procurar antes disso. Então sente aí, por favor, e pare de se preocupar. Curta seu sol. Ou continue aí de pé e me proteja dele. Apesar de que você está ficando meio cor-de-rosa. Você se queima ainda mais rápido do que eu.

Eric apanha a camiseta branca com o logo USA SOCCER de cima da mesa de piquenique e a veste.

— Estou tentando não ser tão protetor. Estou tentando deixá-la... — Ele faz uma pausa, se apoia na grade do deque e cruza os braços. — Deixá-la em paz.

— Eu sei. E você está indo muito bem.

— Odeio me sentir assim. De verdade.

— Você precisa parar de se cobrar. Você é tipo o melhor pai do mundo.

— Tipo? Quer dizer que sou *quase* o melhor pai do mundo.

Andrew ri.

— Hummm. Algo próximo disso, talvez.

— Pode ser mais específico quanto à minha posição no ranking? Colocar um percentual nisso aí?

— Você sabe que não sou muito bom de matemática, mas você quase atingiu o auge, o ápice dos melhores pais, aqueles que ganham canecas e camisetas escritas "superpai". — Andrew fecha o livro; está obviamente se divertindo em caçoar de Eric.

Eric está perdendo o espírito brincalhão e a paciência. Solta repentinamente:

— Mas você é um desses superpais, né? — embora saiba que não está sendo justo. — Agora eu já sei o que vou lhe dar de Natal.

— Ora, dá um tempo, Eric. Obviamente pertencemos à categoria de *quase* superpais.

— Acho que ainda prefiro o "próximo disso".

— Esse é o espírito. Mas escuta: até mesmo os melhores pais do mundo se preocupam, enchem o saco e fazem merda. Você tem de se permitir fazer merda e permitir que Wen faça as merdas dela também. Aceite que nenhum de nós jamais será perfeito. — É o começo de uma conversa fiada que Andrew já repetiu antes, geralmente seguida de referências às longas conversas dos dois antes de adotarem Wen, quando diziam que não se deixariam dominar pelo medo primitivo que governa muitos pais e as pessoas em geral. Depois disso, Andrew partia para o modo acadêmico e citava estudos que demonstram a importância das brincadeiras não supervisionadas para o desenvolvimento intelectual e emocional das crianças. Eric não sabe ao certo quando Andrew se tornou o sábio extravagante e relaxado que em sua vida acadêmica é tão pedante e preciso quanto um algoritmo. Mas são esses os papéis que eles passaram a assumir desde que receberam Wen em suas vidas. São os papéis que abraçaram e que consideram reconfortantes no sentido de que reconhecem a maravilhosa, assustadora, gratificante, alienante e extremamente desgastante condição existencial de pais.

— É, eu sei, eu sei. Mas, mesmo assim, vou até lá ver como ela está...

— Eric!

— Mas só porque estou ficando queimado. Além disso, estou com sede e entediado. Meu livro é uma bosta. — Eric caminha até a porta de vidro de correr que dá para a pequena cozinha.

Andrew estica as duas pernas, bloqueando a abertura da porta.

— Ninguém passará.

— O que é isso, a ponte de pedágio mais peluda do mundo?

— Isso não foi muito legal. — Andrew não mexe as pernas e finge continuar a ler seu livro. Lambe o dedo de um modo irritante e vira uma página.

Eric segura entre os dedos alguns pelos da perna de Andrew e os puxa com rapidez.

— Ai! Você é um troglodita. — Andrew tenta atingir Eric com seu livro. Eric recua e evita o golpe inicialmente, mas Andrew se atira para a frente mais uma vez e bate na parte de trás da perna esquerda dele.

— Não me bata com os realistas mágicos!

Eric dá um tapa na aba do boné de Andrew, que cai sobre seus olhos, e depois arranca o livro em pleno ar enquanto Andrew, às gargalhadas, tenta atingi-lo mais uma vez. Andrew segura com força o braço de Eric e o puxa aos tropeções até o banco da mesa de piquenique. Os dois lutam pelo livro. Trocam golpes leves e brincalhões e depois um beijo caloroso.

Andrew se afasta, sorrindo como se tivesse ganhado alguma coisa, e em seguida diz:

— Certo, pode soltar o livro agora.

— Tem certeza? — Eric tenta arrancá-lo rapidamente da mão de Andrew.

— Não faça isso, você vai arrancar a capa. Solte, assim eu posso te bater com ele de novo.

— Vou atirar você e este livro no...

A porta de correr dos fundos se abre com um som ruidoso o bastante para que Eric instintivamente olhe naquela direção, esperando encontrar uma chuva de vidro quebrado. Wen entra correndo no deque, falando em uma velocidade supersônica. Salta de um lado para o outro na porta, ora para dentro do chalé, ora para o deque novamente. Olha ao redor como uma louca, como se estivesse com medo de ficar lá fora, e continua falando, depois começa a acenar freneticamente para eles: *venham, venham aqui para dentro*.

— Wen, mais devagar, meu amor — diz Andrew.

— O que foi? Está tudo bem com você? — pergunta Eric.

Ela não está chorando, portanto provavelmente não foi picada por um inseto nem se machucou. Ele imagina por um instante que Wen tenha ouvido algo se agitando na floresta e ficado assustada, porém ela está mais do que apenas assustada. Está claramente com medo, o que faz com que Eric entre em estado de pânico.

Wen não para de dançar entre o deque e o interior do chalé. Contudo, ela toma cuidado para falar devagar. Diz:

— Venham aqui pra dentro agora. Por favor. Vocês precisam vir. Depressa. Tem umas pessoas aqui e elas querem entrar e conversar com vocês e algumas delas me dão medo.

Wen

Ela não responde a mais perguntas até levar os pais confusos e preocupados para dentro do chalé. Com a porta de correr fechada atrás deles, ela coloca um taco de hóquei serrado na esquadria, de modo que a porta de vidro não possa deslizar, mesmo que não esteja trancada. Papai Andrew mostrou-lhe como fazer isso na noite anterior, antes de ela ir se deitar.

Ela empurra os pais para fora da cozinha e na direção da porta de entrada trancada. A área comum, que consiste em sala de estar e cozinha, ocupa quase todo o interior do chalé. As paredes são feitas de imaculadas tábuas de madeira. Wen já andou pela maior parte da sala, batendo-as e testando para ver se tem alguma solta. Um mapa do lago e da floresta, um quadro emoldurado com uma paisagem de montanha ao anoitecer e uma placa com mobelhas esculpidas à mão estão pendurados aleatoriamente nas paredes, juntamente com o que parecem ser antigos esquis e bastões de esquiar e antigas propagandas de bicarbonato de sódio e Moxie gravadas em lâminas de metal, o tipo de ornamento *kitsch* que se pode encontrar em qualquer loja de artigos gerais em New Hampshire. Um banheirinho estreito com o menor boxe com chuveiro do mundo fica à esquerda da cozinha. O chuveiro mais vaza água do que qualquer outra coisa. Do outro lado da porta de correr de vidro e à direita da porta da entrada, estão dois quartos retangulares. No quarto de Wen há um beliche embutido. Wen já dormiu em ambas as camas e decidiu que prefere a de baixo. À direita dos dois quartos fica a abertura de uma escadaria que desce em espiral até o porão. Uma gradezinha curta de ferro forjado, na altura da coxa, circunda o perímetro do patamar da escada. Ao lado dela, encostadas na parede, há uma lareira e chaminé de pedra e argamassa. Na lareira há um fogão a lenha, uma pequena pilha de toras de madeira e uma estante com estranhas ferramentas para uso do fogão, feitas de estanho negro: uma pequena pá, uma escova, tenazes e um atiçador. Um sofá comprido de cor verde-oliva com um estofado tão cheio de espinhos quanto um cacto atravessa na diagonal a área comum. À esquerda, há um pequenino sofá azul de dois lugares e uma mesinha de canto de pernas finas, capaz de tombar ao menor dos empurrões. Um pequeno abajur com cúpula de um tom vivo de amarelo repousa sobre a mesinha, como se fosse um cogumelo. À esquerda do sofá de dois lugares, quase adentrando a pequena cozinha, há uma mesa retangular, em cujo topo está um jogo de paciência abandonado. Uma roda de carroça empoeirada e coberta de teias de aranha transformada em lustre folclórico pende do teto abobadado entre duas vigas de madeira tão largas quanto passarelas. Na parede à direita, e imediatamente em frente à porta de entrada, estão uma janela e uma TV de tela plana. Único aparelho moderno do chalé (a geladeira e o fogão devem ser mais velhos do que Andrew e Eric), a TV está conectada a uma antena parabólica, um pedaço solitário de plástico preso ao telhado. A tela plana é algo tão destoante que chega a ser anacrônica. Parece impossível que funcione como se espera, e é menos um apetrecho útil do que uma janela enegrecida onde, atrás de seu vidro e sob sua capa protetora permanentemente fechada, repousa uma noite eterna.

O avanço deles pela sala é lento e espasmódico. Andrew e Eric continuam soltando uma torrente de perguntas junto com súplicas para que Wen responda. Ela tenta acompanhar as perguntas, mas eles estão falando rápido demais — e, mesmo que não fosse, ela levaria dias e dias para responder.

Wen se esforça ao máximo, de qualquer maneira. Suas frases são claras e curtas.

— Eu não sei quem eles são.

Olhem pelas janelas.

Ele disse que eles querem conversar.

São quatro.

O grandão se chama Leonard.

Ele é muito legal, mas aí começou a dizer umas coisas estranhas.

Disse que a gente tem que ajudar a salvar o mundo.

Não tem carro nenhum aí fora.

Eu acho que eles vieram pra cá a pé.

Estão todos meio que vestidos do mesmo jeito.
Calça jeans e o mesmo tipo de camisa, só que de cores diferentes.
Sei lá.
Eles não falaram nada comigo.
Só o Leonard.
Ele disse que a gente tinha de escolher alguma coisa.
Uma coisa ruim, parece.
Os outros trouxeram umas ferramentas grandes e assustadoras.
Tipo foices, só que não são foices.
Sei lá.
Parece terem sido feitas à mão por eles mesmos.

Os pais dela querem saber mais sobre as ferramentas de aparência assustadora. Wen ouve suas próprias palavras como um zumbido abafado vindo de algum lugar distante, como se ela estivesse fora de seu corpo, mas não dentro do chalé, e se sente confusa, achando que talvez tenha imaginado aquelas perguntas e talvez tenha se imaginado entrando em casa para chamar os pais, e que na verdade ainda está no jardim, imóvel, banhada pelo sol, e os estranhos com aquelas coisas terríveis nas mãos estão ali, caminhando em sua direção.

Alguém bate à porta da frente. Sete batidas (Wen as conta) baixas, educadas e ritmadas. Leonard disse que sete nem sempre significava sorte.

Andrew e Eric se separam de modo a cercar a porta da frente. Wen se mantém recuada, perto da mesa e da linha imaginária entre a sala de estar e a cozinha. A luz do sol, incansável e implacável, se derrama pela porta de vidro de correr atrás dela. Ela esconde os polegares dentro dos punhos fechados com força, um tique nervoso que substituiu o anterior, mastigar o próprio cabelo. Há algumas semanas, dois de seus professores da escola de chinês a apanharam fazendo aquele gesto de esconder os polegares nos punhos fechados, depois de a escola transferi-la do que chamava "grupo emergente" para o "ciclo básico", no qual a maioria dos alunos é um ou dois anos mais novo que ela. Quando Laoshi Quang, sua professora de pinyin e gramática, viu os polegares de Wen dentro dos punhos cerrados, sorriu e gentilmente desdobrou as mãos de Wen, sem interromper a aula. Seu professor de história e cultura, o Sr. Robert Lu (ele deixa os menores chamarem-no de Sr. Bob), perguntou se Wen estava nervosa e depois fez uma piada de toc-toc tão ruim que acabou sendo engraçada. O Sr. Bob é legal, mas também a deixa com vontade de chorar; ele é tão legal que a faz se sentir culpada. Wen quer parar de frequentar a escola chinesa. As aulas são difíceis. Ela não está assimilando a pronúncia oral e a escrita de caracteres tão rapidamente quanto as outras crianças, quase todas filhas de chineses. Ela não pratica diálogos nem faz todas as lições de casa durante a semana. Wen não consegue articular o que sente, mas guarda uma raiva incoerente de seus pais biológicos por terem desistido dela, e uma raiva da própria China, por ser o país no qual seus pais foram autorizados/obrigados a abrir mão dela. Wen também passa boa parte das aulas sonhando acordada com todas as coisas divertidas que seus colegas da escola regular costumam fazer sem ela, aos sábados.

De lá de fora, vem:

— Ô de casa. Meu nome é Leonard. Estou aqui com alguns amigos meus. Tem alguém aí? — Sua voz chega abafada pela porta, mas é bastante audível.

Andrew sussurra para Eric:

— Diga a ele com educação para ir embora. Provavelmente devem ser só uns fanáticos religiosos bizarros, né? Que estão salvando o mundo, um panfletinho por vez.

Eric sussurra em resposta:

— Provavelmente. Provavelmente. Mas Wen disse que eles tinham trazido umas ferramentas estranhas, parecidas com... foices, não era isso? — Ele olha para trás, para Wen, e ela confirma com um gesto.

— Meu Deus... — Andrew saca o celular do bolso, liga o aparelho e depois o guarda de novo.

Wen sente vontade de lembrá-lo que ali não há sinal de celular e que o telefone não tinha funcionado na véspera, quando ele tentou procurar foices na internet para mostrar a ela. Seus pais tinham escolhido aquele lugar porque não haveria wi-fi nem sinal de telefone, para que fosse possível se desconectarem e os três pudessem passear, nadar, conversar, jogar cartas ou jogos de tabuleiro, sem qualquer espécie de distração digital. Andrew disse que seria parecido com acampar, só que em um chalé, e não em uma barraca. Wen não ficou muito convencida das vantagens de ficarem desconectados, mas fingiu estar animada com a ideia de acampar em um chalé.

Seu telefone celular está escondido em um dos gavetões de madeira sob o beliche. Quando eles chegaram ao chalé, ela tirou fotos do lago, das vigas de madeira do teto (que ela daria qualquer coisa para escalar e atravessar) e do seu beliche, mas não tinha mais pegado o celular desde então. Não sabe ao certo por que Papai Andrew está com o dele tão prontamente disponível, guardado no bolso. Será que ele o estava usando escondido? Será que eles tinham mentido para ela quando disseram que ali não havia wi-fi nem sinal?

Andrew corre até uma das janelas da frente, localizada à esquerda da porta, abre uma fresta da cortina e olha para fora. Estende o braço, fecha a janela com cuidado e depois a trava. Sussurra:

— Minha nossa, o cara que está aí na escada é gigantesco.

Eric está praticamente girando sem sair do lugar diante da porta. Finalmente ele diz:

— Olá. Olá, Leonard. Nós...

Leonard o interrompe.

— Você é o Papai Andrew ou o Papai Eric? Conheci Wen. Que criança maravilhosa! Como ela é inteligente, atenciosa e gentil! Você deve sentir muito orgulho.

Andrew apanha o celular novamente, confere a tela, solta um palavrão e o enfia de novo no bolso, como se estivesse bravo com o aparelho. Ele se agacha, fazendo com que seu rosto fique quase rente ao canto inferior direito do vidro da janela. Diz:

— Tem mais umas pessoas à esquerda dele, eu acho. Não consigo ver direito quem são.

Eric, ainda diante da porta, se vira de frente para Andrew. Seus braços pendem ao longo do corpo e ele se inclina para a direita, até que sua orelha esquerda fique a alguns centímetros da porta.

— É o Eric. Vocês precisam de alguma ajuda? Não estávamos esperando visitas. Não quero parecer mal-educado, mas preferimos ficar a sós.

Leonard responde:

— Entendo, e sinto muito por interromper as suas férias. Ainda mais neste lugar tão bonito. Eu nunca tinha estado neste lago antes. Acredite em mim, até poucos dias atrás, nós quatro jamais poderíamos imaginar que estaríamos aqui, nem que viríamos para cá para conversar com vocês, pessoas tão legais. Mas precisamos conversar com você, Eric, e com Andrew e

Wen também. É vital termos esta conversa. Não tenho como enfatizar isso o suficiente. Eu sei que você não tem motivo para isso, mas precisa confiar em mim. Tenho certeza de que a Wen confia em mim. Tive a impressão de que ela leva muito jeito para avaliar o caráter das pessoas.

Eric olha para Wen e sua expressão é vaga, ilegível. Ela se pergunta se, de alguma forma, ele a estaria culpando por tudo aquilo. Talvez aquilo, o que quer que fosse, fosse mesmo culpa dela, por não ter entrado correndo em casa assim que Leonard apareceu com seu enorme e simpático sorriso e por ter ficado conversando com ele. Ela conversou com um estranho quando não deveria fazer isso, e tudo o que aconteceu depois era culpa dela.

Eric retruca:

— Já estamos conversando, Leonard, e estamos ouvindo. O que você quer?

Andrew, com o rosto ainda colado na janela, se arrasta agachado até Eric, e os dois conversam mais um pouco em sussurros, mas Wen acha que estão falando alto o bastante para que Leonard consiga escutar tudo do outro lado da porta.

— Tem uma mulher com alguma coisa na mão; parece uma combinação de enxada com pá. Por que diabos ela trouxe isso?

Eric pergunta pela porta:

— Quem mais está aí fora com você?

Leonard responde:

— Meus amigos Sabrina, Adriane e Redmond. Nós quatro viemos aqui porque estamos tentando ajudar a salvar... salvar muita gente. Mas precisamos da ajuda de vocês para isso. Ajuda não é exatamente a palavra certa. Sem vocês, não há nada que possamos fazer para ajudar ninguém. Por favor, acredite em mim. Tudo bem se nós entrarmos? Nós só queremos conversar, explicar as coisas direito; falar pela porta só torna quase impossível uma conversa que já é difícil...

Enquanto Leonard continua com aquele papo furado para ganhar tempo, Eric desliza da porta até a janela à sua direita. Com dois dedos, ele afasta um canto da cortina de renda empoeirada, abrindo espaço suficiente para a luz do sol banhar sua testa. Depois de uma breve espiada, ele solta um silvo irritado e salta para trás, afastando-se da janela.

— O que eles têm nas mãos? Que coisas são essas?

Andrew troca de janela para que eles possam ver de ângulos diferentes. Eric volta para a porta da entrada e fica de frente para ela, encarando a madeira. Suas mãos, pousadas no topo de sua cabeça, transmitem a impressão de que ele está tentando impedir que ela saia voando para longe do corpo.

A forma de Andrew espiar pela janela está longe de ser sutil. Ele cobre a cabeça com a cortina. Deixa escapar um gemido aterrorizado, um som que transforma os joelhos de Wen em elásticos e faz tremer as bases de sua crença permanente de que está segura ao lado dos seus pais. Ela diz baixinho, com um fiapo de voz:

— Desculpa...

Não consegue explicar por que está pedindo desculpas, apenas está.

Andrew fecha a janela com força, trava-a e depois caminha com pernas bambas por trás de Eric. Olha ao redor do chalé com olhos tão largos e profundos quanto poços.

Eric pergunta:

— O que eles têm nas mãos? Você conseguiu ver? Por que eles estão aqui?

Andrew diz:

— Eu... eu não sei, mas não vamos ficar esperando para descobrir. Vou ligar para a polícia. Agora.

— Quanto tempo até eles conseguirem chegar?

Andrew não responde e atravessa correndo a sala até o telefone fixo bege, que está preso na esquadria de madeira da cozinha, ao lado da geladeira.

Wen sobe no sofá de dois lugares e se agacha, de modo que somente sua cabeça fica visível, flutuando sobre o encosto. Ela diz para Eric:

— Pede pra eles irem embora de novo. Por favor, faz eles irem embora.

Eric assente para Wen e diz em voz alta para os quatro lá fora:

— Escutem, tenho certeza de que vocês são todos pessoas muito bacanas, mas não nos sentimos à vontade em receber estranhos no nosso chalé. Sou obrigado a pedir que, por favor, saiam desta propriedade.

Andrew bate o telefone no gancho com força e, em seguida, levanta o fone e o aperta contra o ouvido, depois repete tudo de novo.

— Merda! Merda! Merda! Está mudo. Eu não entendo...

Eric se vira.

— Como assim? O cabo está conectado? Verifique a conexão, talvez tenha soltado. Ontem tinha sinal. Eu chequei assim que entramos.

Era verdade. Wen também checara o telefone logo depois dele, e se enrolou no cabo longo e elástico até Eric dizer-lhe para não brincar com aquilo, pois não era um brinquedo. Ele checou o telefone novamente depois que ela se desembaraçou do fio.

Andrew levanta o fone da parede e inspeciona um fio translúcido conectado à tomada. Ele o remove e, em seguida, conecta-o novamente, depois tira o telefone do gancho.

— Eu já chequei e estou checando novamente, só que não está funcionando. Não está...

Ouve-se a voz de outro homem, esta mais profunda e mais velha que a voz simpática de Leonard. Seu tom tem uma pitada de alegria, como se contasse uma piada terrivelmente engraçada que só se vai entender mais tarde, ou uma piada do pior tipo: aquela que só tem graça para quem conta.

— Nós não vamos embora até vocês nos deixarem entrar e termos nossa conversinha.

Wen imagina o homem dizendo isso enquanto olha para ela diretamente através da porta e das paredes do chalé, retorcendo as mãos no cabo grosso de madeira da sua arma. Ela já decidiu que aquilo é uma arma, algo que somente uma pessoa malvada ou um orque ousaria construir e empunhar.

Do lado de fora do chalé, ouve-se uma enxurrada de sussurros irritados dirigidos ao homem que acabou de falar e que não é Leonard. Talvez, em circunstâncias diferentes, a voz dos quatro estranhos soasse como uma brisa forte agitando as folhas da floresta.

Leonard diz:

— Ei, desculpem. Redmond está tão ansioso e... *animado* quanto todos nós, mas garanto que suas intenções são puras. Imagino quanto vocês estão nervosos com a nossa presença, e isso é mais do que compreensível. Isso também não é nada fácil para nós. Nunca estivemos nessa posição antes. Aliás, ninguém esteve, nunca, na história da humanidade.

Eric responde, com frieza e sem hesitar:

— Já escutamos o que você tem a dizer, Leonard, e fomos muito pacientes até agora. Mas não estamos interessados. — Ele faz uma pausa, corre a mão pela barba bem-aparada e acrescenta: — Gostaríamos que vocês fossem embora agora. Não me parece que estejam com problemas ou algo do gênero, e tenho certeza de que poderão encontrar outra pessoa disposta a ajudá-los. — Por mais calmo e "Papai Eric" que ele tenha sido até então, em algum lugar por baixo de suas palavras existe uma fissura, que se abre o bastante para que Wen despenque dentro da sua desesperançosa escuridão.

Andrew também deve ter percebido a mesma mudança na voz de Eric, pois sai correndo pela pequena extensão da sala, posiciona-se diante do marido como se o estivesse protegendo e grita:

— Nós dissemos não, obrigado! Vão embora agora! — Ele inclina o corpo para frente e para trás apoiado nos calcanhares e arregaça as mangas da camisa até os cotovelos.

Por trás, Eric lentamente enlaça com um dos braços o peito do marido e o puxa para longe da porta. Andrew não oferece resistência.

Não há resposta de Leonard nem de nenhum dos outros lá fora. O silêncio dura tempo suficiente para despertar tanto esperanças (*talvez eles estejam indo embora*) como temores (*talvez eles tenham parado de falar porque estão se preparando para fazer outra coisa*).

Leonard diz:

— Não é minha intenção que isso soe como uma ameaça, Andrew. É Andrew, certo? — Leonard faz uma pausa. Andrew acena afirmativamente, apesar de não haver como ser visto por Leonard. — Nós só vamos embora depois de conversarmos, cara a cara, com vocês. A nossa tarefa é muito importante. Nós não podemos e não iremos embora até que conversem conosco. Desculpem, mas não há como mudar essa situação. Não temos escolha. Nenhum de nós aqui tem escolha, a não ser lidar com isso.

Eric diz:

— Bem, você não *nos* deixa alternativa. Vamos chamar a polícia. Agora mesmo. — Sua voz confiante, estrondosa, aquela que faz com que as pessoas o ouçam, que faz com que as pessoas queiram conversar com ele e estar a seu lado, desapareceu. Ele parece encolhido, diminuído, e Wen sente medo de, a partir de agora, aquela passar a ser sua nova voz.

Andrew estica a mão e aperta suavemente o braço de Eric, aquele que continua enlaçando seu peito, na altura dos ombros.

Uma das mulheres diz:

— Ei, oi, hã, sabemos que vocês não têm como fazer isso. Chamar a polícia, eu quero dizer. Não tem sinal de celular por essas bandas, certo? Meu telefone não funciona desde algum lugar próximo da Daniel Webster Highway. Desculpem, mas fui obrigada a cortar a linha do seu telefone fixo. Meu nome, hã, meu nome é Sabrina, a propósito. — A estranheza daquela apresentação é tão arrepiante quanto a confissão do corte da linha do telefone fixo.

Eric e Andrew se afastam lentamente da porta da frente. Se não pararem de andar, vão acabar trombando com o encosto do sofá.

Eric pergunta a Andrew:

— Você checou seu celular?

— Zero sinal. Nada. Merda nenhuma.

Eric pede:

— Wen, você pode pegar seu telefone, ligá-lo e nos dizer se está funcionando?

Wen sai correndo do sofá de dois lugares, mas, em vez de ir até seu quarto para apanhar o telefone celular, ela vai até a frente de seus pais em retirada e grita para a porta:

— Deixa a gente em paz, Leonard! Você tá assustando a gente! Você não é meu amigo! Vão embora! Sumam daqui! — Ela torce para que sua voz pareça controlada e irritada, em vez de apavorada. Quer acreditar que a voz de Papai Eric está de alguma maneira guardada dentro dela.

Eric e Andrew caminham juntos para a frente e se agacham para ficar na altura de Wen. Eles a abraçam, apertando-a no meio dos dois, e dizem coisas que deveriam, supostamente, tranquilizá-la. O braço de Eric está enlaçando o pescoço dela, lavado de suor, e a respiração de Andrew está ofegante, como se ele tivesse corrido com ela pelo chalé. Wen não dá ouvido a seus pais e, em vez disso, se esforça para escutar a resposta de Leonard.

Leonard diz:

— Eu sei, e eu sinto muito, Wen. Sinto mesmo. De verdade. E eu sou seu amigo. Não importa o que aconteça. Mas nós não podemos ir embora. Ainda não. Por favor, diga a seus pais para abrirem a porta. Tudo será mais fácil se eles fizerem isso.

Andrew grita:

— Você não tem o direito de falar com ela!

Enquanto Eric tenta silenciá-la, Wen grita novamente:

— Por que vocês trouxeram essas armas assustadoras? Por que precisam disso?

Leonard diz:

— Não são armas, Wen. São ferramentas. Se você abrir a porta agora, vamos deixá-las no chão, aqui do lado de fora. E... por favor, acredite em mim... eu garanto que não são armas.

O outro homem grita:

— Não se preocupe. Elas não são pra vocês.

Seus pais rapidamente debatem entre si, falando tão depressa e baixinho, em grunhidos, que Wen não consegue saber quem está falando o quê.

— "Elas não são pra vocês?"

— Mas que caralho isso quer dizer?

— Eu... eu não faço a menor ideia.

— Mas que merda está acontecendo por aqui?

— Nada de telefone.

— Checa o celular mais uma vez.

— O que é que nós vamos fazer?

— Eu não sei. Mantenha a calma.

— Nós não vamos deixá-los entrar.

— Não. Não vamos.

— De jeito nenhum!

O homem chamado Redmond, aquele que parecia estar adorando tudo aquilo, grita:

— Ei! Oi!

Andrew e Eric se calam.

Redmond diz:

— Façam logo o que Leonard diz. Abram essa maldita porta. A gente vai entrar, por bem ou por mal.

Andrew grita por cima da cabeça de Wen:

— O cacete que vão! Eu tenho uma arma!

Os pais soltam Wen do abraço grupal. Ela tropeça e quase cai no assoalho de madeira. Eles a estavam segurando com tanta força que a haviam levantado do chão, sem que percebessem.

Andrew

Eric pergunta:
— O que você está fazendo?
Andrew o ignora e grita para fora:
— Eu não estou de brincadeira, caralho!
O pai de Andrew costumava dizer: "quem diz que não está de brincadeira está falando a mais pura verdade". Clay Meriwether (nunca "papai", só mais tarde na vida dele é que dizer "papai" passou a vir revestido de um afeto genuíno) era um mecânico e faz-tudo do interior de Vermont. Certa manhã, uma mulher chamada Donna apareceu em frente à garagem adjacente à antiga casa de fazenda dos pais de Clay. Ela morava em uma comuna na cidadezinha de Jamaica e trouxera um Datsun detonado (que não era dela) da cor de uma banana podre. Clay trabalhou naquele carro por duas semanas, de graça, e eles se casaram quatro meses depois. Um casal verdadeiramente estranho: Donna, vegetariana desde os vinte e poucos anos, mantinha uma pequena horta na casa, vendia parte (porém nunca o suficiente) do que cultivava e costumava ler a mão e a aura das pessoas. No momento, "a sua onda" (como ela dizia) era praticar cura holística; Clay, apesar de ter setenta e poucos anos, continuava sendo um faz-tudo em tempo integral e um ávido caçador na maioria dos fins de semana, e, embora em alguns aspectos houvesse abrandado suas convicções políticas (e endurecido em outros), era, no geral, tão conservador quanto Donna não o era. Tanto Donna como Clay eram leitores vorazes de longa data e entre os autores favoritos de ambos estavam Tom Robbins, Daphne du Maurier e Walter Mosley. Donna e Clay sempre se deram bem e nunca saíram de Vermont. Embora a nostalgia tivesse meio que aparado as arestas de ter passado toda a infância praticamente isolado na fazenda da família, Andrew mal podia esperar para sair de Vermont, o que conseguiu fazer ao completar dezoito anos.

Eric puxa Andrew para longe da porta, dessa vez com mais urgência, segurando com força seu braço direito, e diz:

— Não, pare com isso! Espere um...

Andrew não para. Está muito assustado e irritado, e embora nunca tenha apontado uma arma para ninguém nos quase trinta anos (com intervalos) em que pratica tiro com armas de fogo, ele se imagina abrindo a porta e apontando o pequeno olho negro imperturbável do cano para a testa dos vultos borrados de Leonard ou Redmond, ou de quem quer que aparecesse na sua frente. Não: é Redmond que ele imagina como alvo. Na sua rápida espiada pela janela, Andrew viu Redmond, com sua camisa vermelha horrorosa e sua postura atarracada e corpulenta de um *linebacker*, pingando macheza — esse combustível sempre ardente da violência e da calamidade. Na sua imaginação, Andrew aponta a arma para ele, o cara que se parece com tantos machões intolerantes e cheios de ódio com os quais ele teve de lidar durante toda a sua vida. Sempre que Andrew está em um lugar público, percebe os olhares e ouve seus comentários. O fato de sentir que é obrigado a adaptar ou ajustar seu comportamento, sua essência, apenas para que o deixem em paz, para não se sentir ameaçado, enche-o de vergonha, culpa, medo e raiva. Aquele tal de Redmond pode ser muito bem um dublê, um representante de *todos eles*: os bons rapazes das fraternidades acadêmicas, os membros de carteirinha da rede de caras-tementes-a-Deus-que-odeiam--o-pecado-mas-amam-o-pecador; todos farinha do mesmo saco. Quando Redmond fala, o som de sua voz é tão familiar que, ainda que os dois jamais tenham se visto, é como se já se conhecessem. Andrew não teria a menor dificuldade em apontar a arma para Redmond — poderia, inclusive, sentir prazer em ver o medo atravessando seus olhos torpes e animalescos. Isso se Andrew estivesse portando de fato sua arma.

Ele diz:

— Uma Taurus calibre 38 de cano curto. Se tentarem invadir esta casa, vão ter problemas. — Andrew imprime em sua voz o máximo de ameaça de que é capaz naquele momento: talvez, na verdade, soe como algo na linha de "o professorzinho está bravo", mas, para ele, soa mais como o estereótipo do nerd de histórias em quadrinhos. Sua voz não é o barítono lento e calmo cheio de razão e autoridade de Eric. A voz de Eric chamou a atenção de Andrew antes mesmo de ele o ver. Os dois se conheceram em um churrasco na casa de um amigo em comum, cinquenta pessoas espremidas em um quintalzinho ridiculamente minúsculo, quadrado, parecido com um selo postal. Os "dá licença" dos convidados acabaram por se tornar uma piada que nunca perdia a graça. Andrew fazia parte de um grupinho de amigos e colegas de trabalho que estava rindo de qualquer coisa de que ele já não se recorda mais, mas se lembra muito bem de estar rindo, e de que era uma risada agradavelmente bêbada, ligeiramente desequilibrada, completamente feliz. Então, às suas costas, ele ouviu Eric conversando, não, *discursando* sobre sei lá que time europeu de futebol e suas transferências absurdamente caras de jogadores. Aquela voz reverberava em uma frequência mágica, erguendo-se acima do burburinho leviano e embriagado dos alegres convivas de verão. Andrew não dava a mínima para futebol, mas pensou: *Quem é esse cara?*

Leonard diz:

— Por favor. Não faça...

Redmond o interrompe.

— Mostra essa arma. Põe o cano aí na janela, cara. — O tom com que ele fala "cara" é ao mesmo tempo ameaçador e indiferente.

— Você vai ver quando eu a enfiar no seu nariz.

Eric anda de lado até ficar junto de Andrew e sussurra em seu ouvido:

— Você trouxe mesmo a arma? Tá com ela aqui?

No apartamento deles, Andrew mantinha a arma trancada em um cofre do tamanho de um caderno em uma prateleira, dentro do closet do casal. O cofre é novo. Ele o comprou há oito meses. Movido a baterias, é possível abri-lo com a senha do touchpad ou com a nova senha biométrica e, se acabar a bateria, é possível usar uma chave sobressalente.

Andrew foi criado com armas. Seu pai costumava levá-lo frequentemente para caçar, quer ele quisesse ou não. Quando ele tinha dez anos, seu pai lhe deu um rifle Huntington calibre 22. Andrew não gostava de caçar ou atirar em animais (embora tenha matado dois veados e mais esquilos do que gostaria), mas gostava de atirar em alvos, e passou boa parte dos primeiros anos de sua adolescência atirando em um toco de árvore murcho e cinzento situado nos fundos da casa de fazenda, a cerca de mil passos. Quando Andrew se mudou para Boston, renunciou a tudo o que era de Vermont, inclusive às armas de fogo. Depois do ataque naquele bar próximo do Boston Garden, treze anos atrás, Andrew fez aulas de autodefesa e boxe, que o ajudaram a se sentir com mais autonomia. A frequência dos pesadelos diminuiu e sua ansiedade generalizada baixou para níveis quase normais (seja lá quais fossem). Porém, não foi o bastante. Um ano depois do ataque, Andrew obteve sua licença de porte de arma do estado de Massachusetts e se filiou a um clube de tiro. De início, Eric resistiu fortemente a terem uma arma em casa, e eles conversaram sobre o assunto uma segunda e uma terceira vez, antes e depois de adotarem Wen. Andrew insistiu que não estava reagindo nem se entregando ao medo. Explicara a Eric que o ataque o deixara sem chão; a garrafa de cerveja quebrada na parte de trás de sua cabeça rompeu algo dentro dele que ainda precisava se recompor. Atirar fazia parte do que Andrew fora quando era mais jovem e, talvez, se conseguisse recuperar aquela pequena parte de sua identidade, ele se sentisse mais inteiro. Andrew sabia que não estava se explicando muito bem, mas também sabia que era melhor isso do que admitir que apertar o gatilho uma vez por mês imaginando que a silhueta no papel do alvo era o homem que o atacara dava-lhe uma maldita sensação de bem-estar.

Andrew diz:

— Sim e não.

— Como assim?

— O cofre está no compartimento lateral do SUV...

Levar a arma para o chalé tinha sido uma decisão por impulso, tomada minutos antes de eles partirem. Eric e Wen tinham descido a rua para comprar café e donuts para a viagem, enquanto Andrew fazia uma última vistoria no apartamento para ter certeza de que eles não estavam esquecendo nada importante. De repente, ocorreu a Andrew que a arma era importante. Durante a semana no lago, Eric ficaria preocupado com ursos e animais selvagens, enquanto Andrew se preocuparia por eles estarem nos cafundós do estado não exatamente liberal de New Hampshire. Por um instante, Andrew imaginou dois sujeitos com aquele ar de "não cruze o meu caminho" observando-o e também Eric e Wen comprando comida em um supermercado e, em seguida, perseguindo-os no estacionamento, vociferando xingamentos e ameaças, ou talvez os caipiras de merda os seguissem até seu remoto chalé para transformar sua homofobia e seu ódio em mais do que apenas palavras. Andrew se recriminou por sempre imaginar os piores cenários (embora isso não quisesse dizer que aquilo não poderia ou não iria acontecer; ele sabia disso por experiência própria) e cantarolou "Dueling Banjos" na tentativa de se sentir um idiota por desejar levar a arma. Não funcionou, e ele acabou escondendo o cofre no painel lateral do carro. Andrew não revelou a Eric que tinha trazido a arma e, embora soubesse que não estava sendo justo, não queria ter aquela conversa. Eric vem sendo tão compreensivo quanto possível em relação ao fato de Andrew ter uma arma, mas, mesmo assim, não ficaria nem um pouco satisfeito em saber que a arma tinha se juntado às férias deles. Apesar de eles já terem tido uma longa conversa em família sobre a arma e o fato de o cofre ser algo proibido para Wen, aquilo deixaria Eric ainda mais neurótico em relação a ela brincar no chalé sem a supervisão deles, e ele teria ficado obcecado ao imaginá-la encontrando o cofre e dando um jeito de abri-lo.

Redmond diz:

— Ei, vamos logo com isso. Todos nós gostamos de gente que mata a cobra e mostra o pau. Não? Nada? Foi o que eu pensei. Mentira deslavada. Ele não...

Leonard berra:

— Já chega!

Sua voz soa grave, percussiva, ligeiramente alterada, tão chocante quanto o estrondo dos latidos de cachorros em uma casa que se presume estar vazia. Wen choraminga e cobre as orelhas com as mãos. Andrew se lembra de que, por mais ameaçador e Cro-Magnon que Redmond pareça ser, esse tal de Leonard, que está a uns trinta e poucos centímetros do outro lado da porta, não passa de um garoto grandalhão de merda.

Leonard diz:

— Desculpe por berrar. Não estou gritando com você ou com sua família. Estava falando com Redmond. — Há uma pausa silenciosa quase tão aterrorizante quanto as coisas que haviam sido ditas até aquele momento. — Não é preciso arma nenhuma, Andrew. Não viemos aqui para... para machucar qualquer um de vocês. Só precisamos conversar cara a cara. Acho que eu já disse tudo o que podia aqui fora, portanto agora eu vou entrar, tá legal?

A maçaneta gira e a porta trancada balança na moldura. Andrew, Eric e Wen observam sem dizer nada e permanecem imóveis, como se a mudança de postura de Leonard fosse o equivalente a um xeque-mate na sala.

Andrew quebra o estupor coletivo e grita:

— Não, não tá legal!

Eric atira o corpo contra a porta e diz para a madeira manchada:

— Fomos bastante compreensivos até agora e pedimos com educação que vocês fossem embora. Vão. — Ele acrescenta, quase sem fôlego, embora no mesmo instante se arrependa de dizê-lo: — Vocês estão assustando Wen. — Então se vira para Andrew e diz rapidamente, por entre os dentes cerrados: — O que vamos fazer? O que vamos fazer?

Leonard diz:

— Por favor, apenas abra essa porta.

— Vai à merda! Dá o fora! — Andrew afunda mais o boné verde na cabeça e gira sem sair do lugar, sem saber o que fazer.

Wen está sentada no chão, encostada na parte de trás do sofá. Ela cobre os olhos e grita, repetidamente:

— Vai embora, Leonard! Você não é meu amigo!

A mulher de camisa de botões preta espia pela janela à esquerda da porta de entrada. Ela vê Andrew e bate na tela com a ponta de madeira de sua ferramenta, como uma criança batendo no vidro de um aquário. Depois desaparece do campo de visão e diz alguma coisa para o restante do grupo. Há uma discussão rápida e silenciosa do lado de fora, e o borrão de um vulto vermelho passa diante da janela, do outro lado da porta. Andrew pensa ouvir os passos arrastados de Redmond contornando o chalé e indo em direção ao deque dos fundos.

Leonard continua falando. Desde que gritou com Redmond, sua voz não se alterou mais nem mudou de tom; poderia muito bem ser uma gravação. Aquela uniformidade e o comportamento dele eram uma prova daquela loucura coletiva.

— Nós não viemos aqui para machucar vocês. Precisamos da sua ajuda para consertar as coisas, para salvar o que deve ser salvo. Só vocês podem nos ajudar. Poderiam começar abrindo a porta...

Andrew corre até as janelas da frente e fecha as cortinas puídas e transparentes. Então salta até a cozinha e fecha a cortina azul-marinho, tão grossa quanto um cobertor de inverno, sobre a porta de vidro de correr, eclipsando a maior parte da luz do sol. O espaço abaixo da porta de correr e acima da cortina emite um leve brilho radioativo, tal como a janela sobre a pia da cozinha. O restante do chalé fica escuro.

Wen acende cuidadosamente o pequeno abajur de cúpula de um tom amarelo vivo que está sobre a mesa de canto. Fica presa naquele holofote, com os polegares bem escondidos dentro dos punhos fechados, encostados à boca.

Andrew vai até Wen e a abraça. Ela não o abraça de volta. Ele estica o braço por trás do corpo até a parede situada entre a cozinha e o banheiro, e acende a luz do lustre do teto, feito com a roda de uma carroça. Somente quatro das seis lâmpadas funcionam. Ele supõe que Wen perguntará se vai ficar tudo bem e, se ela de fato perguntar, ele fará o que qualquer bom pai faria: mentirá para ela.

Wen diz:

— Estou com medo.

— Podemos ficar com medo juntos, então?

Ela faz que sim.

— Eles vão entrar?

— Pode ser que tentem.

Ele beija o topo da cabeça de Wen. Seus lábios e a boca estão secos. Ele tira o boné e o coloca na cabeça dela. É muito grande para Wen, mas ela não o retira: puxa a aba sobre os olhos e enfia o máximo de cabelo que consegue por baixo do boné.

Eric chama Andrew e entra na sala. Leonard parou de falar e parou de tentar abrir a porta da frente.

— Eles foram embora?

Andrew sabe que aquela é uma pergunta retórica, do tipo preciso-dizer--alguma coisa-senão-eu-grito. Claro que eles não foram embora; ainda não, e uma parte dele acredita que eles ficarão dias, anos, o resto da vida presos naquele chalé, sitiados. Andrew prefere se ater a essa imagem infernal e não ousar ter esperanças de que os outros partam, porque naquele momento ter esperanças seria algo intoxicante, entorpecente; ter esperanças seria algo perigoso. Andrew dança conforme a música porque Wen está ouvindo, e dança conforme a música porque é o que precisa fazer. Ele diz:

— Acho que eles estão apenas tentando nos assustar, né? São covardes demais para realmente...

Passos pesados sobem as escadas que levam até a plataforma do deque. Eric e Andrew olham para o sofá ao mesmo tempo, e Eric corre para a outra ponta. Andrew momentaneamente pensa em mandar Wen se esconder no banheiro, trancar a porta e não sair, não importa o que aconteça. Em vez disso, ele abre caminho até a porta de correr, empurrando a mesa de jantar, as cadeiras e o sofá de dois lugares para longe do sofá, cujos pés arranham ruidosamente o chão de madeira antes de deslizarem até o linóleo da cozinha. Wen também ajuda, arrastando a mesinha de canto e o abajur em direção ao banheiro.

— Boa, Wen.

Andrew e Eric levantam o sofá. É um velho sofá-cama tão pesado e desajeitado quanto um tanque. Andrew dirige-se para a porta de correr, mas Eric abruptamente abaixa a extremidade que está segurando, atirando Andrew de volta para a sala, e diz:

— Espere, gire o sofá. Precisamos girar o sofá de modo que as costas fiquem encostadas no vidro.

Andrew sente vontade de dizer: *caralho, que diferença isso faz?* Se os outros quebrarem o vidro da porta de correr, a forma como o sofá estará encostado não os impedirá de entrar. Ele não diz nada, apesar de sentir que aquilo é um erro, uma ação motivada pelo pânico, um desperdício de tempo precioso, e os dois caminham atabalhoadamente, grunhindo com o esforço, em um semicírculo rápido, e soltam o sofá na frente da porta de correr dos fundos. As entranhas de molas e estruturas metálicas se chocam em uma orquestra fora de tom.

Andrew entra agachado na cozinha e trava a janela acima da pia. Estarão todas as outras janelas fechadas? As dos quartos são grandes o suficiente para que alguém consiga entrar por elas. Ele abre as gavetas à procura de facas, as maiores que houver ali. Eles vão precisar de facas, certo? Vão precisar de alguma coisa. Então diz:

— Precisamos checar se as janelas do quarto estão fechadas e cobertas.

— Ah, merda, putz...

— O que foi?

— As escadas do porão. O que faremos em relação a elas? — Aquela abertura retangular no chão e suas escadas que descem em espiral até embaixo...

Leonard grita de algum lugar lá fora, não mais diante da porta de entrada, na direção da lateral do banheiro/cozinha. — Vamos, minha gente, abram as portas! Por favor, andem logo com isso! Nós não queremos assustar vocês! Não viemos aqui para machucar ninguém!

— A polícia está a caminho e, se você colocar um pé sequer aqui, eu vou atirar! — Andrew sai da cozinha sem levar nada consigo. Eric fica no meio da sala, o olhar fixo nas escadas do porão.

Andrew corre até ele e agarra seu braço. Depois sussurra:

— A porta do porão está trancada?

— Eu não sei. Talvez não. Wen e eu a abrimos hoje cedo, saímos e eu... eu não lembro se a trancamos depois. Acho que não. Pode ser que esteja até escancarada.

— Será que é melhor descer e verificar?

Eles gravitam até o centro esvaziado da sala, com o ouvido atento. Pode ser que ouçam o som de alguém andando a passos leves pelo porão ou não.

— Talvez. — Eric olha em volta do chalé. — Ou talvez seja melhor atulhar o alto da escada. Assim, mesmo que eles entrem no porão, não vão conseguir subir até aqui.

Eles carregam o sofá de dois lugares até lá, mas Andrew sabe muito bem que aquele móvel é leve demais para servir de barreira. Talvez seja o suficiente apenas para retardar alguns deles lá embaixo, caso decidam invadir o chalé pelo porão, o que daria a ele, Eric e Wen tempo suficiente para fugir pela porta da frente e chegar até o SUV. Pode ser que, ainda assim, precisassem lutar com um ou dois deles pelo caminho, pensa ele, mas não com os quatro. Quanto mais Andrew se aproxima do topo da escadaria, mais a ansiedade toma conta de seu corpo, e ele imagina mãos disparando da escuridão e segurando seus tornozelos para puxá-los para baixo.

Eric diz:

— Aqui, incline o sofá um pouco na minha direção. Podemos enfiar os pés dentro do corrimão e em sua grade.

Andrew receia que o sofá de dois lugares seja pequeno demais para aquilo e saia rolando escada abaixo, mas eles conseguem enfiar os pés do sofá dentro do corrimão, uns trinta centímetros sob a planta do piso da sala, exatamente como Eric previra. E bem apertado. Andrew corre de volta até a cozinha e traz a mesa para incrementar o bloqueio das escadas. Obviamente, agora ele está pensando que não deveriam bloquear uma possível rota de fuga. Além disso, no porão há todo tipo de coisas que eles poderiam usar como arma ou barricada, mas agora não têm mais acesso a nenhuma delas. No chalé não existe muito com o que se defender, e certamente nada tão ameaçador e que tenha o mesmo alcance que as armas dos estranhos.

Andrew coloca a mesa sobre o pequeno sofá. Dois de seus pés preenchem o espaço vazio que há entre a parede, o piso e a grade de ferro fundido, enquanto os outros dois estão apoiados desajeitadamente no assento do sofá. Ele empurra a mesa para baixo com tanta força que o meio se racha, dobrando-se para dentro.

Eric vai até a lareira e o fogão a lenha e apanha o atiçador de estanho e as tenazes. Ao entregar o atiçador a Andrew, diz:

— Tome.

O metal é frio e, em vez de encorajar, parece inútil como um punhado de areia. Ele olha ao redor da sala procurando alguma coisa, qualquer coisa, mas vê apenas os frágeis esquis e bastões de esqui, velhos como peças de museu, e outros itens *kitsch* inúteis presos nas paredes.

Eric apanha o cesto de malha de estanho cheio de lenha e o deixa ao lado da escada.

— Para que isso?

— Nós podemos, sei lá, atirar esses troncos neles? — Ele aponta para o cesto como se a manobra de defesa com a lenha fosse autoexplicativa. Faz um gesto de atirar troncos escada abaixo e, em seguida, tenta esconder o início de um sorriso desconfiado.

— Certo. Uhul, claro, vamos tacar troncos neles.

Andrew e Eric explodem em risadas culpadas. Lágrimas marejam os olhos de Andrew enquanto o medo e o torpor daquela situação surreal momentaneamente dão lugar à sensação de absurdo.

Eric enxuga o rosto e se recompõe mais rápido que Andrew.

— Ei, Wen. Venha conosco, certo, querida?

Ela não pergunta o que há de tão engraçado. Simplesmente atravessa a sala mecanicamente, os olhos fixos nas escadas do porão repletas de móveis.

Andrew puxa Eric para perto e sussurra, de modo que Wen não o ouça.

— Se eles realmente tentarem invadir, proponho que a gente saia correndo até o SUV. Pela porta da frente. Eu vou na frente para segurá-los, enquanto você e Wen alcançam o carro. Se eu não chegar ao SUV a tempo, vocês devem ir embora de qualquer maneira, para buscar ajuda. — Andrew apanha as chaves em seu bolso.

Eric diz:

— Não. Nem pensar. Não ouse me entregar essas chaves. Se vamos partir, partiremos juntos.

Wen puxa o braço de Eric e pergunta:

— Papai, eu posso segurar alguma coisa também?

Passos reverberam no deque dos fundos. Um dos quatro está caminhando pesadamente ali, de propósito.

— Posso, papai, por favor?

— Sim. Sim, você pode. — Andrew caminha rapidamente até o fogão a lenha e retorna com a pazinha.

Wen a segura como se fosse um bastão de softbol e a agita, treinando. Gira o corpo e Andrew precisa se esquivar para não ser atingido inadvertidamente no joelho. Nem Andrew nem Eric dizem a ela para tomar cuidado.

Andrew gira o atiçador em suas mãos. Tem de haver alguma coisa a mais que eles possam fazer. Murmura:

— E as facas? Na cozinha. A gente devia apanhar algumas facas.

Eric suspira.

— Nós realmente vamos...

— Sim, pode ser que seja realmente necessário.

— Que o quê seja realmente nece...

A porta de tela que dá para o deck, que solta facilmente do trilho (a própria Wen já a derrubou do batente duas vezes), se abre de repente.

Redmond grita:

— Vocês deviam arranjar alguém para consertar essa porta de tela, pessoal! Não quero que desperdicem uma parte da grana do seu depósito. Sejam bonzinhos, deixem a gente entrar e consertaremos isso para vocês, sim? Nem vamos cobrar nada. — A cortina azul obscurece a visão do deque e de Redmond, mas não o suficiente para mantê-los escondidos e seguros.

Wen grita:

— Vá embora!

— Foi o que eu pensei. — Redmond bate na porta de vidro comicamente: tan tan taran tan tan.

Ouve-se o som inconfundível de movimento no porão: passos deslizando e se arrastando pelo chão de cimento e o rangido em baixa frequência de pés tentando subir silenciosamente pelas escadas de madeira.

Redmond diz, cantarolando:

— Esta batida foi o sinal que combinamos. Mas não importa...

Algo se quebra e se projeta através do vidro da porta de correr, enfunando a cortina sobre o sofá da barricada, como um grande punho azul abrindo caminho desafiadoramente até a cozinha antes de desaparecer. Um segundo, depois um terceiro golpe arrancam fora a cortina e seu varão. A luz do sol entra brilhante como algo atômico no chalé. Redmond é uma sombra gigantesca sob o clarão de Oppenheimer. Ele arranca o restante da porta de vidro com o malho de sua arma improvisada. Grunhe, se agacha e se atira de ombros para cima do sofá, empurrando-o para dentro da cozinha. O vidro quebrado crepita sob seus calcanhares e por baixo dos pés curtos do sofá.

Andrew calcula: Redmond está quase totalmente dentro da cozinha e há pelo menos um deles no porão, então agora há apenas dois deles, no máximo, do lado de fora. Ele acredita que ele e Eric podem enfrentá-los, ou então passar por eles e chegar até o SUV. Precisam fazer isso.

Andrew apanha as chaves e as enfia em um dos bolsos do short de Eric.

— Venha, vamos!

Eric não discute: pega Wen e a segura de modo que ela fique na altura de seu peito. Ela passa os braços em volta dos ombros dele e enterra o rosto na lateral do seu pescoço. O braço esquerdo de Eric serve de apoio para seu bumbum. Com a mão livre, ele brande as tenazes de metal, que estão longe de serem ameaçadoras.

Andrew corre até a porta da frente e instantaneamente faz mais cálculos, considerações e reconsiderações. Quanto tempo até que Redmond esteja dentro do chalé, atravesse a sala e os alcance? É melhor tentar impedi-lo ou atrasá-lo o suficiente para que Eric e Wen consigam escapar pela porta da frente? Ou seria melhor, em vez disso, se concentrar na porta, abri-la rápida e silenciosamente, sem hesitação, e, em seguida, sair correndo para limpar o caminho para Eric e Wen? Se Andrew fosse primeiro até o SUV e apanhasse sua arma, não teria nenhum problema em manter os outros longe deles enquanto fugiam dali. Mas e se ele não conseguisse chegar à o SUV e Eric e Wen também não conseguissem, o que fariam? Sairiam correndo loucamente pela estrada ou se espalhariam pela floresta como coelhos assustados? Talvez pudessem correr por trás do chalé em direção ao lago. Os outros não esperariam por isso, não é? Ele e Eric são excelentes nadadores. Poderiam atravessar o lago com Wen a reboque, se preciso fosse. Daria certo...

Andrew só tem olhos para a porta, o trinco e a trava na maçaneta. Não está olhando para Redmond e não sabe se aquele homem conseguiu transpor o obstáculo do sofá. Não olha para trás para Eric e Wen, que estão a pelo menos dois passos de distância dele. Andrew sai correndo rápido demais para parar e dá uma trombada na porta, fazendo com que o atiçador caia da sua mão no piso. Ele o apanha.

Eric grita lá atrás:

— Andrew!

A mulher de camisa bege aparece na porta do quarto à sua direita, segurando a arma de cabo longo, cuja bizarra extremidade de pá virada está apontando para o interior do quarto. Andrew vê uma paisagem à la Escher atrás dela, do quarto que ele e Eric compartilham e da janela aberta pela qual a mulher entrou.

Ela diz:

— Por favor, pare. Não precisa ser assim.

Ainda correndo em direção à porta de entrada, Eric gira o corpo, deixando o ombro direito livre, e brande as tenazes para a mulher. Seu primeiro golpe faz contato sólido e se choca contra a lâmina pontiaguda de sua arma, que cai no chão. Ele perde o equilíbrio e quase cai, mas dá outro golpe na sequência e atinge o ombro esquerdo da mulher. É um golpe de raspão, mas o suficiente para fazê-la gritar, cair de joelhos e segurar brevemente o próprio braço. Ela não tarda a se recuperar, pega sua arma e tenta atingir as pernas de Eric. Não há muito impulso em seu golpe, mas é bem colocado. Ela o atinge em algum lugar abaixo dos joelhos, mas, em seguida, a lâmina estranha e seu cabo de madeira ficam presos entre os tornozelos dele. Eric tropeça e, ao cair, gira o rosto e o peito para se afastar do piso, presumivelmente para evitar cair em cima de Wen. Com aquele aumento de torque, sua queda se acelera e ele aterrissa desajeitadamente de costas. Sua cabeça bate no chão com um suave som oco, nauseante. Seu corpo fica mole, os braços abertos se contraindo. Wen rola de seu peito e desliza até os pés de Andrew. Ela volta desajeitadamente para Eric e grita seu nome. Os olhos de Eric estão fechados, seus braços vazios, retraídos, de modo que seus cotovelos se apoiam sobre o peito, os antebraços pairando acima de seu corpo, e suas mãos estão contraídas para dentro, parecendo retorcidas, artríticas.

Andrew grita o nome de Eric e o de Wen também, mas em seguida passa a simplesmente gritar. Suas costas estão apoiadas na porta da entrada e *pegue a arma pegue a arma pegue a arma* é um alerta de emergência disparado em sua cabeça, mas ele não consegue abrir a porta e sair.

Ele segura o atiçador com mais força e o agita loucamente na direção da mulher de camisa branca. Ela se arrasta ao longo do assoalho, aproximando-se de Eric e Wen.

A mulher aponta a arma na direção de Andrew, mas apenas defensivamente. Suas mãos e seus braços tremem, como se aquela coisa pesasse cem quilos. Ela pede:

— Deixe-me ajudá-lo. Eu sou enfermeira. Ele está ferido.

— Fique longe deles! Não toque neles!

Ele investe contra ela e atinge a lâmina de sua arma com o atiçador. Metal se choca com metal, como os golpes de um ferreiro, e as vibrações sobem pela mão dele e entorpecem seu antebraço. Ele continua agitando o atiçador e ela se afasta em direção ao quarto.

Andrew cai de joelhos ao lado da cabeça de Eric. As pálpebras de Eric vibram e ele move os braços como um bêbado, depois tenta se sentar, rolando e balançando o corpo como uma tartaruga cujo casco está voltado para cima.

Os dois braços de Wen envolvem o braço direito de Eric e ela o puxa para cima, dizendo:

— Levanta! Temos que ir, papai!

Tudo acelera e desaba dentro de Andrew.

A mesa da cozinha e o sofá de dois lugares se erguem de repente do vulcão que vira a escada do porão e se espalham pela sala. Leonard surge no chalé, em meio a uma nuvem de cinzas. Ele é enorme, maior que um deus. Ao contrário dos outros, não carrega arma consigo.

O sol brilha impiedosamente pela porta de correr de vidro estilhaçado. Redmond é um duende agachado, de silhueta recortada, segurando o cabo volumoso de sua arma como uma placa em um piquete. Grunhe e ri ao passar pelas cadeiras da cozinha e pela mesinha de canto, derrubando o pequenino abajur amarelo e, assim, apagando sua luz fraca. Ele diz:

— Desculpem pela bagunça. A gente limpa tudo depois. Prometo. Agora vamos com calma, Zorro, falou? Pare de agitar essa coisa por aí antes que alguém acabe...

Andrew se atira sobre Redmond. Levanta o atiçador bem alto, mirando a cabeça do homem. Redmond demora a reagir, mas consegue se esconder atrás da mistura de lâminas de colher de pedreiro e pá de jardinagem que formam a extremidade de sua arma. O atiçador se prende nos espaços entre as ferramentas dispostas de forma irregular. Redmond deixa cair essa extremidade da arma e segura o cabo de madeira paralelo ao chão, alavancando o atiçador, a fim de afastá-lo do alcance de Andrew. O atiçador se prende na madeira e desliza para longe.

Com as mãos de Redmond abaixadas na altura da cintura, Andrew não titubeia: desfere dois socos rápidos. O primeiro, um soco de direita, atinge o nariz carnudo de Redmond e lança um esguicho de sangue. O segundo, um intenso de esquerda, esmaga sua mandíbula, e a pele dos nós dos dedos de Andrew se abre ao contato com os dentes do outro. Cambaleante, Redmond deixa cair a arma e checa o nariz para ver se está sangrando, as pálpebras trêmulas como asas de mariposa. Andrew não dá chance para Redmond abrir espaço ou voltar a erguer as mãos. Avança com tudo e concentra-se no corpo do outro, atingindo com dois diretos as costelas de Redmond e, com um de esquerda, seu estômago, que amolece como uma vela de barco sem vento; em seguida, desfere um direto na parte inferior de seu queixo, fechando sua mandíbula. Um soco forte no plexo solar arranca o que restava de ar nos pulmões de Redmond.

Redmond tem aproximadamente a mesma altura que Andrew, mas é um cara parrudo e musculoso, provavelmente uns vinte e cinco quilos mais pesado que ele. Independentemente da quantidade de golpes que Andrew esteja habilmente desferindo, ele sabe que será preciso muito mais para fazer Redmond cair e mantê-lo nocauteado. Por isso, Andrew continua batendo.

Redmond levanta os braços para tentar se proteger, mas ou é lento demais ou levou tanta pancada que demora para se defender daquele borrão de golpes. Sangue escorre do seu nariz e do seu lábio cortado, mas ele não cai. Absorve aquela punição como se estivesse em expiação.

— Papai, pare de bater nesse homem! Pare com isso! Pare com isso!

Andrew para e recua com as pernas bambas, exausto e já sem fôlego. Os nós de seus dedos estão inchados e ensanguentados.

Redmond recua um passo e desaba pesadamente no sofá que, momentos antes, ele afastara da porta de correr. As molas do interior do sofá ecoam seu acorde dissonante.

Leonard, parado bem no meio da sala, segura Wen pela dobra de um dos braços. Ela parece tão pequena quanto um laço de fita de encontro ao peito dele. As mãos de Wen estão fechadas em punho (com os polegares para dentro), como ela costuma fazer, e ela leva esses punhos fechados à boca. Já não está mais usando o boné de Andrew.

A mulher de camisa social preta está ao lado de Leonard e Wen. Ela estica o braço na frente de Leonard para dar um tapinha na perna de Wen, e diz:

— Shh, você vai ficar bem. Vai ficar tudo bem...

Andrew não sabe de onde ela veio, nem como entrou no chalé.

Eric está no chão e começa a se sentar. Seus olhos estão arregalados em uma expressão que poderia ser uma pantomima de grande surpresa, isso se houvesse alguma vida ou luz em seu olhar vazio.

A mulher de camisa branca se ajoelha diante dele. Ela examina Eric, observando o interior de um de seus olhos e depois o outro. Uma de suas mãos está pousada no ombro dele, e ela lhe fala em voz baixa. Ele responde com leves acenos e olhares confusos e aflitos.

Leonard diz:

— Wen está certa, Andrew. Já chega. Já é o suficiente.

Vamos Fazer Um Trato

Capítulo Três

Eric

Eric era atacante no time de futebol da sua escola. Não era o jogador mais hábil, porém o técnico sempre o elogiava por ser destemido no jogo aéreo, especialmente nos escanteios e nas cobranças de faltas. A maioria das estratégias do time era organizada para que Eric finalizasse as jogadas com voleios na grande área. Em meados de setembro do seu último ano, ele bateu a cabeça contra as costas de um volante grandalhão quando ambos perseguiam a bola, que seguia na direção da trave. Ele não se lembra dos quarenta minutos de jogo anteriores à colisão. Da colisão, ele se lembra como um momento estático, uma fotografia da grama verde e marcas de giz e outros jogadores parados em poses atléticas encenadas por uma mão invisível e o céu azul decorado com estrelas brancas, brilhantes, de aspecto caricato. Eric perdeu duas semanas de treino e jogos depois da concussão. Obrigou-se a voltar aos gramados antes de estar pronto para isso, com a esperança de ajudar o time a conquistar uma vaga nas finais do estadual. Em vão. Pelo restante da temporada, após cada cabeçada, Eric ouvia um zumbido agudo que sumia com o tempo, como se o volume fosse lentamente abaixado, mas não até o final.

Seus ouvidos não estão zunindo agora. A dor de cabeça que sente não é aguda, mas uma pressão insistente que irradia da parte traseira de seu crânio, firmando-se em sua testa e latejando em sincronia com as batidas do seu coração. A luz solar que se infiltra pela porta de correr é um ataque que o enfraquece e do qual ele não consegue escapar. Eric abaixa a cabeça e dá as costas para a luz, apesar da dor que sente ao menor movimento de sua cabeça. Até mesmo o ato de cerrar os olhos é doloroso, como se ele os estivesse empurrando para o interior de sua cabeça, onde simplesmente não há espaço para mais nada. A maldita luz encontra caminho de qualquer forma por trás de seus olhos cerrados, formando um mapa da sua tortura em vermelho borrado.

A mulher de camisa branca está atrás dele, limpando o corte aberto na parte de trás de sua cabeça raspada. Ela diz:

— Tente não se mexer. Estou terminando.

A luz no chalé misericordiosamente diminui quando o sol de fim de tarde se esconde por trás das nuvens. Incapacitado de ir até o deque, Eric não tem como saber por quanto tempo o alívio trazido pelas nuvens vai durar. Ondas de náusea vêm e vão, e sua visão do chalé se dá através de uma névoa, como se ele estivesse olhando por uma janela suja.

Eric está sentado em uma cadeira da cozinha. Suas pernas estão amarradas nas pernas de madeira, com cordas brancas de mais de meio centímetro de diâmetro. As mãos e os braços estão amarrados atrás das costas com o mesmo tipo de corda, pelo que pode sentir, sendo a amarração ao redor de seus punhos mais forte. Ele mexe os dedos e tenta flexionar ou dobrar os punhos, mas isso serve apenas para aumentar a pressão dentro de sua cabeça.

Andrew está preso de maneira similar em uma cadeira à direita de Eric. Por estar de cabeça baixa, o cabelo longo esconde seu rosto. Seu peito sobe e desce em um ritmo estável, pressionando os laços de corda que amarram seu torso ao encosto da cadeira. Eric não consegue se lembrar se alguém acertou ou atacou Andrew, e não lembra como eles foram amarrados às cadeiras. Ele se recorda de correr na direção da porta e cair, e então ver o teto a uma distância impossível, caído no chão.

Ele não sabe se Andrew já pediu ou implorou para os outros os deixarem em paz, deixarem-nos ir embora. Não sabe se Andrew e os outros já chegaram a um acordo. Teria Andrew desistido e se rendido? Andrew nunca se rendeu a nada nem ninguém em toda a sua vida, o que, em boa parte, é o motivo pelo qual Eric o ama. Ele se lembra de fragmentos da conversa sussurrada que tiveram em frente à escada do porão protegida por barricadas e das risadas diante da ideia de acertar os outros com toras de madeira, e como Andrew estava disposto a ficar para trás para ajudar Eric e Wen a chegarem ao SUV. Eric quer perguntar algo a Andrew, mas tem medo de fazer a pergunta errada.

Wen não está amarrada. Está sentada no chão entre Eric e Andrew, com as pernas cruzadas em cima de uma pilha de travesseiros e cobertores tirados de um dos quartos. Os três ocupam a área em que estivera o sofá, na sala de estar.

Agora, o sofá está encostado contra a parede, sob a televisão. Redmond parece uma gárgula, empoleirado sobre o móvel, encurvado, murmurando baixinho consigo mesmo. Ele toca seu nariz e seus lábios inchados com um pano de prato branco de cozinha, procurando por sangue.

A mulher de camisa preta está no deque, tentando recolocar a porta de correr em sua esquadria, mas não consegue. Diz "puta que pariu" cada vez que a porta sai do lugar, com um sotaque que não é da Nova Inglaterra.

Leonard está na cozinha, varrendo os cacos de vidro para uma pá de metal. Ele joga os detritos na lixeira. O som de alta frequência dos vidros sendo esmagados e quebrados é tão barulhento quanto um arranha-céu desmoronando, e o ruído sobrecarrega o *hardware* na cabeça de Eric.

O desenho animado preferido de Wen, *Steven Universo*, está passando na televisão alguns centímetros acima da cabeça de Redmond. O volume está alto demais para Eric. Ele já pediu várias vezes para que o abaixassem, ao que Leonard atendeu nas duas primeiras vezes, mas desde então apenas finge abaixar o volume, pegando o controle remoto e o apontando na direção da televisão, só que nenhuma barra vermelha aparece na tela.

A mulher de camisa branca termina de prender com fita adesiva um amontoado de toalhas de papel contra a cabeça de Eric. Ela diz:

— Acho que você não vai precisar levar pontos, mas o corte foi bem feio.

O couro cabeludo da parte de trás da cabeça dele está dormente. Ele quer testar o curativo com os dedos, verificar sua existência, mas não é possível.

Com o sol escondido por trás das nuvens, a pressão em sua cabeça saiu do alerta vermelho. Eric olha para Wen. Quer conversar com ela, quer que ela diga algo, qualquer coisa. Ele diz:

— Ei, Wen. Finalmente vamos combinar, não é? — Ele se vira e mostra o curativo. — Agora eu vou combinar com vocês. Não vai ser mais como, hã, quando eu raspo a cabeça. Agora é de verdade. — Ele não está se explicando direito. Ele quer dizer que agora terá uma cicatriz na cabeça, assim como Wen e Andrew.

Wen não diz nada e mantém os olhos fixos na televisão. Arrastando-se para perto de Eric, ela encosta a cabeça nas pernas dele.

O fato de, agora, Eric ter uma verdadeira e legítima cicatriz lhe traz uma alegria inesperada e ele ri, mas então pensa que na próxima vez que raspar a cabeça, Wen não precisará inspecioná-la ao final, à procura de cortes e cicatrizes falsas que sempre desaparecem em pouco tempo. A cicatriz já estará ali, vermelha e permanente. Perder esse pequeno e estranho ritual pós-raspagem de repente é a coisa mais triste em que ele consegue pensar, e sua risada estranha se transforma em um misto grotesco de risada maníaca ritmada e soluços descontrolados, ofegantes. Por ter recentemente (e de forma obsessiva) lido sobre as muitas e geralmente não diagnosticadas concussões que os jogadores de futebol e de futebol americano sofrem, Eric consegue se lembrar de que passar por surtos de emoção descontrolada é um sintoma de concussão severa, mas isso não o ajuda e não faz suas lágrimas cessarem.

A mulher atrás dele dá tapinhas em seu ombro e tenta fazer com que pare de chorar, dizendo:

— Está tudo bem. Você vai ficar bem.

Leonard coloca a pá no chão, ao lado da lixeira de plástico, e encosta a vassoura de palha na geladeira. Pergunta:

— Limpou o corte de Eric?

Ela responde:

— Sim, limpei, mas ele sofreu uma concussão severa.

— Está acordado?

— Sim, na maior parte do tempo.

Os dois continuam a conversar clínica e rapidamente sobre o estado de saúde de Eric, como se ele não estivesse ali. Andrew sussurra o nome de Eric. Eric tenta sorrir para Andrew, para mostrar que está bem, mas continua chorando.

Leonard vai da cozinha ao centro da sala de estar na ponta dos pés. Para um homem grande, ele se mexe com agilidade, mas as tábuas de madeira o traem e gemem sob seu corpo. Ele se abaixa e apoia as mãos nos joelhos.

— Oi, Eric. Você está se sentindo melhor? Oh, Wen, desculpe. — Leonard dá um passo hábil para a esquerda de Eric, a fim de não ficar na frente da televisão, bloqueando a visão da menina. Ele diz a ela: — Nunca assisti a esse seriado antes, mas gostei. E parece ser bem a sua cara.

Eric pergunta:

— O que isso quer dizer? — Sua voz parece bem alta para si mesmo. Será que ele estava ele gritando?

Leonard une as mãos.

— Os personagens são, bem, sabe, inteligentes, e há, bons...

Redmond, ainda no sofá, ri e balança a cabeça.

Leonard lança um olhar sombrio na direção de Redmond e depois se agacha, até que sua cabeça fique mais baixa que a de Eric. Esse cara é jovem, alguém que sempre vai parecer jovem, até que um dia de repente não mais.

— Estou percebendo que o seriado ensina, ou explora, a empatia e a tolerância.

Redmond diz:

— Ah, isso me faz ficar todo enternecido por dentro.

Andrew diz:

— Empatia e tolerância. É sobre isso que vocês querem conversar, agora que estão com os gayzinhos amarrados?

Leonard se levanta e diz:

— Andrew, posso garantir que não viemos aqui movidos por ódio ou preconceito. De forma alguma. Isso, há, não é quem somos.

Os outros se pronunciam junto a Leonard. A mulher atrás de Eric aperta o ombro dele e diz algo, mas ele só ouve uma parte do que ela fala.

— ... nem sequer um osso homofóbico em meu corpo...

A mulher de camisa preta grita do deque/cozinha:

— Eu não odeio ninguém, só essa porta maldita!

Leonard continua:

— Não é quem eu sou. Você tem que acreditar nisso. Não viemos aqui porque...

Andrew interrompe:

— Porque somos gays?

Leonard cora, como um adolescente pego na mentira. Ele gagueja, parecendo cada vez menos confiante a cada sílaba que diz.

— Sei que é isso que parece e entendo que pensem isso. Entendo de verdade. Mas eu garanto que não foi por isso que viemos aqui.

Andrew não está olhando para Leonard, mas para Redmond, que o encara com um olhar malicioso e enviesado. Ele diz:

— Você garante, é?

— Sim, garanto. Todos nós garantimos, Andrew. Somos apenas pessoas normais como vocês, que foram jogadas nessa situação... nessa situação extraordinária. Quero que saiba disso. Não foi uma escolha nossa. Estamos aqui porque, como vocês, temos que estar. Não temos escolha.

Andrew responde:

— Sempre há uma escolha.

— Sim, tudo bem, você tem razão, Andrew. Sempre há uma escolha. Algumas são mais difíceis que outras. Escolhemos estar aqui porque é a única maneira que encontramos de ajudar.

Leonard olha para um relógio de pulseira preta e grossa, com a face tão branca e larga como um relógio de sol.

— Ei, venham todos até aqui, por favor. Está quase na hora.

Ele ergue a mão e faz um gesto para que os outros se aproximem.

Andrew pergunta:

— Hora do quê? Você não precisa nos amarrar. Veio aqui pra conversar, então vamos conversar. Certo?

Ele se debate contra as amarras, puxando as pernas para cima com força suficiente para levantar a cadeira do chão. Ninguém pede para que ele pare.

A mulher de camisa clara sai de trás de Eric e se posiciona ao lado de Leonard. A mulher de preto vem do deque e, lentamente, fecha a porta de correr. Seu cuidado é exagerado e ela diz:

— Se cair de novo, vou matar essa porta a facadas.

Redmond retruca:

— Tsc, tsc, quanta violência!

Ela mostra o dedo do meio para Redmond e então diz para Wen:

— Ei, desculpa. Péssima escolha de palavras e de dedo.

A mulher de camiseta bege — ou pérola, em comparação ao branco reluzente da camiseta de Leonard — se aproxima e diz:
— Oi, Eric, Wen e Andrew. Meu nome é Sabrina.
Ela sorri e acena para Wen. É nova também, mais nova que os quase quarenta anos de Eric e Andrew, de qualquer forma, e magra, porém com os ombros largos. O seu cabelo castanho possui um corte chanel na altura do ombro e é ondulado nas pontas. Ela tem sardas espalhadas pelo nariz comprido, que mergulha profundamente entre seus grandes olhos castanhos ovalados.
— Eu moro no sul da Califórnia. Dá para notar pelo meu bronzeado, né?
Ela dá um sorriso, que desaparece imediatamente. Cruza as mãos por trás das costas e olha para o teto ao completar:
— Moro em uma cidade da qual provavelmente nunca ouviram falar. Sou enfermeira no setor pós-operatório há quase cinco anos e planejava voltar a estudar para me tornar enfermeira clínica. Eu, hã, gastei quase todo o dinheiro que tinha guardado para vir até aqui, New Hampshire, falar com vocês.
Ela passa as mãos pelo rosto e continua:
— Tenho uma meia-irmã, meu pai se casou novamente há uns dez anos, e Wen, você meio que me faz lembrar dela.
Wen faz que não com a cabeça e continua assistindo a *Steven Universo*.
Sabrina caminha por trás de Leonard, se vira de costas para todos e pousa uma das mãos na testa, descendo depois até a boca.
Leonard dá um tapinha em seu ombro e diz:
— Obrigado, Sabrina. Certo, então, acho que vocês já sabem, meu nome é Leonard. Sou bom em capturar gafanhotos, não é, Wen?
Ele para, espera e Wen concorda, assentindo. Leonard inclina a cabeça e sorri. Andrew se joga contra as amarras, na cadeira. Eric sabe que Andrew quer dar uma surra nesse homem por sorrir e fazer a filha deles concordar com ele.
— Eu moro nos arredores de Chicago. Integro a organização de um programa extracurricular de esportes em uma escola de ensino fundamental, e também sou barman. Adoro trabalhar com crianças, mas o programa extracurricular ainda não é em tempo integral e não paga muito bem.
Ele para novamente, como se tivesse esquecido a próxima fala do roteiro. Sabrina, pelo que Eric pôde perceber, estava dizendo a verdade. Ele não tem certeza quanto a Leonard.

— Não vinha a um chalé como este desde que meus pais me levaram para Lake of the Woods, em Minnesota, caso nunca tenham ouvido falar de lá. É um lugar famoso até. Costumávamos ir para lá todos os verões. Eu li o livro de Tim O'Brien que se passava nesse lago no ensino médio, mas não gostei muito.

Andrew responde:

— É um romance maravilhoso. Um dos meus favoritos.

Eric quase recomeça a chorar, porque ele ama o fato de Andrew não conseguir se conter.

Leonard diz:

— Sim, mas é muito sombrio e triste pra mim. Talvez fosse diferente se não se passasse no meu local favorito. Aqui é muito bonito também. — Leonard fecha os olhos, como se estivesse perdido no devaneio de uma prece. — Sempre quis estar em um lugar assim.

Redmond começa a falar, quase interrompendo Leonard.

— Ok. Eu? Minha vez? Oi, eu sou Redmond e gosto de longas caminhadas na praia e de cerveja. — Ele ri alto e prolongadamente de sua própria piada. Os outros três desviam o olhar para qualquer direção que não seja a de Redmond. É um olhar compartilhado que comunica, de forma clara, que não gostam dele.

Leonard fala em um tom de voz que Eric imagina ser o mesmo usado com as crianças do programa extracurricular, seja ele real ou imaginário:

— Isso é importante. Já discutimos isso. Eles merecem saber quem nós somos.

Redmond gesticula na direção de Leonard ao responder:

— Você está tão preocupado com o que eles pensam e sentem, mas isso não tem a menor importância agora. — Ele aponta para Andrew e Eric. — Nada pessoal, caras. — Ele se volta para Leonard. — Não muda o que temos que fazer nem o que eles terão que fazer. Então vamos parar de fingir que toda essa merda tem algum significado e terminar logo com isso.

Leonard retruca:

— Quando diz coisas desse tipo e nesse tom, você os assusta, e torna mais difícil que eles acreditem em nós e nos ajudar.

— Aí é que está, *Leonard* — Redmond pronuncia o nome como uma provocação, ridicularizando-o de alguma forma. — Você já parou para pensar que invadir a casa, amarrá-los a uma cadeira e então ficar parados aqui como um bando de esquisitões, limpando, brincando de casinha, rindo como filhos da puta, e agora nos apresentando como se estivéssemos em uma merda de uma reunião de família é o que pode estar realmente os assustando?

— É assim que deve ser.

— Ah, sim, claro. Acho que não recebi essa informação específica.

— Não, acho que não.

— Claro que você foi o único que recebeu — resmungou Redmond, como uma criança que não estava conseguindo o que queria.

Sabrina interrompeu:

— Do que está falando? Já dissemos pra você que Adriane e eu também recebemos a mesma mensagem.

O rosto largo de Redmond se avermelhou igualando-se à cor de sua camiseta.

— Que seja! Ainda não faz o menor...

Leonard dá um passo pesado na direção de Redmond e do sofá, fazendo o chão tremer.

Redmond dá um salto e levanta a mão, em postura de quem se rende.

— Tá bom, tá bom, minha vez. Bem, eu sou dessa região. Moro na bela cidade de Medford, Massachusetts. — Ele exagera no sotaque de Boston, soltando um longo *aaaa* no início. — Trabalho para a companhia de gás, garantindo que as casas e os apartamentos não explodam. Estou solteiro, se é que conseguem acreditar nisso. Sabrina e Adriane não parecem dar a mínima para isso. Rá, rá, não é? Já estive atrás das grades, como se diz. Fiz muitas coisas, hã, *questionáveis*, quando era mais jovem e idiota, mas melhorei. E digo isso com sinceridade. — Ele para, pressiona o pano de prato contra o lábio, e então estica o braço para a direita, deixando o pano cair. Ele cai como um paraquedas. — Sabem, meu pai costumava bater muito em mim, como Andrew fez. Vocês acreditariam em mim se eu dissesse que não merecia? Gostaria de poder voltar no tempo e dar ao meu eu-criança isso aqui. — Ele pega o cabo com a marreta e as lâminas em formato de colher de pedreiro e pá de jardinagem e o balança, como se estivesse se preparando para um grande ataque. Ele olha para Andrew, apoia a arma contra o sofá e diz: — Pelo amor de Deus, cara, todos os meus dentes da frente estão soltos e ainda sangrando. Me lembre de nunca mais mexer com você. Mas eu sei que você estava mentindo sobre ter um revólver. Estava na cara que você não tinha. O engraçado é que...

Leonard berra:

— Redmond!

— Tá, tá, beleza. Que tal isso então? — Ele abre bem os braços. — Eu, em trinta segundos. Alguém estragado, mas com um coração de ouro; vim aqui para ajudar a salvar o mundo e blá, blá, blá. Posso receber um abraço agora, Adriane?

Adriane passa por Redmond, vai até o centro do cômodo e diz:

— Eu preferiria ter de lidar com aquela porta de correr pelo resto da vida. — Ela bate palmas e continua: — Sou sempre a última. Sei que isso é superestranho, mas...

Eric interrompe:

— Ok, espere um minuto. Já entendemos que vocês são parte de algum grupo e parece que vocês querem... — a pausa dele se torna um balbuciar. — Hã, o quê, consertar algo? Ajudar?

Andrew diz:

— Eric, você não precisa...

— Não, estou bem, um pouco confuso, mas eu quero falar. — Ele respira profundamente duas vezes e faz uma prece para que Deus os tire daquela situação, com direito a um amém no final. — Se vocês querem nos recrutar... quero dizer, por que se dariam ao trabalho de se apresentar para nós, se não quisessem, né? — Eric solta um grunhido porque não tinha a intenção de falar tudo aquilo, dizer exatamente o que pensava, em vez de moldar suas palavras em uma sentença com um propósito claro. — Se querem nos recrutar ou sei lá o quê, nos mudar, nos tornar diferentes... — Novamente ele está verbalizando o que vem à sua cabeça sem transformar as palavras em algo mais diplomático. Eric sempre foi um sujeito eloquente, um conciliador. Ele consegue fazer isso; só precisa se concentrar mais. — Isso, tudo isso, não é o melhor jeito de...

Eric é interrompido pelo retorno vingativo do sol. Seus raios se espalham pelo chalé e por sua cabeça, preenchendo todo o mundo de merda com aquela luz maldita.

Wen

Wen já assistiu àquele episódio de *Steven Universo*. Steven é interrompido bem no meio do seu seriado favorito pelo chamado de ajuda de Peridot. Steven e as Crystal Gems correm até o perigoso centro de comunicações para destruir o que Peridot havia reconstruído sem que eles soubessem. Duas das joias, Pérola e Garnet, se fundem (Ametista se sente deixada de lado, triste) e formam Sardonyx, um mágico que tem também um martelo de guerra, uma vara de madeira fina e comprida com dois punhos fechados em formato de cubo nas pontas. Steven e Sardonyx destroem o centro de comunicações. Mas o centro é restaurado no dia seguinte e no próximo, e eles têm de ficar voltando para destruí-lo. Pérola, por fim, admite que é responsável por reconstruir o centro porque adora a sensação de se fundir com Garnet e se tornar o poderoso Sardonyx.

A voz de Eric soa suave e aguda.

— Alguém poderia colocar a cortina no lugar? A grande, azul. Encaixar sobre a porta.

Wen assiste ao seriado, mas não está prestando atenção de verdade. Ela consegue assistir e não assistir ao mesmo tempo. É boa nisso porque, secretamente, ela tem dois cérebros. Um deles sonha em se tornar Sardonyx e jogar os quatro estranhos no lixo usando um martelo de guerra. Com o outro cérebro, ela ignora a televisão e observa o que está acontecendo e ouve o que está sendo dito no chalé. Ela presta muita atenção e, embora tudo pareça muito perigoso, consegue se esconder e se sentir segura dentro desse outro cérebro, enquanto planeja, organiza e aguarda por um sinal ou mensagem de um dos seus pais para fazer o que for preciso.

Todos falam, sobrepondo-se uns aos outros.

— Qual o problema de Eric?

— Quando você sofre uma concussão, fica extremamente sensível à luz.

— Não há nada que possamos fazer quanto a isso agora.

— Ele só vai melhorar se descansar em um quarto escuro ou se deixarmos o ambiente mais escuro.

— Não acho que deveríamos movê-lo até fazermos, hum...

— Nossa proposta?

— Certo.

— É. Vamos fazer um trato. Porta número três, homem, é sempre a número três.

— Não pode fazer piada com isso.

— Posso e tenho que fazer.

— Porque você é um babaca?

— Porque estou morrendo de medo, como todo mundo aqui.

— É possível que ele precise ficar em um quarto escuro por dias, e não apenas por algumas horas.

Eric se mexe tanto quanto possível com seu corpo amarrado. Wen ergue a cabeça, afastando-se da perna dele. Ele diz:

— Não me separem de Wen e Andrew. Ficarei bem.

Ele não parece nada bem. Wen não quer olhar para ele porque o pai não parece nem um pouco bem.

Andrew continua:

— Olha, apenas o desamarrem. Ele não vai a lugar nenhum.

— Vou ver o que posso fazer com a cortina — diz Redmond, e caminha até a cozinha e a porta de correr.

Adriane diz:

— Se você tirar a porta do lugar...

— É, eu sei, já entendi. Faça logo sua apresentação para podermos encerrar essa parte.

Andrew começa a dizer algo, mas Adriane o interrompe:

— Já vamos responder a tudo que quiserem. Só me deixem fazer isso. Serei breve.

Ela se movimenta de maneira distinta dos outros, uma estranha combinação de agitação e vagarosidade.

Houve um dia durante as férias de fevereiro que o Papai Eric trabalhou em casa. Ele passou a maior parte do dia ao telefone, fazendo desenhos em um cubo de post-its amarelos. Cada desenho era uma bonequinha de tracinhos que ele posicionava no canto direito inferior da página. A cabeça tinha cabelos longos e finos em formato de J, que supostamente representavam o cabelo de Wen. Ele passou horas a fio desenhando as mesmas bonequinhas, uma por post-it. Terminou de desenhar ao mesmo tempo que declarou que o dia de trabalho estava encerrado. Ela perguntou o que era aquilo e ele disse que havia criado um desenho animado. Ele lhe mostrou como passar as páginas, dobrando o bloco e usando o dedo polegar para controlar a passagem de cada página. A boneca de risquinhos acenou, dobrou os joelhos profundamente, fez três polichinelos com os braços acima da cabeça e, então, saltou no ar e voou para lá e para cá pelas páginas amarelas, como uma super-heroína.

O jeito estático e estremecido do movimento da boneca de risquinhos é igual à forma como Adriane se mexe. Por isso Wen tem vontade de observá-la mais de perto.

— Pois bem, eu sou Adriane. Já trabalhei em várias coisas, mas a última, antes de vir pra cá, foi cozinhar em um restaurante mexicano em Dupont Circle, Washington D.C. Poderia mostrar a vocês meus braços cheios de queimaduras. — Suas mãos parecem ter vida própria, tremulam, batem uma na outra, como fantoches de meia em um show de Punch & Judy. Há um anel grosso e preto no polegar da mão direita, que ela retorce para ver se continua ali depois de toda aquela agitação. O tom de sua voz é modulado, como se fosse de papel rasgado, o que o torna grave e agudo ao mesmo tempo. Wen decide que é assim que as pessoas que moram na capital falam.

— O que mais? Eu, hã, tenho dois gatos, você os adoraria, Wen. Eles se chamam Riff e Raff. — O cabelo de Adriane é mais longo que o de Sabrina, e muito mais escuro. Provavelmente tingido. Suas sobrancelhas são finas e arqueadas, invadindo a testa. Ela parece a mais nova dos quatro à distância, porém a mais velha de perto, por causa das linhas de expressão que adornam sua boca e seus olhos. — Você gosta de gatos, Wen?

— Você não precisa responder — interrompe Andrew, e fala como se fosse ficar bravo caso ela o fizesse.

Ela respondeu mentalmente. *Sim, eu gosto de todos os animais.*

Leonard desliga a televisão, atira o controle remoto no sofá e confere seu relógio novamente.

— Desculpe, Wen. Talvez eu ligue a TV de novo mais tarde.

O cômodo escurece enquanto o sol continua a brincar de esconde-esconde. Sombras dominam o deque e parecem funcionar como uma barreira de som para o restante da floresta ao redor, abafando o trinar dos pássaros e as asas dos insetos.

Redmond está parado como um poste na frente da porta de correr, segurando nas mãos uma parte da cortina, enquanto o restante se esparrama por entre seus tornozelos e pés. Seus dedos se perdem dentro dos buracos por onde o varão deveria passar.

— Esqueça a cortina. Está na hora — avisa Leonard.

Redmond não responde com uma piada. Ele deixa a cortina cair no chão, caminha de volta para o centro do cômodo e se posiciona junto aos outros. Os quatro fazem fila na sala. Vê-los juntos com suas camisas sociais e jeans deve significar algo importante, mas ninguém explicou o que seria e talvez nunca venham a explicar.

Andrew diz:

— Para, espera; hora do quê? Continuem conversando com a gente. Vamos ouvir. Estamos ouvindo...

Leonard dá um sorriso fraco.

— Wen me perguntou antes se nós quatro somos amigos. Eu não menti a ela e não mentirei para vocês, agora. Não sei se posso dizer que Sabrina, Adriane e Redmond são meus amigos, de verdade. Mas eu confio neles e acredito neles. São pessoas comuns como eu...

Andrew resmunga, mas não alto o suficiente para ser ouvido:

— Puta merda, alguém nos salve dessas pessoas comuns.

Seu tom de reconciliação de um minuto atrás desaparece, e ele parece irritado, como o Professor Papai, que é como ela e Eric o chamam, de brincadeira, quando ele começa a reclamar sobre pequenas infrações, como, por exemplo, abandonar copos d'água ou caixinhas de suco nos beirais das janelas, tigelas de cereal parcialmente cheias de leite na pia da cozinha e não repor o rolo de papel higiênico quando termina o anterior.

Leonard balbucia e continua, titubeante:

— ... e como vocês.

Redmond ri.

Leonard se vira para a esquerda e para a direita, como se olhasse para companheiros atores que esqueceram suas falas ou deixas de entrada em cena.

— Vou começar dizendo que nós quatro só nos conhecemos pessoalmente hoje de manhã.

Os outros concordam, em silêncio. Sabrina está de braços cruzados e cria pequenos círculos no chão com um pé. Redmond tem as mãos atrás das costas e os dentes cerrados. O rosto de Adriane se alterna entre um sorriso estranho ou um mostrar de dentes e um estremecimento, como se um soco estivesse vindo em sua direção.

— Olha, Leonard, deixa a gente ir embora. Não vamos chamar a polícia nem ninguém mais, ok? Eu prometo...

— Como já ouviram, somos todos de diferentes partes do país e não nos conhecíamos antes... — Leonard abre os braços. — Antes disso. Não sabíamos da existência uns dos outros antes das onze e cinquenta da manhã de segunda-feira passada. Eu sei porque esse foi o momento exato em que minha vida mudou para sempre. Foi quando recebi a mensagem pela primeira vez. Eles receberam a mensagem também. A mesma mensagem. Fomos chamados e reunidos por uma visão em comum, que agora se tornou uma ordem e não podemos ignorá-la.

Andrew se debate na cadeira.

Eric pede:

— Pare, pare com isso, por favor. Por favor, meu Deus, o que quer que seja isso. Pare...

Wen gostaria de estar segurando aquela pequena pá. Que a televisão ainda estivesse ligada. Que ela pudesse parar de tremer. Ela se levanta e corre para trás da cadeira de Andrew.

— Wen, sinto muito, sinto mesmo, mas é importante que você também escute. O que você decidir é tão importante quanto a decisão dos seus pais.

Andrew grita:

— Não fale com ela! Não dirija a palavra a ela!

Eric grita para Wen, dizendo que ela ficará bem, que tudo ficará bem. O emaranhado de papel tão grande quanto uma tela de cinema que está preso na parte de trás da sua cabeça tem um alvo vermelho bem no centro. Ela se sente péssima por ter ido para trás da cadeira de Andrew, e não de Eric, mas não se mexe.

Leonard diz:

— Nós quatro viemos aqui para impedir o apocalipse. Nós... e com isso digo todos nesse chalé... podemos evitar que isso aconteça, mas somente com a ajuda de vocês. Na realidade, é mais do que apenas ajuda. Em última instância, o fim do mundo depende inteiramente de vocês três. Sei que é um fardo terrível, acreditem, eu sei. Eu também não queria acreditar quando recebi a mensagem pela primeira vez. Tentei ignorar.

Leonard troca olhares com os outros e eles acenam com a cabeça, e o *sim* mais silencioso do mundo escapa da boca de alguém.

— Eu não queria que fosse verdade. Mas logo me fizeram perceber que era verdade e que iria acontecer, querendo eu ou não, achando que fosse justo ou não.

— Não quero ouvir isso — diz Eric.

— A mensagem é clara, e nós somos os mensageiros, ou um mecanismo por meio do qual a mensagem deve ser transmitida.

Leonard sai da fila e dá um passo à frente, colocando-se entre Eric e Andrew. Ele é maior que todos os outros juntos e maior que o próprio chalé; um tamanho confuso e contraditório, com uma gentileza implacável e inata que apenas uma criança poderia ter. Wen se lembra de quando ele a segurou enquanto Papai Andrew brigava com Redmond. Para sua vergonha, ela lembra que se sentiu segura.

Wen pede:

— Por favor, deixa a gente em paz, Leonard. Por favor, vá embora, pois eu vou continuar sendo sua amiga.

Leonard pisca com força e rapidez, suspirando de um jeito explosivo e profundo. Ele começa a falar e, ao falar, não olha para Eric, Andrew, ou Wen, apesar de ter se aproximado e agachado para ficar no nível deles.

Andrew

Se Leonard insistir mais uma vez que aqueles quatro são pessoas comuns, normais — como se *pessoas normais* tivessem apenas amor em seus corações e fossem sempre razoáveis e nunca cometessem atrocidades em nome de sua autoproclamada *normalidade* —, Andrew vai gritar até não poder mais. Ele entende; claro que são pessoas comuns. A mensagem (existem pessoas normais e existem os *outros*) é alta, clara e tão bem recebida que Andrew começa a achar que já deve ter visto ou conhecido algum deles antes — e o horrendo Redmond é quem mais lhe dá aquela sensação de familiaridade.

Leonard diz:

— Sua família deve escolher sacrificar por vontade própria um de vocês três para impedir o apocalipse. Depois que fizerem o que eu bem sei ser uma escolha impossível, então devem matar o escolhido. Se não conseguirem escolher ou não conseguirem levar o sacrifício até o fim, o mundo acabará. Vocês três viverão, mas o restante da humanidade, mais de sete bilhões de pessoas, vai se extinguir. — O tom de voz de Leonard, sem nuances, como se lesse os anúncios matinais antes de um dia de aula, torna-se a súplica emocionada e sem fôlego de um fanático. — E vocês só viverão o suficiente para testemunhar o fim de tudo e ficar perambulando a sós pelo planeta devastado, definitiva e cosmicamente sozinhos.

Andrew já havia previsto que ouviria algo parecido com um manifesto cultista, quase cristão-fundamentalista, odioso e maníaco, mas jamais havia esperado por isso. Seu espanto e seu medo são tamanhos que sente dificuldade de processar exatamente o que Leonard está dizendo — e as implicações e permutas dos possíveis resultados, que serão determinados, em parte, pelo que ele e Eric digam e façam a seguir, são irrecuperáveis, como os quarks de um átomo destruído. Andrew, em um piscar de olhos, imagina a si mesmo, Eric e Wen de mãos dadas, caminhando por um cenário pós-apocalíptico, especificamente as ruínas queimadas de Cambridge e Boston: um céu cinzento, a Storrow Drive caída sobre carros capotados cobertos de fuligem, vigas de ferro retorcidas como as patas de um inseto morto, prédios e casas reduzidos a pilhas de tijolos ainda em chamas, o rio Charles escurecido, sem vida e repleto de detritos. Ele tenta afastar tanto a imagem como Leonard da sua frente, torcendo a cabeça ao máximo, mas não o suficiente, de modo que vê Wen se escondendo atrás de sua cadeira. Sente vontade de lhe dizer para tapar as orelhas e ignorar as palavras venenosas de Leonard, mesmo sabendo que seria impossível qualquer pessoa conseguir fazê-lo.

Eric diz:

— Leonard, vocês não precisam fazer isso. Não precisam. Isso, o que quer que seja, não é você. Não precisa ser. Não fizemos nada para merecer isso.

Leonard não olha diretamente para Andrew, Eric ou Wen. Seu olhar está em algum lugar acima de suas cabeças, em um ponto escondido perto da porta do chalé, abaixo de suas cadeiras, observando um estilhaço de vidro no linóleo da cozinha que conseguira escapar de sua vassoura, com o abajur amarelo deitado, torto, ao lado.

— Concordo que vocês não fizeram nada de errado ou de ruim para merecer esse fardo. Estou certo disso. Não tenho como deixar isso mais claro.

Talvez vocês tenham sido escolhidos, como nós fomos, porque são fortes o suficiente para tomar a decisão que precisa ser tomada, a fim de evitar a destruição da humanidade. Acho que esse é o modo certo de enxergar as coisas, Eric.

Apesar do terror daquele ataque contínuo, da dor e do desconforto que Eric obviamente está sentindo, ele vira a cabeça e diz para Andrew:

— É muito generoso da parte deles fornecer o modo correto de ver as coisas.

Andrew ri cinicamente, e sua risada tem o mesmo tom monótono, explosivo e sarcástico da risada de um prisioneiro no corredor da morte. Ondas do amor e orgulho que sente por Eric surgem junto à sua justificada raiva e resistência, ainda que ele saiba que sentir-se forte e encorajado não será o suficiente para livrar sua família daqueles quatro intrusos. Não será o suficiente para libertá-lo daquela cadeira.

— Por favor, não matem a gente — sussurra Wen, de trás da cadeira de Andrew. O tremor em sua voz é a pior coisa que ele já ouviu, sem dúvida. Andrew novamente reúne forças para lutar contra a corda. Seus punhos ardem ao se flexionar, torcer e contorcer.

Leonard se ajoelha, apoiando-se em apenas um dos joelhos, e inclina o corpo para a frente, finalmente estabelecendo contato visual.

— Não vamos matar você, Wen, nem vamos matar seus pais. Não mesmo. Fora o que tivemos que fazer para entrar no chalé e para que vocês nos escutassem, não vamos encostar um dedo sequer em qualquer um de vocês. Eu te prometo. Vamos ajudar vocês a ficar o mais à vontade possível... mas vocês têm que ficar aqui no chalé conosco... até que escolham, ou que o tempo se acabe.

— E quanto tempo é es...

Leonard continua falando:

— Não muito, não agora. O tempo está acabando para o mundo, para nós. Entenda: não viemos aqui para machucar vocês.

Redmond interrompe:

— Se quiséssemos machucar vocês, teríamos usado fita adesiva em vez de corda. Acredite em mim.

Leonard continua falando, como se Redmond não tivesse dito nada:

— Vocês têm que entender: não podemos e não vamos escolher quem será sacrificado por vocês e, tão importante quanto isso: não podemos agir por vocês também. Não é assim... não é assim que funciona. Vocês devem escolher quem será sacrificado e, em seguida, executar o ato. Como eu disse, viemos aqui para garantir que a mensagem seja ouvida e compreendida.

Redmond diz:

— Ei, faça com que um deles repita tudo isso.

Depois, faz gestos circulares com a mão direita.

Sabrina interrompe:

— Cala essa boca, Redmond, tá legal?

— O que foi? Não estou brincando. Obrigue-os a provar que escutaram e entenderam, Leonard. Precisamos ter certeza de que entenderam o que estamos dizendo e que falamos sério. Isso é real, cara. Não estamos inventando essa merda. Quem inventaria algo assim? — Redmond fala depressa, e seu sotaque de Boston é perceptível e autêntico, diferente daquele que havia exagerado antes.

A vontade de Andrew oscila entre dizer as palavras mágicas que neutralizariam o que está acontecendo, aquiescer com a esperança de que deixem pelo menos Wen em paz (se não ele e Eric) e deixar bem claro para os quatro o quanto sente raiva, desdém e escárnio por quem eles são, por quem estão escolhendo ser. Ele diz:

— Precisamos matar um de nós. Caso contrário, o mundo se acabará. Já entendemos essa parte. E já sabemos qual é a nossa resposta.

Adriane sai da fila, estica a mão e dá um tapinha no ombro de Leonard.

— Dê a eles um minuto para absorver as coisas, sei lá, para superar o choque. Tudo isso é muito louco, né?

— É, tudo bem — concorda Leonard, levantando-se e recuando alguns passos, até estar entre Sabrina e Redmond.

Sabrina dá um passo à frente e, ao fazê-lo, Andrew constata que é assim que grupos como o deles operam, como eles fazem lavagem cerebral, como infectam com suas crenças recorrentes e virulentas, como conseguem o que querem. Assim que um dos membros para de falar, o membro seguinte continua, apresentando os mesmos conceitos, porém de forma menos ameaçadora — a mesma lenga-lenga reembalada, agora dentro de um cavalo de Troia mais aceitável. A segunda pessoa é mais amigável que a primeira, mais racional, e a terceira idem, e a quarta, e a próxima e a próxima, até que o pacote mastigado de ideologia do grupo comece a fazer sentido e se torne familiar, transformando-se em uma confirmação de algo que já estava escondido dentro da cabeça da pessoa.

Sabrina diz:

— Gostaríamos que não fosse assim, mas não há nada que possamos fazer para mudar isso. Sei que parece loucura, loucura extrema, mas, de alguma forma, vocês têm que confiar em nós. Acreditamos que vocês tomarão a decisão correta, claro.

Andrew retruca:

— Claro.

Ele se esforça para alcançar Wen com suas mãos amarradas. Os nós de seus dedos machucados, inchados e em carne viva latejam. Se ele conseguir tocá-la, pegar seu short ou camiseta, talvez ela entenda que ele quer sua ajuda para desamarrar a corda, se conseguir fazê-lo sem ser vista pelos outros. Ela se arrasta para trás, para longe dele, rapidamente, como se estivesse surpresa. Ele mexe seus dedos gordos e lentos, desesperado para, de alguma forma, comunicar: *me desamarre*. As mãos dela não tocam a corda ou seus punhos.

Leonard confere seu relógio novamente e diz:

— Sinto dizer que não temos muito tempo até que vocês tenham de escolher. Isso é, hã, nossa culpa por demorar tanto para entrar aqui, e depois o lamentável ferimento de Eric — que não queríamos nem planejávamos que acontecesse, de forma alguma, eu juro — e tudo isso nos atrasou. Então agora estamos ficando sem...

Andrew ergue a cabeça, balança o cabelo para remover os fios dos seus olhos e diz:

— Não vamos escolher ninguém. Não vamos sacrificar ninguém. Nem agora, nem nunca.

Leonard fecha os olhos e, de modo geral, seu rosto se mantém inexpressivo. Redmond ri com desdém e cruza os braços na frente do corpo. Adriane abaixa a cabeça e deixa seus braços caírem ao lado do corpo, oscilantes.

Sabrina junta as mãos, seus olhos se arregalam e seu queixo cai, confusa e de coração partido.

— Mesmo que isso signifique a morte de todas as pessoas no mundo?

Andrew quer acreditar que existe uma abertura, uma brecha, por meio da qual ele e Eric (com certeza teria sido Eric, se ele não tivesse sofrido uma concussão) poderiam convencer os quatro a não prosseguir com o que quer que tenham planejado, depois de confirmar que a resposta deles àquela doideira era "não". No entanto, Andrew não é bom em apaziguar, em dizer o que as pessoas querem ouvir. Ele é excelente em dizer o que quer que as pessoas escutem. Não é o mesmo que "meter a real" — uma expressão mais floreada para quando a pessoa é babaca e se acha no direito de ser, e de dizer o que acredita ser a mais pura verdade. É algo mais parecido com dizer como as coisas deveriam ser de um ponto de vista impecavelmente lógico. Ele não tem dificuldade para discursar no púlpito de um auditório, do alto de sua autoridade e de seu conhecimento, e seus alunos o adoram tanto quanto sentem medo dele por isso. É mais difícil conduzir as reuniões de docentes e de departamento sem que ele ofenda ou talvez irrite sem querer algum colega bem-intencionado.

Andrew opta pela verdade, sem papas na língua:

— Sim, mesmo que eu acreditasse que o mundo estivesse em jogo, o que não acredito. Eu ficaria vendo o mundo morrer centenas de vezes antes de...

— Ele não termina, pois não quer terminar.

— Deus! — Redmond volta para o sofá e pega sua arma, testando seu peso. — Que perda de tempo! Eles nunca vão escolher. Não os culpo. Quem escolheria...

— Cala essa merda de boca! — Adriane aumenta o volume da voz a cada sílaba. Ela corre pelo cômodo, balbuciando: — Oh, meu Deus! Ah, merda, estamos ferrados...

Leonard chama seu nome e toca em seu cotovelo esquerdo.

Adriane dá um tapa na mão dele e corre as mãos pelos braços, como se estivesse congelando. Dá um giro e dois passos rápidos na direção de Eric, apoiando as mãos nos braços da cadeira e aproximando seu rosto até que fique a poucos centímetros de distância do dele.

— Já temos a resposta de Andrew. Por favor, Eric, o que você diz? Hein? Você tem que acreditar em nós.

Eric estremece com a proximidade e o volume da voz dela. Ele balança a cabeça devagar, de um lado para outro, e o amontoado de papel que cobre seu ferimento se mexe como uma bandeira branca e oscilante.

Wen balbucia de trás da cadeira de Andrew:
— Deixa o papai em paz.
— Ele vai dizer o mesmo que eu disse! Saia de perto dele! — Andrew balança o cabelo, tirando-o dos olhos. Sentando-se o mais ereto possível, com o queixo pontiagudo erguido no ar, ele desafia um dos quatro a chegar perto dele como Adriane fez com Eric. Se um deles o fizer, ele vai dar uma cabeçada no nariz da pessoa.

O pânico de Adriane faz seus olhos e os cantos da boca estremecerem.
— Não estamos de brincadeira. Acha que não sacrificamos algo pra estar aqui? Deixamos nossas vidas para trás e viemos até aqui, cara. Viemos até aqui por vocês. Fomos obrigados. Ao contrário de vocês, nós não tivemos escolha. Você tem que acreditar em nós. Precisa acreditar. — Ela pressiona os braços da cadeira e endireita o corpo.

Eric respira profundamente e diz:
— Não vamos escolher ninguém, nunca. Não vamos nos machucar nem a qualquer outra pessoa. Não posso ser mais claro que isso. Nós não podemos. O que significa que vocês vão nos deixar ir embora e, então, vocês vão embora e então...

Leonard bate palmas, tão alto quanto uma porta batendo contra o batente.
— Tá legal, vocês precisam escutar essa parte também. Mostraram para mim exatamente o que vai acontecer se não fizerem o sacrifício. Mostraram para todos nós.

Ele abre os braços, ocupando o chalé.

Adriane morde os nós dos dedos, encolhendo-se para longe de Eric, na direção da cozinha, e caminha ao redor de sua arma.
— Fui obrigado a assistir ao fim, várias vezes. Desde segunda-feira passada. Começou com um pesadelo e, quando eu fechava os olhos, o fim estava lá, e conforme nos aproximávamos desse dia, as visões começaram a acontecer quando eu estava acordado. Eu não podia escapar. Eu não queria acreditar. Achei que poderia haver algo de errado comigo, mas as visões são tão fortes e tão específicas, tão reais... — Leonard se interrompe e passa a mão pelo rosto. — Sabrina, Adriane e Redmond, todos viram a mesma coisa também. Eles viram as mesmas coisas que eu. E nós fomos conduzidos uns aos outros, e conduzidos até aqui. Acho que vocês não estão entendendo que não queremos estar aqui, não queremos que nada disso aconteça, mas não temos escolha. A escolha é de vocês.

Sabrina caminha para trás de Leonard, com a arma nas mãos. Andrew não percebeu quando ela a pegou. Ele tenta controlar sua respiração; não pode deixar o medo tomar conta de si. Seus dedos rígidos voltam a se agitar de modo frenético na direção de Wen e se esticam na direção dos nós da corda, que estão fora de alcance. Andrew pensa em arquear as costas e empurrar o corpo com a ponta dos pés até cair para trás. Talvez a queda, de algum modo, soltasse a corda. Era uma possibilidade remota, mas talvez fosse sua única chance.

Andrew grita para ser ouvido por cima da voz de Leonard. Os gritos não interrompem o rapaz.

— Então você teve um pesadelo apocalíptico. E daí? Todos nós já tivemos um...

— Primeiro as cidades serão submersas. Ninguém que vive nelas saberá o que está vindo...

— Isso não significa nada! Você sabe disso! Você tem que saber disso...

— O oceano vai se avolumar e subir como um grande soco, e derrubará todos os prédios e as pessoas e então arrastar tudo para o mar...

— Tem algo muito errado com vocês, com todos vocês, se realmente acreditam nisso...

— Então uma praga terrível surgirá e as pessoas se contorcerão de febre, enquanto o muco preencherá seus pulmões...

— Isso é psicótico, delirante! Você já procurou ajuda? Vamos sair daqui e conseguir ajuda pra você...

— O céu cairá sobre a terra como cacos de vidro. Então, a escuridão infinita e final tomará conta da humanidade e de todas as espécies na Terra...

— Você precisa de ajuda! Isso é completamente insano, tudo isso...

— Isso vai acontecer e nos mostraram que apenas seu sacrifício pode acabar com isso...

— Mostraram? Quem mostrou? Você vai responder a essa pergunta?

Leonard abaixa a cabeça e fica em silêncio. Assim como Sabrina, Redmond ou Adriane.

O momento de convencê-los a parar com tudo aquilo chegou ao fim, se é que um dia chegou a existir.

Eric diz:

— Beleza, falem conosco, falem mais sobre o que mostraram a vocês. Quem era o responsável pelos pesadelos? Quem contou a vocês sobre nós? Não faz sentido. Pensem por um instante.

Leonard permanece parado. Sabrina e Redmond rapidamente trocam olhares, depois desviam os olhos, obviamente procurando encarar qualquer outra coisa no chalé que não um para o outro. Adriane aproxima-se mais de sua arma. O único som que Andrew escuta naquele silêncio enlouquecedor é a própria respiração ofegante.

Leonard levanta a cabeça e diz:

— A escolha foi feita.

Redmond e Sabrina vão até Leonard e param diante dele, segurando suas armas. Eles caminham em sincronia, como soldados treinados. Redmond gira o pescoço para lá e para cá, como um valentão irritante estalando as juntas dos dedos. Sabrina fecha os olhos, inspira e, então, segura com mais força o bastão de madeira, cuja extremidade é a estranha cabeça encaracolada de pá, como se fosse uma tocha na escuridão.

Eric pede:

— Esperem, parem, vocês não precisam fazer isso. — Ele se contorce e se debate na cadeira, mas não há muita força por trás de seus esforços.

— Ei, vocês não precisam dessas coisas. Você disse que não podia nos machucar. — Andrew tenta libertar sua perna, soltar os braços; eles parecem mais soltos por baixo da corda, mas não livres ainda. Ele grita palavrões e *não* e *parem*, e estremece em seu assento. Empurra os dedos do pé contra o chão, o momento da queda está próximo; mais um empurrão e ele cairá de costas.

Por trás dele, Adriane põe uma mão em seus ombros e o ancora, prendendo a cadeira ao chão sem qualquer esforço. A simples pressão de uma mão basta para mantê-lo onde está, não importa quanto ele se debata. Ele joga a cabeça para trás, tentando atingir Adriane, mas não consegue alcançá-la.

Ela afasta a mão de seu ombro e Wen grita:

— Me deixa em paz!

Andrew grita por Wen e se vira para ver aonde Adriane foi, para ver o que ela está fazendo. Pernas de repente aparecem no seu campo de visão, chutando e balançando, como se tentassem nadar para a superfície de águas profundas. Adriane está colocando a menina no colo dele.

— Não toque nela! Deixe a menina em paz!

Wen se liberta e abraça o pescoço de Andrew com força. Sua bochecha está quente e molhada contra a do pai. Ele repete seu nome e sussurra em seu ouvido que ela precisa ir embora, correr, empurrar a porta deslizante e correr até o deque, e correr e correr.

Redmond bate com força a parte da marreta do seu bastão contra o chão. Então, entrega a Leonard a arma, sem dizer uma só palavra. O movimento deles é coreografado, ritualizado. Leonard gira o bastão de madeira para que a combinação de lâminas de pá e colher de pedreiro esteja apontada para o chão.

Redmond coça a parte de trás da cabeça e mexe as mãos inquietamente. Ele se ajoelha no chão de madeira, formando um triângulo com Eric e Andrew.

— Ah, puta que pariu — diz ele. — Beleza. Vamos lá, vamos, vamos logo. — E aperta as mãos com força, enxuga o rosto, ri uma vez, balança a cabeça e grunhe como um halterofilista se preparando para uma prova de força descomunal.

Andrew não está mais sussurrando.

— Corra, Wen, corra!

Wen balança a cabeça e diz:

— Não posso.

Redmond para abruptamente o que estava fazendo, deixa de se mexer e encara Andrew com a cabeça inclinada.

Andrew se estica para além da cabeça de Wen, para conseguir enxergar aquele movimento, o que quer que seja.

O rosto de Redmond fica pálido e o suor escurece a linha de seus cabelos. Ele umedece os lábios rachados e ensanguentados, e pisca rapidamente. Está com medo, e isso o faz parecer mais jovem. Ele poderia ser um dos alunos de Andrew que vão até sua sala, a centenas de milhares de quilômetros dali, para implorar por uma extensão no prazo de um trabalho ou por uma nota melhor na matéria, a fim de não perder a bolsa de estudos por mérito.

Redmond leva a mão até o bolso da frente de seu jeans e puxa de lá algo branco. O objeto praticamente reluz quando ele o abre na frente de sua camisa vermelha. Maior que o curativo na cabeça de Eric, parece ser um retalho de tecido fino, canelado ou estriado, como roupa íntima térmica. Ele o levanta bem alto, acima da sua cabeça, erguendo os braços o máximo possível.

Redmond pisca na direção de Andrew e sorri com ironia, o tipo de sorriso que deixa qualquer rosto feio. Andrew já foi o destinatário dessa versão não verbal, crítica e presunçosa de *vá se foder* várias vezes e tem a impressão incômoda de que talvez já tenha visto o mesmo sorriso nesse rosto específico antes de hoje.

— Por favor, Deus, apenas deixe a gente ir, por favor — suplica Eric, em um *loop* eterno.

Wen para de chorar.

— O que é aquilo? O que ele está fazendo?

Andrew diz a ela para não olhar.

Redmond veste e ajusta o tecido por cima de sua cabeça e de seu rosto, até a metade do pescoço. É uma peça justa, como uma meia cobrindo um pé. O nariz protuberante dele se avoluma por baixo de sua testa grande, no meio do vale sinistro formado por suas cavidades oculares. Uma estrela vermelha desabrocha no tecido, por cima de seu lábio aberto. Ele deixa os braços caírem ao lado do corpo.

O sol surge por entre as nuvens, tal como uma promessa que um dia será quebrada, e brilha pelo chalé através do deque, iluminando aquela reunião relutante. Os jogadores estão momentaneamente parados como obeliscos de pedra e suas sombras antigas.

Embora o rosto de Redmond esteja escondido naquela máscara branca inexpressiva, Andrew sente o olhar do homem, e, como todos os olhares, vai se intensificando.

Então, finalmente, surge uma palavra.

— Obrigado.

Eric

A litania de Eric — *"por favor, Deus"* — se interrompe, e ele se encolhe com o retorno do sol, como um vampiro. Sua cabeça parece um dos antigos aquecedores de água do condomínio no qual eles moram, sibilando de dor.

Redmond, em sua pose eterna de súplica, banhado em luz dourada, se transforma. O vermelho da sua camisa não está mais confinado ao tecido, e se retorce pelo ar como óleo na água. O vermelho sobe como uma névoa, além de Redmond, formando uma aura tão amorfa quanto uma tempestade. Há pontos mais escuros de vermelho presos teimosamente à sua máscara branca, como um tipo diferente de promessa; no fim, tudo será vermelho.

Redmond diz:

— Obrigado.

Sabrina, Leonard e Adriane se aproximam cuidadosamente do centro do chalé, como caçadores encurralando uma presa assustada e esquiva. Formam um meio círculo ao redor de Redmond, com os bastões improvisados e disformes erguidos.

Algo tremula no espaço vazio entre Redmond e a porta voltada para o deque. Como ondas de calor sobre o asfalto, o brilho fica cada vez mais branco, mais intenso que a luz do sol que os cerca. Eric pisca, e a estranha refração se realinha, encontra foco, e por um breve momento forma o inegável contorno de uma cabeça e de ombros, o vulto de uma pessoa, uma quarta (ou outra quarta), que se junta ao meio círculo em torno de Redmond.

Leonard e Adriane trocam de lugar. Eles caminham entre Redmond e o deque, passando por aquele nada, escondendo a visão, apagando-a. O que quer que tenha sido aquilo, já desapareceu, feito de espaço vazio e da mais branca luz. Eric não acha que o que viu foi outra pessoa vindo lá de fora, um membro secreto do grupo escondido, apenas à espera do momento exato para entrar no chalé. O quase instantâneo surgimento e desaparecimento daquela visão apenas aumenta a sensação de algo errado e sobrenatural, que preenche a cabeça de Eric com o chuviscado e o zunido da estática de um sinal perdido. Ele percebe que o que viu é, com quase toda a certeza, resultado de seu ferimento e de suas sinapses destrambelhadas. Ainda assim, tem medo de analisar demais a memória da experiência: mais do que um medo instintivo do inexplicável que não pode ser verbalizado, trata-se do pavor profundo da descoberta. E se o brilho e aquela luz não tiverem vindo do seu cérebro confuso nem se tratarem apenas de um truque do sol?

Essa pergunta é seguida por outra, que emerge e não se apresenta na sua voz e modo habituais. Uma vida mental em contínua evolução é algo impossível de se detalhar completamente, até mesmo pelo seu dono, e uma pessoa, em geral, segue, dia após dia, sem questionar seu próprio ser ou consciência, com fé absoluta na premissa do *eu sou assim e penso dessa forma*. A questão que se segue não se encaixa no código mental secreto de Eric, não se encaixa nas formas de linguagem da sua voz interna; não é *ele*. Para o horror de Eric, a pergunta parece a intrusão de uma mente diferente ou uma resposta aterrorizante a uma prece não verbalizada.

E se a luz daquele brilho tiver vindo dos recônditos mais congelantes do céu infinito?

Wen

Nada do que aconteceu até agora foi tão assustador ou esquisito quanto Redmond mascarado e ajoelhado. O contorno de seu rosto escondido a enche com o mesmo misto de fascinação e pânico que ela sentiu quando viu uma caveira humana na sala de aula. E se a máscara for a nova pele de Redmond e, por baixo dela, existir apenas o branco branquíssimo do osso? Ela imagina o rosto e a cabeça dele mudando de forma enquanto estão escondidos ali e, em seguida, Leonard arrancando a máscara, como um mágico, revelando um monstro grotesco e faminto, do tipo tão terrível e feio que só de olhar pra ele, você morre.

Redmond diz:

— Obrigado.

Sua boca de marionete abre e fecha ao ritmo das palavras, uma tentativa amadora de ventriloquismo. O tecido através do qual ele fala é fino, mas sua voz parece alterada, modulada. Não deveria soar daquela forma. Wen tapa os ouvidos porque não quer ouvir mais nada que ele possa dizer.

Adriane sai de trás da cadeira de Andrew, flutuando como um fantasma paciente, e se posiciona à esquerda de Redmond. O emaranhado de garras de rastelos que existe na ponta da arma de Adriane passa sobre a cabeça de Wen e de Andrew, perto o suficiente para que Wen consiga contar as garras entrelaçadas e suas pontas individuais, afiadas e cobertas de ferrugem e terra. O rosto de Adriane parece impassível; seus músculos faciais são como andaimes rígidos para sua pele.

Leonard permanece atrás de Redmond, estoico e imóvel como uma parede de tijolos. Wen encara Leonard, aguardando ansiosamente que ele olhe para ela. Apesar de tudo, espera que Leonard se mostre uma boa pessoa; a pessoa que ela achou que ele fosse quando estavam no jardim, juntos. Wen pensa em acenar, mas decide não chamar sua atenção. Leonard tem o mesmo rosto robótico e inexpressivo de Adriane. Sabrina, idem. Ela se aproxima de Eric e se acomoda à direita de Redmond.

Wen corre os olhos pela sala, memorizando a posição de todos, onde estão parados e como seguram seus bastões. Vira a cabeça e gira o tronco, quase caindo do colo de Andrew. O pobre Papai Eric está sozinho. Ele alterna entre arregalar os olhos e fechá-los com força, com piscadas exageradas, como se houvesse algo preso neles que não conseguisse tirar. Parece que observa algo acima de Redmond (não ele), na direção da cozinha ou do deque. Wen olha para lá também, e então para além do deque, para o lago azul reluzente, que está a um milhão de quilômetros de distância.

Wen se afunda mais no colo de Papai Andrew e para dentro de si mesma. Deveria ir até o Papai Eric? Talvez o ato de caminhar até ele e dar um beijo na parte de trás de sua cabeça o fizesse se sentir melhor. Então, ela falaria com ele e com ninguém mais, lhe daria um chacoalhão se preciso fosse, e diria que pode ajudá-lo se ele disser o que ela tem de fazer. O que eles vão fazer?

Talvez fosse melhor sair correndo como Papai Andrew disse, avançar pela sala, desviar da mobília caída no chão como um rato que caminha pela grama alta, depois chegar ao deque lá fora e disparar para bem longe. Ela consegue correr rápido. Seus pais dizem o tempo todo que ela é rápida, muito rápida. E dizem que ela é esquiva. Ela sabe que, quando disputam corrida, eles deixam que ela vença, mas o fato de Wen correr mais que seus perseguidores no jogo de pega-pega, deixando Eric e/ou Andrew sem fôlego, com o corpo abaixado e as mãos apoiadas nos joelhos, é real. Ela é esquiva. Wen adora essa palavra. Significa difícil de pegar. Significa algo até melhor do que rápida; é uma rápida inteligente.

Leonard e Adriane mudam de posição: Adriane vai para a frente do sofá e fica imediatamente atrás de Redmond; agora, Leonard está mais próximo da cozinha e à esquerda de Redmond. O cômodo está iluminado e silencioso, a não ser pela respiração pesada de Andrew. O corpo de Wen oscila, de um lado para o outro, acompanhando a expansão e, em seguida, retração do peito dele.

Ela sabe que conseguiria sair do chalé sem ser pega se saísse correndo, mas para onde iria? Não quer ficar perdida nas estradas de terra que se cruzam e se separam em direção a lugar nenhum ou a lugares piores do que o chalé. E se ela tiver de sair da estrada e adentrar a densa floresta que cerca o chalé ao longo de quilômetros e quilômetros? Seus pais foram bastante claros, dizendo que, em hipótese alguma, ela deveria ir à floresta sozinha, porque talvez eles nunca mais a encontrassem.

Ela solta:

— Vão embora, todos vocês! E tirem a máscara e parem de tentar nos assustar!

Ninguém responde. Nenhum dos quatro, nem o mascarado Redmond, olha para ela. Wen está aterrorizada, mas veste sua própria máscara, uma expressão irritada, a mais irritada que ela possui, para que não pareça indiferente e sem vida, como os quatro.

Ela muda os quadris de posição e desliza a perna esquerda para fora do colo de Andrew. Seu pé flutua a apenas alguns centímetros do chão, em um teste breve. Ninguém tenta pegá-la, ninguém sequer se move. Ela desliza mais um pouco, até que a ponta do seu tênis toque o piso de madeira. Espera. Se ninguém notar, se ninguém disser nada, ela vai sair correndo pelo meio de Redmond e Leonard e, em seguida, para o deque. Na sua cabeça, ela já está na escadaria dos fundos, correndo pela estrada de terra, com passadas longas e ligeiras.

Em um único movimento, Adriane se inclina para frente e levanta sua arma. As garras do rastelo assoviam no ar.

Andrew

Enquanto Leonard e Adriane trocam de posição na sala de estar, Andrew permanece focado e obcecado por Redmond: por que ele é tão familiar, por que estaria usando aquela máscara horrenda, o que ele consegue ver através dela, por que ele disse "Obrigado" e por que daquele jeito — grave, gutural, baixinho, não com raiva, mas prostrado e fervoroso, como alguém em transe?

— Vão embora, todos vocês! — grita Wen. — E tirem a máscara e parem de tentar nos assustar!

Seus braços não estão mais em volta do pescoço de Andrew e ela não está mais aninhada em seu peito. O peso dela está desequilibrado em seu colo. Ele diminui seus esforços para libertar as pernas e os braços da corda e da cadeira, com medo de derrubá-la no chão e fazê-la se machucar.

Ela sai lentamente de seu colo, para a sua esquerda, e não há nada que ele possa fazer para reajustar a posição da filha. Ele está prestes a chamar seu nome para que ela se reposicione e fique parada quando percebe que a saída de Wen tem um propósito, que talvez ela esteja se preparando para sair correndo, como ele lhe disse que fizesse. Ela, metodicamente, estica uma perna até o chão e, nesse momento, ele se convence de que ela vai tentar uma fuga rápida do chalé. Ele pede em silêncio para que ela vá logo e se concentra para não dizer em voz alta: *vá*. Talvez ela não tenha outra chance. Se Wen fugir, então um ou dois deles irá atrás dela, e isso daria tempo para ele conseguir afrouxar as amarras. Com cuidado para não sinalizar, sem querer, uma rota de escape ao encará-la, Andrew analisa possíveis caminhos através da sala de estar e possíveis barreiras até o deque para Wen.

Andrew ouve o movimento primeiro, um arrastar rápido de passos vindo da direção de Redmond. Pensa que o barulho é Redmond tentando se levantar, porém ele não se mexeu: o homem ainda está ajoelhado no chão, com a coluna ereta e a cabeça mascarada erguida. Então, ouve um barulho alto atrás dele. O pé direito de Adriane está à frente, posicionado a poucos centímetros dos pés do companheiro. Ela gira o quadril e o bastão. A esfera de garras desce pelos ares, e o metal enferrujado colide com o lado direito do rosto de Redmond.

Ele balança com o impacto, mas se recupera e se endireita novamente, permanecendo ajoelhado e ereto. Um pequeno, mas visível, tremor atravessa seu corpo. Um som de lamento agudo e quase animalesco escapa de sua máscara.

No mesmo instante do impacto, Eric solta um grunhido alto, como se tivesse sido ele o atingido. Wen desliza por completo do colo de Andrew e se posta ao lado dele e de sua cadeira. Vira-se na direção da porta de entrada e enlaça o pescoço de Andrew novamente. Ela não grita nem chora. Sua boca está ao lado da orelha dele, e sua respiração é descompassada, expirando rápido demais depois de cada inspiração brusca. Então, há uma pausa bem longa entre uma respiração e outra, e, depois da pausa, o ar sai com força de seus pulmões, como se ela estivesse murchando.

As pontas das garras do rastelo estão presas na máscara de Redmond e em seu rosto. Adriane puxa o cabo da arma, como se estivesse removendo um machado de um grande golpe em uma árvore. A máscara branca se estica, presa, de maneira teimosa, a uma das garras. O lado direito da cabeça de Redmond se torna de um vermelho tão vivo quanto sua camisa.

À direita de Redmond, Sabrina salta como um corvo para a frente, girando o seu bastão em um arco horizontal e segurando de lado a lâmina estranhamente curvada, para que se pareça mais com uma espada. Está tão próxima de Andrew que ele sente o ar se partindo em dois. O metal fino atinge a frente do rosto de Redmond, na área do nariz e da boca, e se ouve o som metálico de algo raspando. Redmond cai de lado e solta um lamento, um grito líquido.

Adriane e Sabrina acertam Redmond, golpe após golpe. Os objetos metálicos em formato abstrato presos aos cabos de suas armas sobem e descem sobre ele, como cabeças de pássaros gulosos. As mulheres grunhem a cada golpe e a cada vez que recuperam suas armas. O metal reverbera com o contato e as armas cantam alegremente, agora que finalmente estão sendo usadas de acordo com seu propósito. Também há sons ocos e outros úmidos e amadeirados.

Os guinchos e gritos guturais de Redmond se tornam cada vez mais fracos e menos reconhecidamente humanos. A respiração curta e entrecortada de Wen é a respiração do próprio Andrew, se ele de fato estiver respirando.

A máscara de Redmond permanece no lugar, apesar do ataque. Pequenos furos, pretos de sangue, marcam o tecido branco, que ficou inteiramente rosado e vermelho. O conteúdo da máscara perdeu seu formato original; os contornos do seu rosto e de seu crânio se romperam e estão amorfos.

Seus braços não se levantam nem mesmo uma única vez acima do peito e dos ombros para proteger a cabeça. As mãos estão caídas sobre as coxas, e se contorcem e tremem, como se tentassem escapar e fugir. Suas pernas chutam espasmodicamente, os sapatos batendo um chamado de socorro desesperado contra o assoalho.

Leonard dá a volta por trás de Redmond, passando por entre Adriane e Sabrina com cuidado, para não ser atingido pelos golpes. Ele aguarda e observa, esperando educadamente sua vez. Aumenta a distância entre as mãos, que seguram o cabo grosso da arma. Uma rachadura de estresse, uma falha geológica na madeira, percorre o que um dia já foi um remo de barco desbotado pelo sol. Ele levanta a extremidade da marreta na direção do raio solar empoeirado que ilumina a todos. Solta um grito e abaixa a arma com força, em um trajeto acelerado e fechado, cortando o espaço existente entre Adriane e Sabrina.

Ouve-se um estrondo parecido com o de uma árvore se partindo e tombando. O esterno e a caixa torácica de Redmond cedem sob o peso e a força daquele bloco de metal do tamanho de uma bigorna, que perfura seu corpo até atingir a coluna vertebral. A vibração do impacto violento se irradia pelo assoalho e sobe pela cadeira de Andrew. Um esguicho vermelho atinge a corda e suas pernas descobertas, abaixo dos joelhos. O sangue é quente em sua pele. Manchas vermelhas grafitam os jeans e o branco das camisas de Sabrina e Leonard. Os membros de Redmond param de estremecer. Os dedos de suas mãos abertas e suplicantes se fecham.

Leonard remove a marreta e cambaleia para trás, até trombar com o sofá. A cratera no meio do peito de Redmond se enche de sangue e tem uma profundidade absurda, talvez vá além do corpo dele e em direção ao porão. Mais sangue se acumula embaixo de seu corpo e escorre, penetrando as fendas e ranhuras do chão de madeira. O fato de sua camisa vermelha permanecer inteiramente abotoada e presa dentro do seu jeans parece uma zombaria cruel. Lascas afiadas de ossos saltam pelos vãos da camisa, por entre os botões.

Wen não saiu de sua posição ao lado de Andrew e ainda mantém o rosto virado para não olhar a carnificina. Sua respiração estranha não mudou, embora se misture a um gemido agudo ou um arquejo quase inaudível, como se sua garganta e seus pulmões estivessem congestionados. Seus cílios tocam a orelha de Andrew quando ela pisca.

Ele sussurra:

— Eu amo você, Wen. Não olhe. Não se vire, tá bem?

Leonard deixa a arma cair, e ela desaba pesadamente no chão. Ele tosse com a boca fechada, inflando as bochechas. Dá um passo para a esquerda, hesita, então volta para a direita, aparentemente sem ideia de aonde ir ou do que fazer, até correr para a cozinha e vomitar na pia. Ele abre a torneira ao máximo, tentando abafar os sons do vômito.

O rosto de Adriane permanece inexpressivo, mas um inexpressivo diferente. Ela mantém a arma erguida. Das pontas das garras, pingam gotas grandes e pegajosas de sangue.

O rosto chocado de Sabrina se enche de cor, tornando suas bochechas vermelhas, quase púrpuras. Ela se vira e atira a arma contra o fogão a lenha. De costas para Andrew e para os outros, ela cruza as mãos por trás da nuca, balança a cabeça e fala consigo mesma. Andrew não consegue ouvir o que ela diz.

Eric está largado na cadeira, com o olhar distante, voltado na direção do deque e além. Andrew pensa em chamar seu nome e perguntar se ele está bem. Talvez Eric, de olhos vidrados e semicerrados, esteja melhor assim, perdido e se escondendo dentro da própria mente.

Andrew precisa se recompor e se concentrar para escapar da cadeira. As cordas amarradas em torno de suas pernas e punhos parecem ter-se apertado ainda mais, em vez de se soltar com seus esforços.

Leonard retorna da cozinha e para ao lado da cabeça do cadáver de Redmond. Limpa a boca no tecido da camisa.

— Adriane, você pode me dar uma ajudinha aqui?

Ele cambaleia, com os pés instáveis. O chalé é um barco cruzando águas turbulentas.

Adriane não responde e encara o corpo de Redmond sem expressão.

— Adriane? Ei, Adriane?

Ela se mexe e responde em câmera lenta.

— Oi. Sim. O que foi? Pode falar.

— Me ajude a levar o Redmond para fora.

Adriane, gentilmente, pousa a arma ao seu lado no chão, a apenas um passo da porta do banheiro.

Leonard se curva sobre a cabeça de Redmond e estica os braços como se fosse passá-los por baixo dos ombros dele, mas, em vez disso, ele se levanta e dá a volta pelo corpo de Redmond, indo até seus pés. Agora está a poucos centímetros de Andrew.

Andrew sussurra para Wen: — Shhh —, embora ela não esteja dizendo nada. Ele segura a respiração, com medo de que qualquer som ou movimento possa ser o estopim de outro frenesi de violência.

— Eu vou, hã, levar Redmond para fora, para o deque — diz Leonard.

— Pegue uma colcha ou algo assim para podermos cobri-lo. E será que você poderia abrir a porta para mim? E talvez tirar aquela cadeira e a mesinha de canto do caminho também?

Adriane sussurra algo que, para Andrew, parece ser "que cagada tudo isso". Ela leva a mesinha de canto até a cozinha, as pernas de madeira reclamam ao serem arrastadas pelo linóleo. Endireita o pequeno abajur, arrumando a cúpula amarela, e gira o botão de ligar e desligar, duas, três, quatro vezes e mais. Os pequenos cliques não produzem luz alguma.

— Adriane?

— Sim, perdão.

Ela levanta uma das cadeiras restantes da cozinha e a coloca em frente à geladeira. Então corre pelo cômodo até um dos quartos e volta com uma colcha xadrez branca e azul-marinho, grande o suficiente para cobrir uma plantação de trigo. Com a colcha dobrada debaixo do braço, Adriane chuta de lado a cortina amontoada e abre a porta de correr que dá para o deque, tomando o cuidado de mantê-la no trilho.

— Talvez seja necessário remover a porta — diz Leonard. — Preciso do máximo de espaço que você puder abrir para eu passar.

Enquanto Adriane caminha para o deque com a porta na frente do corpo como um escudo, Leonard levanta os pés de Redmond. Ele tenta prender uma perna com cada braço, mas é um sistema estranho, e as pernas escorregam e caem no chão, com um barulho molhado. O cheiro de terra e ferro e sangue e urina se intensifica com a movimentação do corpo, como se as pernas fossem foles bombeando ar contaminado. Leonard agarra punhados da calça jeans de Redmond que estão ao redor dos calcanhares. Com as pernas novamente elevadas, o cheiro se intensifica ainda mais, e ele sussurra "Ai, meu Deus", e respira profundamente pela boca. Gira o corpo cento e oitenta graus, de modo que seus pés apontem para o deque. Leonard para e deixa uma das pernas cair para cobrir a boca com as costas da mão, segurando a ânsia de vômito.

— Tá tudo bem, eu consigo fazer isso — diz ele, e pega a perna outra vez, continuando a falar sozinho durante todo o processo. Dá passos rápidos para trás, arrastando o corpo atrás de si e deixando um rastro borrado de sangue no chão. A cabeça mascarada de Redmond chacoalha como um balão cheio d'água.

Sabrina corre até o banheiro e retorna com uma pilha de toalhas. Ela coloca a pilha no chão, do lado direito de Andrew, e abre duas toalhas (uma é marrom, a outra tem estampada a capa do primeiro livro do Harry Potter, já desbotada) sobre o sangue no chão. Arrasta as toalhas com os pés, limpando a sujeira sem muita determinação.

Leonard está no deque, parado, com o corpo de Redmond metade para fora e metade para dentro do chalé. Debruçado, Leonard avisa a Adriane:

— Cuidado.

Ele se lança para trás e o corpo vai junto com ele, passando pelo trilho de metal da porta e se estatelando no deque. As tábuas de madeira batem e ecoam com o esforço de deslocamento do corpo, até que Leonard posiciona Redmond contra o corrimão da escada oposta à entrada e mais além da mesa de piquenique; o corpo continua no campo de visão do chalé. Leonard inspeciona suas mãos, sua camisa e calça manchadas de sangue, e então verifica o relógio de pulso duas vezes. A primeira é automática, um reflexo. A segunda dura mais um pouco, e é uma tentativa consciente de calcular o tempo. Andrew percebe que Leonard estivera obsessivamente consultando seu relógio desde que os quatro entraram no chalé.

Adriane cobre o corpo com a colcha azul, puxando e ajeitando os cantos sobre as pernas de Redmond. A colcha forma uma tenda sobre os pés e seu comprimento extra cria um amontoado em cima da cabeça e sobre o corrimão. Pegando novamente a porta de correr (que já teve dias melhores; a tela de aramado está torta e caída nos cantos da moldura retorcida), ela fala e gesticula na direção do corpo e depois do chalé.

Leonard diz alguma coisa e, então, também aponta para dentro do chalé, depois se vira e deixa Adriane e Redmond para trás. Ele para e diz:

— Eu também não quero olhar pra ele.

Quando entra na cozinha, a luz do sol se esconde. A rapidez com que escurece dentro do chalé assusta Andrew, e ele imagina a luz lá fora e ali dentro diminuindo sem cessar, até não haver mais luz alguma.

Eric

Leonard está parado na mesma área da sala de estar na qual Eric viu o que quer que tenha visto momentos antes do ataque a Redmond: uma imagem amorfa flutuando no ar, um baixo-relevo feito de luz, com contornos formados de outra luz, mais acentuada, que se transformou em cabeça e ombros, e depois em um corpo completo, em um redemoinho de cintilação e brilho. Quer ignorar aquilo, dizer que tudo não passou de uma ilusão, que foi o resultado ou um sintoma de seu ferimento, mas, em sua memória, o corpo se movimenta antes de desaparecer; vira-se inexoravelmente para olhá-lo.

Terá Andrew, Wen ou um dos outros visto aquela imagem também? Aparentemente, não.

À direita de Eric, Andrew treme como se estivesse congelando. Wen está à esquerda dele, com os braços ao redor do seu pescoço. O perfil de Wen é visível para Eric, que esta observando a porta de entrada. Seus olhos estão abertos e não piscam o suficiente. Será que Wen assistiu à morte de Redmond? Eric não se lembra de ela estar olhando quando Adriane levantou a arma pela primeira vez. Teria ela virado o rosto antes? Ele acha que sim, mas não tem certeza. Será que ela viu o sujeito feito de luz? Será que ela o estava vendo agora diante da porta, encarando-a?

— Lamento muito que isso tenha acontecido e que vocês tenham sido obrigados a presenciar. — A voz de Leonard soa trêmula e claramente abalada. Ele encara as mãos, abre-as e as fecha. — Mas nós não tivemos escolha. Não temos escolha. — A suposta sinceridade, ou sua fé inabalável nas próprias palavras, é ao mesmo tempo estarrecedora e assustadora. Eric crê pela primeira vez que eles não sairão do chalé vivos e reza em silêncio.

Sem receber resposta ao seu pedido de desculpas ou à sua explicação, Leonard se arrasta, encurvado, até o sofá. Procura as almofadas e encontra o controle remoto. Liga a televisão e o *Steven Universo* de Wen retorna, ocupando a tela escura na parede. Eric reconhece aquele episódio, mas não se lembra do que acontece. Teria sido um episódio ao qual ele assistiu no início do verão ou seria o mesmo que estava passando antes, quando Leonard desligou a televisão? Será que tudo aquilo acontecera em quinze minutos? Dez? Menos? Eric não faz ideia.

Ele não sabe que horas são ou há quanto tempo os quatro estão no chalé, e não consegue lembrar quando ou como ele foi amarrado na cadeira. Teme que esteja esquecendo outras coisas também, as mais importantes. Também está exausto por causa da concussão e sente dificuldade para manter a cabeça erguida e os olhos abertos.

Agora que o desenho está passando novamente, Wen se vira. Permanece artificialmente ereta e petrificada, o corpo desprovido da energia que ela costuma emanar. Seus polegares estão novamente dentro dos punhos cerrados, que ela encosta na boca.

— Wen, não olhe para fora — diz Andrew.

Wen faz que não. Eric não tem certeza se aquele *não* é em tom de desafio, uma aquiescência ou uma resposta automática sem significado.

Sabrina leva a lixeira para o meio da sala. Limpa as mãos na calça jeans como se já tivesse sujado as mãos com as toalhas encharcadas de sangue. Ela se abaixa, levanta as toalhas do chão e as deixa cair pesadamente na lixeira, e duas moscas pretas sobem pelo ar como espirais de fumaça.

Com o corpo de Redmond lá fora e as toalhas descartadas, o cheiro na sala melhora o suficiente para que o estômago dele não fique completamente revirado ao respirar pelo nariz. O chão ainda está escorregadio de sangue; jamais ficará limpo outra vez. Fissuras antes invisíveis no piso de madeira são cortes recentes, cortes que jamais se fecharão. As tábuas estão tingidas de vermelho em uma trilha que termina no deque. Lado a lado, Sabrina abre no chão as duas toalhas restantes na pilha que trouxe do banheiro. Ela não usa as toalhas para limpar o chão; elas servirão de tapetes. Então, ela cobre as toalhas com a cortina da porta de correr. As moscas caminham rapidamente pela cortina, depois levantam voo e desaparecem.

— Desculpe, Wen, mas eu vou mudar o canal, ok? — diz Leonard. — É rapidinho, depois eu ponho o desenho de volta. Prometo. Você está sendo muito forte, sabia? Muito corajosa. Seus pais devem estar muito orgulhosos de você.

— Vá se foder — diz Andrew.

Seu tom de voz passa de criança-que-não-consegue-encontrar-os-pais para uma raiva total e justificada no decorrer de três palavras.

Leonard segura o controle perto do rosto, com as mãos trêmulas. Ele pausa o desenho com Steven Universo sorrindo, seu punho gorducho erguido em triunfo acima de sua cabeça.

Eric olha para fora, para o deque sombreado e o corpo coberto apoiado no corrimão. Um vento forte percorre as dobras e os cantos do tecido azul e xadrez. Aquela colcha encantadoramente caseira e aconchegante foi metade do presente de mudança dos seus pais, quando ele e Andrew juntaram as escovas de dente há mais de quinze anos. A outra metade do presente não era tão encantadora: uma placa com moldura dourada em que se lia: "Deus abençoe esta casa e todos que aqui entrarem", escrita em uma fonte gótica acima de mãos unidas em prece. Eric não sabia se a bênção emoldurada fora um adendo, uma conciliação entre presentear e não presentear. Eric não se opunha ao sentimento da bênção (por mais brega que fosse a apresentação), mas Andrew fez um discurso inflamado como apenas os profundamente ofendidos conseguem fazer. Ele e Andrew jogaram fora a placa e reutilizaram a moldura. Eric insistiu em ficar com a colcha e deixá-la no quarto de visitas caso seus pais decidissem visitá-los e passar uns dias. Sua mãe e seu pai nunca pisaram naquele primeiro apartamento. Eles fizeram sua primeira viagem para Cambridge e o condomínio logo após a adoção de Wen, e, nos anos seguintes, visitaram-nos mais quatro vezes. Para fins de registro, os pais de Andrew viajam de carro de Vermont até lá para vê-los a cada dois meses. Eric registra. Seus pais nunca dormiram no quarto de visitas da casa e sempre insistiram em ficar em um hotel, dizendo que não queriam incomodar ou atrapalhar. Sua mãe diz isso com tanta veemência e arrependimento que Eric acredita ser verdade. Enquanto sua mãe age como porta-voz, seu pai quebra o contato visual, deixa os ombros caírem e baixa a cabeça como um cachorro que levou bronca e apenas se lembra de ter feito algo ruim, mas não se arrepende. Era como observar seu pai — aquela versão diminuta e acinzentada do homem que já foi grande e forte como Paul Bunyan —, lembrando-se de que não deveria se divertir tanto na companhia deles quanto se divertia. Certa vez, Andrew perguntou a Eric no que ele estava pensando, parado em frente à janela enquanto seus pais iam embora e entravam em um táxi parado dois andares abaixo.

Eric explicou:

— Estou feliz e orgulhoso que eles estejam aqui. — Ele fez uma pausa e Andrew o abraçou por trás. — E triste. Infinitamente triste.

Eric levanta a cabeça e nada até a superfície, deixando para trás as águas mornas do devaneio. Teria ele adormecido ou desmaiado, e por quanto tempo estivera assim? Olha ao redor com certo nervosismo: todos parecem estar no mesmo lugar onde estavam há alguns instantes.

Ele deixa escapar:

— Vamos parar com isso agora, tá legal? Nós podemos conseguir ajuda para vocês. Podemos, sim. Eu prometo. Deixem a gente ir embora e nós vamos atrás de ajuda. Nada mais tem que acontecer. Tudo isso pode terminar imediatamente. Podemos terminar tudo agora.

Eric suspira. Não era sua intenção que as palavras saíssem daquele jeito; ele não deveria ter usado termos como *terminar tudo*.

Leonard balança a cabeça impaciente, rejeitando as palavras de Eric. Ele olha para seu relógio de pulso e diz:

— Por favor, assistam à televisão. Vai aparecer daqui a pouco.

A tela muda para um canal de notícias fechado. É um noticiário de negócios vespertino, conforme diz a guia na parte inferior da tela. Mas, em vez de notícias, está passando um comercial de suplemento vitamínico para idosos. A apresentação é feita por uma atriz que já foi famosa e que lamenta para a câmera.

Andrew pergunta:

— O que vamos assistir?

— O que vocês precisam assistir.

— É seu programa favorito? Não pode perder, é isso? Eu percebi você checando o relógio a cada cinco minutos desde que invadiu nosso chalé. Bom, deve ser um ótimo programa. Mal posso esperar. Qual a classificação? Não deixamos Wen assistir a certas coisas, sabe como é... Talvez você devesse ter colocado para gravar.

Andrew está alfinetando o outro e se preparando para alfinetar ainda mais. Eric diz:

— Beleza, vai com calma, Andrew, calma.

Eric sente-se satisfeito em saber que Andrew não esmoreceu e não desistiu de convencê-los a parar com aquela loucura, mas, por Deus, os caras mataram um dos seus a pauladas, um ato tão confuso quanto horripilante. O que está claro para Eric é que a violência deles não será aplacada com algumas palavrinhas mornas. Talvez Andrew esteja percebendo um enfraquecimento ou um esmorecimento na força de vontade dos caras para terminar o que começaram, tendo em vista a forma como ficaram abalados depois do ataque e da morte ritualizada de Redmond. Mas não é o que Eric percebe. O que ele vê são fanáticos completamente absortos em sua causa. Além disso, o melindre deles provavelmente significa que será mais fácil que abdiquem de qualquer senso de responsabilidade pessoal e continuem a atribuir suas ações à ainda não revelada fonte de sua suposta visão apocalíptica e dos comandos homicidas.

Sem serem solicitadas, surgem perguntas de uma câmara esquecida no interior da mente de Eric: *Será que eles viram a mesma imagem luminosa que eu vi? Será que a viram antes de virem até aqui? Será que a viram de olhos fechados, quando estavam tendo os pesadelos com o Armagedom?*

Passam mais dois comerciais. Um deles é de um produto de limpeza que não pode ser comprado em lojas comuns, e o outro é uma propaganda promocional com cores vibrantes da mesa-redonda sobre política que passa no horário nobre do canal. Todos no chalé permanecem quietos durante a apresentação dos slogans gritados e das exclamações altas, como se fosse um intervalo comercial dirigido especificamente a eles. O noticiário retorna com uma tempestade de cores vibrantes que fazem a cabeça de Eric latejar. A guia infinita de notícias na parte inferior da tela traz informações borradas sobre refugiados, desemprego, a morte de uma celebridade querida e a queda do índice Dow Jones. NOTÍCIAS DE ÚLTIMA HORA, essa manchete aparece na tela principal em letras garrafais vermelhas, sobrepondo-se ao cenário decorado em vermelho, branco e azul. Um âncora bem-vestido em um terno engomado está parado no canto inferior direito da tela. Em tom sério, ele dá as boas-vindas à cobertura em tempo real de um terremoto de magnitude 7.9 com epicentro nas Ilhas Aleutas, que aconteceu há mais de quatro horas.

As Aleutas são uma cadeia de ilhas vulcânicas banhadas pelo Mar de Bering, com algumas ilhas pertencentes ao Alasca e, em suas regiões mais a oeste, à Rússia. Eric e Andrew pesquisaram reservas para um cruzeiro pelo Alasca, que navegaria por algumas das ilhas maiores, mas desistiram quando a oportunidade de adotar uma criança se materializou mais rápido do que haviam planejado.

O Centro Nacional de Alertas de Tsunami dos Estados Unidos enviou um alerta admonitório para a Colúmbia Britânica, o Canadá e mais de mil e quinhentos quilômetros de litoral ao longo do noroeste do Pacífico americano, incluindo as cidades de Seattle e Portland. No entanto, o Centro de Alertas de Tsunami do Pacífico enviou seu aviso mais forte para as ilhas do Havaí. Residentes e turistas da costa norte receberam ordem de evacuação compulsória e deveriam procurar terras mais elevadas imediatamente.

— É a isso que devemos assistir? — indaga Andrew.

— É. Você ainda não entendeu?

— Não. Não entendi.

— Eu expliquei a vocês que, se não escolhessem fazer um sacrifício, os oceanos subiriam e as cidades afundariam. Usei exatamente estas palavras: as cidades afundarão.

Leonard articula essas palavras calma e ruidosamente, e aponta para a televisão. O tom paciente e a atitude calma que ele utiliza sempre que se dirige a Andrew, Wen ou Eric se rompem, e a raiva o invade. Ou seria pânico? É difícil saber a diferença.

— Você se lembra de eu ter dito isso, né? Você disse que compreendeu o que eu estava dizendo.

Eric se lembra vagamente de Leonard dizendo algo sobre cidades afundando, junto com uma lista de outras ameaças, mas não se recorda delas.

— Sim, eu me lembro, mas isso não significa nada, isso... — diz Andrew.

— Não! Chega. — Ele aponta o controle remoto na direção de Andrew.

— Já fui muito paciente com vocês, mas agora você precisa assistir e escutar. — Leonard fecha os olhos, balança a cabeça e dá de ombros, como se dissesse: *estou me esforçando ao máximo para que tudo corra bem*. Ele aponta outra vez para a televisão. — Eu não deveria gritar, eu sei que você está com medo de mim, de nós, mas, por favor, assista.

O canal corta para um entrevistador e uma entrevistada digitalmente separados na tela. A mulher à direita é a porta-voz do Centro de Alertas de Tsunami do Pacífico. Ela explica que há quase duas dúzias de boias de detecção no Pacífico Norte, sendo que um grupo está traçando o perímetro do

Círculo de Fogo ao norte, situado a apenas algumas centenas de quilômetros do epicentro daquele terremoto. Os dados recebidos apontam para uma onda de cerca de cinco metros de altura que se move para o sul, na direção do Havaí. O apresentador interrompe para anunciar que um tsunami atingiu a terra. Enquanto o áudio da entrevista continua, o vídeo cai para o canto direito inferior da tela. Imagens de um resort praiano na ilha de Kauai, no Havaí, dominam o centro da tela. Não dá para saber se a transmissão é ao vivo ou gravada. No Havaí, faz um dia belo e claro. Pequenas nuvens espalham-se pelo amplo céu. A areia é dourada e as palmeiras, verdes. A piscina do hotel tem um tom cristalino de azul e está vazia. O resort já foi evacuado. Uma onda de água cinza cheia de espuma e areia, salpicada de terra escura, folhas de palmeiras e outros detritos, corre pela praia e engole a piscina e o pátio, engolfando cadeiras e mesas, invadindo chalés e os andares inferiores do hotel. O canal corta para outros vídeos de cidades menores ou das ilhas menos visitadas e populosas a noroeste, como a ilha de Leeward; as ondas gananciosas viram pequenos barcos de ponta-cabeça, atolam marinas, destroem deques e docas e inundam estradas à beira-mar.

Ao reconhecer que a erosão das praias e os danos às propriedades serão consideráveis, a porta-voz fala sobre a eficácia do sistema de alerta antecipado, que lhes permitiu ter bastante tempo para evacuar a costa e as áreas de baixa altitude das ilhas havaianas afetadas. É cedo, mas não há relatos de feridos nem de vítimas.

Andrew diz:

— Ei...

Eric o interrompe com um:

— Não. Não diga nada. — Porque ele sabe o que Andrew quer dizer, o que ele vai dizer.

Andrew cerra os dentes, balança a cabeça para tirar o cabelo do rosto e diz o que quer, de qualquer forma:

— Que fim do mundo temos aqui! Que tal então vocês nos deixarem ir?

Leonard não responde.

— Deixe Eric e Wen irem embora, pelo menos. Eu ficarei e nós poderemos debater quanto você quiser sobre temas apocalípticos e traumas culturais do século XXI. Apenas deixe-os ir embora.

Adriane corre até o banheiro, fecha a porta e abre a torneira com toda a força. Há sons mais baixos escondidos na água corrente. Eric não sabe se ela está chorando e/ou conversando consigo mesma.

Sabrina diz:

— Não entendo. Isso não é... — Ela para no meio da frase, caminha até o lado de Leonard na sala e cutuca o braço dele. — Leonard?

— Eu sei, mas continue assistindo. Temos que continuar assistindo.

Eric pergunta:

— Por quanto tempo?

— Até vermos o que temos que ver. Até que vejamos o que nos foi mostrado.

Leonard parece inseguro, até mesmo desesperado. Ele passa os olhos rapidamente por Eric e, em seguida, por Andrew, antes de encarar intensamente a televisão outra vez, desejando que ela mostre as imagens que passaram em sua cabeça, seja lá quais foram.

O canal reprisa a inundação do resort, que é o vídeo mais dramático em exibição. As vozes repetem os mesmos números e a mesma cronologia dos acontecimentos. Eric está prestes a perguntar se podem mudar de canal e colocar em um programa para Wen quando ocorre um corte abrupto dos vídeos havaianos para o âncora. Ele não diz nada e segura um dos dedos contra a orelha. Não sabe que está no ar. Ele se recompõe e anuncia que um segundo terremoto, de 8.6 graus na escala Richter, atingiu o Pacífico. O epicentro fica a apenas cem quilômetros da costa do Oregon, no que chamam de Zona de Subducção de Cascadia, uma área na qual os cientistas, há tempos, temiam um terremoto catastrófico.

Leonard grita:

— É isso! É isso! — Ele se vira e, por um momento, tem no rosto o sorriso de quem havia ganhado exatamente o que queria de aniversário, olhar que rapidamente adquire o tom doloroso de uma testemunha relutante. — Vocês não impediram que isso acontecesse e poderiam ter impedido. Vocês deveriam ter feito um sacrifício. Ao não fazerem, nós fomos forçados a fazer um no lugar de vocês, e agora vemos as consequências. Vocês poderiam ter impedido isso...

Sabrina está parada em frente à televisão. Ela repete:

— Não, não, não...

Adriane sai com tudo do banheiro, com o rosto vermelho e pingando.
— Está acontecendo? Está acontecendo de verdade? Oh, meu Deus...
Leonard continua falando para Eric, Andrew e Wen, mas sem tirar os olhos da televisão. Seus olhos brilham com lágrimas.

Ele diz:
— Sinto muito, não foi justo o que eu disse. É claro que eu quis dizer *nós*, e não vocês. *Nós* poderíamos ter impedido isso, mas não impedimos. Nós falhamos. Estamos juntos nessa. Todos nós. Perdão. Isso é difícil, é impossível; eu continuo repetindo, mas é verdade. E nós não conseguimos impedir. Tarde demais.

Sabrina, Adriane e Leonard falam e fazem perguntas; algumas são retóricas e outras não têm resposta. Eles compartilham reações, olhares e acenos de cabeça que lhes dão a confirmação não verbal de que o que está acontecendo na tela retangular de dois centímetros de espessura é real. Eric se esforça para bloqueá-los e ouvir o que está sendo dito no noticiário, mas o chalé está repleto de gritos e exclamações, e tudo se mistura no eco da câmara que é sua cabeça latejante.

A sala para a fim de tomar um fôlego coletivo por tempo suficiente para que um dos sismólogos sugira que o terremoto nas Ilhas Aleutas foi o gatilho para o segundo terremoto, que durou quase cinco minutos. Dada a proximidade do epicentro, as pessoas ao longo da costa terão apenas alguns minutos para procurar lugares mais elevados antes que um tsunami atinja a praia. Em virtude do tamanho e da duração do terremoto, prédios e infraestruturas danificados dificultarão ou impossibilitarão que algumas áreas de baixa altitude sejam evacuadas a tempo. Outro cientista estima que um tsunami provocado por um terremoto dessa magnitude e a essa proximidade da costa tenha de seis a vinte metros de altura, com quilômetros de comprimento, tanto que o aumento repentino do nível do mar aconteceria pelo comprimento e a duração total da onda, empurrando toda a água para o interior do continente. Ela sugere que os residentes procurem áreas mais elevadas imediatamente, de vinte e cinco a trinta metros acima do nível do mar; os despenhadeiros com quinze metros de altura ao longo da costa provavelmente não serão seguros o bastante.

O âncora interrompe o debate na tela dividida, anunciando que um tsunami de fato acabou de atingir a costa do Oregon e que eles gravaram um vídeo de Cannon Beach. Adverte que as imagens a serem exibidas são perturbadoras.

O vídeo começa; uma imagem *widescreen* trêmula, capturada por uma câmera portátil, mostra a praia, que possui grandes rochas espalhadas e protuberantes como barbatanas de tubarões, areia plana e água de maré baixa. As rochas são pretas como sombras, conferindo uma sensação de outro mundo, assombrosa, como se eles observassem pedaços congelados do espaço-tempo. Uma das rochas é muito maior que as outras, dominando o centro do vídeo — grande o suficiente para ser uma montanha, grande o suficiente para afundar pela areia e parar no centro da Terra.

Adriane comenta:

— Nossa, é a pedra do filme *Os Goonies*! Vocês se lembram desse filme? — Ela dá um sorriso largo e olha para Eric e Andrew, aparentemente esperando por alguma resposta ou validação deles. — Ora, vocês viram esse filme, não? O garoto resolve uma pista com essa pedra maldita ou com as pedras ao redor dela.

— O nome é Haystack Rock — comenta Sabrina. — Tem mais de setenta e cinco metros de altura. Estive lá no verão passado. Minha melhor amiga da época de faculdade mora em Portland. É um lugar lindo.

Uma lufada de vento estala pelos alto-falantes. Ainda há pessoas na praia, algumas bastante afastadas e outras nas pedras e na água estranhamente recuada. São pequenos avatares digitais de pessoas reais, pontos coloridos com trajes de banho sobre pernas borradas. Um homem, fora de enquadramento, sendo impossível determinar a que distância está, grita:

— Vamos logo. Vamos embora.

A dona do *smartphone*, uma mulher, responde:

— Eu sei. Tá legal, vamos embora. Estamos indo. Eu prometo.

Mas ela não vai. Ela e a câmera permanecem no mesmo lugar.

Adriane caminha até o centro da sala, aponta para a televisão e diz:

— Puta merda, foi isso que eu vi.

Leonard acena com a cabeça, concordando, e cerra os olhos, mas de forma exagerada, como se estivesse fingindo escutar, fingindo considerar de fato o que ela dizia.

Sabrina se distancia da televisão e resmunga algo que Eric acha ter sido "não foi o que eu vi".

Adriane ri.

— Eu vi essa mesma cena e achei que estava louca, sabe, por causa da pedra do filme. Eu achei de verdade. Houve uma noite na semana passada que eu fiquei acordada a madrugada inteira tomando chá preto mesmo sem ter leite, mas continuei tomando porque eu não queria ir dormir e assistir à merda da pedra dos *Goonies* ser inundada outra vez. — Ela olha animada em torno da sala. — Só pessoas loucas continuam tendo pesadelos com ondas que engolem pessoas na merda da pedra dos *Goonies*, né? — Ela ri novamente, demonstrando como seria se ela de fato ficasse maluca. — Adoro esse filme idiota. Até hoje. Não importa o que digam dele esses dias.

Enquanto Adriane fala, ouvem-se gritos no vídeo, e rapidamente passa um homem irritado de óculos de sol e camiseta branca cavada. Por fim, a câmera começa a se mover para longe da Haystack Rock, que lentamente desaparece no horizonte, um horizonte que aumenta de altura e se aproxima da câmera. Ouvem-se sons distantes e baixos de gritos que parecem enlatados, e gritos altos que estão próximos, que poderiam estar no chalé deles, e há gritos e berros de *corre* e *socorro*. Uma parede azul cresce, seu azul-escuro decorado com branco contrasta com a indiferença do céu azul-claro. Aqueles pequenos pontos digitais que são pessoas ao lado das rochas estão correndo, mas são lentos demais. Alguns pontos são menores que outros.

Sabrina para na frente de Wen, bloqueando a visão dela da televisão.

— Você quer ir brincar no seu quarto em vez de ver isso? Você trouxe algum brinquedo? Gostaria de vê-lo. Você me mostra?

Leonard diz:

— Sabrina, agora não. Você sabe que eles têm que ver...

Ela retruca:

— Não. Wen não tem que ver nada. Ela não tem que ver mais nada.

— Sabrina...

— Ela já viu o bastante, não acha? Eles podem ver. Beleza. Mas, para ela, já deu. Para mim, já deu. E eu vou tirá-la daqui. Vamos, Wen. Mostra pra mim o seu quarto e os seus brinquedos, por favor.

Ela tenta sorrir, mas o sorriso se desfaz, não conseguindo resistir ao restante do próprio rosto. Ela oferece a mão a Wen.

Gritos e berros provenientes dos alto-falantes da televisão aumentam de volume, como se estivessem se desculpando por horrores perdidos.

Eric diz:

— Talvez seja uma boa ideia, Wen.

Ele fala sem pensar e imediatamente se arrepende do que disse.

Wen responde:

— Não! Eu vou ficar. — Ela balança a cabeça com violência, e se apoia em Andrew.

— Você não vai a lugar algum. Eu amo você — diz Andrew. — O que está acontecendo na televisão não prova nada, nem significa nada. Mas não olhe. Combinado?

A Haystack Rock desaparece no oceano em ascensão, momentaneamente cumprindo uma promessa geológica feita há eras. As pedras em formato de barbatana sumiram. Os pontos-pessoas que corriam pela praia desapareceram, bem como a maior parte da praia.

A luz solar brilha intensamente no chalé outra vez e Eric é levado pela maré.

Capítulo 4

Andrew e Eric

Depois que Sabrina pega o controle remoto e finalmente muda de canal, tirando da cobertura jornalística do terremoto e do tsunami devastadores no Pacífico Norte e colocando no Cartoon Network, Andrew sugere que Wen vá se sentar com Eric. Ele explica que Eric precisa passar um tempo com Wen agora, o que não deixa de ser verdade, mas Andrew também quer ficar sozinho para trabalhar nas cordas sem que ela fique xeretando ou atraindo atenção para o que ele está fazendo.

Wen assiste ao desenho *Hora de Aventura* sentada, de pernas cruzadas sobre os pés de Eric. Nesse episódio, a Princesa Caroço briga com os pais e grita por causa de uma lata de feijões derramada. Mais tarde, outros desenhos sucederão *Hora de Aventura*, alguns dos quais Andrew e Eric já terão visto; outros, não.

Durante um intervalo comercial, Leonard anuncia a eles:

— Vocês receberão a oferta de novo. Esta oferta é um presente. Nem todos os presentes são fáceis de aceitar. Muitas vezes, os presentes mais importantes são aqueles que queremos recusar de todo o coração. Amanhã de manhã, vocês podem escolher a difícil e abnegada opção do sacrifício para salvar o mundo. Ou novamente escolher que os ponteiros do relógio se aproximem mais um minuto da meia-noite eterna, como fizeram nesta tarde. Pelo resto deste dia e desta noite, atenderemos às suas necessidades dentro do possível, e vocês serão deixados a sós, para que reflitam e conversem sobre o assunto. — Sem fazer uma pausa, ele repete tudo o que disse mais uma vez. Usando exatamente as mesmas palavras e a mesma entonação.

Ainda mais abalado pelas horríveis e misteriosamente profetizadas imagens exibidas nos noticiários e por seus sons — o rugido constante dos mares revoltos, os gritos que faziam estremecer as caixas de som, metálicos e, de certa maneira, mais autênticos, pois a intensidade do som e o desespero que havia neles não poderiam ser reproduzidos digitalmente sem modulação —, e de olhos fechados contra o último raio do esmaecido sol da tarde, Eric volta a se preocupar com a lembrança do vulto na luz que ele não sabe se viu ou não.

— Não precisamos esperar até amanhã de manhã e nunca vamos mudar de ideia — afirma Andrew.

Leonard vai à cozinha. Abre a geladeira e os armários. Pergunta se alguém está com fome. Ninguém responde.

— Daqui a pouco, eu vou grelhar o frango. Todo mundo precisa comer. Vocês têm de comer. Ninguém toma boas decisões de barriga vazia — comenta Leonard.

Sabrina pergunta se alguém viu um esfregão e/ou um desinfetante. Ela vasculha embaixo da pia da cozinha e, quando se levanta, está segurando uma garrafa plástica com um líquido cor de âmbar. Pouco tempo depois, descobre um balde amarelo e uma grande esponja verde no porão. Esfrega o chão manchado de sangue sem muito sucesso.

Adriane empilha as três armas improvisadas ao lado do fogão a lenha. Ela passa mais de uma hora limpando-as com água morna, um pouquinho de detergente e toalhas de mão. Depois, resgata a mesa da cozinha da beira da escada do porão e a coloca de volta no lugar de antes. Um dos pés está torto e frouxo, o que a deixa bamba. Ela enfia o livro que Eric estava lendo — aquele sobre a criança desaparecida — embaixo do pé, para dar estabilidade. Não é do tamanho certo. Ela tenta novamente com o livro de Andrew de ensaios críticos, que se encaixa melhor.

Andrew e Eric continuam amarrados às cadeiras durante toda a tarde e o começo da noite. As únicas constantes são os desenhos animados e o alvoroço de limpeza do chalé e dos preparos na cozinha. Eles só falam quando precisam saber como Wen está:

— Está com fome?
— Você está bem?
— Precisa ir ao banheiro?
— Quer tirar um cochilo?
— Quer dar um tempo da televisão?
— É só dizer, está certo? A gente te ama.

Os dois passam boa parte do tempo refugiados em suas mentes; o pânico e os diferentes desconfortos causados pelas lesões e pela provação física de permanecerem tanto tempo sentados e amarrados interrompem seus diálogos internos, seus planos e fantasias cada vez mais inúteis de tentar escapar. Muito além da porta da frente do chalé, que tem vista para o oeste, o sol começa a mergulhar na floresta. O brilho forte da tela de televisão é a única fonte de luz, até que os outros três acendem as lâmpadas e luminárias. As lâmpadas na roda de carroça que está dependurada sobre suas cabeças estão amareladas pelo tempo. Teias de aranha as conectam aos raios da estrutura de madeira.

A luz artificial, mais fraca, não consegue escapar do chalé. Logo, fica escuro demais lá fora para ver Redmond apenas com a iluminação da sala de estar. Não é possível enxergar a cor e a topografia do cobertor que cobre seu corpo; há apenas a vaga sensação de que há algo ali, silenciosamente ocupando o deque. É como se ele não estivesse lá, como a memória cultural decadente de um passado histórico profundo e sombrio (uma *coisa* que aconteceu a outra pessoa, e essas outras pessoas são sempre tão azaradas, não é?), alguém que, deliberadamente, desejamos esquecer, mesmo quando alegamos reconhecer o perigo desse esquecimento.

Leonard avisa que vai acender a churrasqueira e assar o frango. Diz aquilo como se estivesse lendo os primeiros passos do manual de instruções da noite bizarra que terão pela frente. Ele caminha até Wen e, com cuidado, a retira dos pés de Eric. A menina não oferece resistência. Andrew e Eric gritam para que Leonard a deixe em paz, para que não a toque, reações tão automáticas quanto ineficazes. Leonard responde que ela vai ficar bem, que vai apenas sentar com ele no sofá enquanto seus pais lavam as mãos antes do jantar. Ele, então, pergunta a Wen se é uma boa ideia eles irem ao banheiro, e será que todos não deveriam lavar as mãos antes das refeições? Ela está no colo de Leonard, posicionada como o fantoche de um ventríloquo. A menina se contorce e se esgueira, obviamente tentando escapar do seu colo. Ele a reposiciona e avisa a Andrew e Eric que, se não fizerem nenhuma bobagem, suas pernas serão desamarradas.

— Chegamos a um ponto crítico, o ponto em que não há como retroceder, e vocês devem cooperar. — A questão não é tanto o que ele diz, mas como diz. Adriane apanha a arma de pontas duplas, a maior de todas, que abriu uma cratera no peito de Redmond, e a encosta no sofá, perto de Leonard e Wen.

Sabrina e Adriane desatam as amarras nas pernas de Andrew primeiro. Ele faz uma piada sobre precisar mais do que apenas pés para ir ao banheiro. Sabrina diz que vai ajudar:

— Sou enfermeira e já vi de tudo.

Levantar da cadeira é difícil e suas pernas de quase 40 anos de idade estão dormentes; um doloroso formigamento se espalha por suas extremidades inferiores. Eric sente o mesmo quando se levanta, e precisa se mover mais lentamente, pois o ato de se erguer enche sua cabeça com névoas de luz e calor. Com as mãos amarradas atrás das costas, os dois homens cambaleiam com dificuldade até o banheiro. A porta fica aberta e Adriane está de guarda na entrada. Eles são posicionados diante do vaso sanitário e submetidos à experiência indigna de terem os shorts e cuecas abaixados por Sabrina para que possam urinar.

Leonard mantém um diálogo unilateral sobre como o tempo que está passando com Wen no sofá está sendo agradável. Ele faz perguntas e finge que ela as responde para continuar a conversa.

Em determinados momentos durante sua odisseia de ida e volta ao banheiro, os dois homens pensam em correr e/ou se atirar contra Sabrina e/ou chutar Adriane. Ambos decidem que não é o momento oportuno, não enquanto todos estiverem em seu estado máximo de alerta. Não querem acreditar que Leonard machucaria Wen, apesar de ele claramente ser mais do que capaz de cometer atos de violência extrema. Concluem que uma tentativa de fuga fará mais sentido na próxima vez que tiverem permissão para usar o banheiro. Se encerrarem aquela ida inaugural de forma exitosa e tranquila, será inevitável que os outros três baixem a guarda um pouquinho mais na vez seguinte ou na outra.

Após serem devolvidos e novamente amarrados às suas cadeiras, eles percebem que as cordas atadas em volta de suas mãos e punhos estão mais frouxas, ou talvez eles estejam sonhando acordados. Não, a mudança de posição e alavancagem de seus corpos, o fato de terem se mexido, caminhado pelo chalé e se adaptado a um espaço mais apertado ao lado de Sabrina, tudo isso, certamente, afrouxou as cordas. Dá para sentir.

Desajeitado, Leonard lava e prepara os filés de peito de frango antes de Adriane assumir o controle. Ela dispensa os projetores do deque (insiste que não precisa deles, gritando com Leonard até que ele apague as luzes externas) e trabalha praticamente no escuro. Diz que a churrasqueira é uma droga e que não pode ser julgada pelos resultados daquele produto de quinta categoria. O cheiro é simplesmente divino, e Sabrina diz isso com um sorriso no rosto enquanto prepara uma grande tigela de salada verde. Leonard põe a mesa da cozinha: quatro pratos, quatro garfos e quatro copos de plástico. Adriane passa por baixo das portas de correr quebradas com uma travessa fumegante de frango grelhado, alertando a sala:

— Cuidado! Está pelando!

Ela manda Leonard fechar a porta telada antes que todos os mosquitos e mariposas de New Hampshire consigam entrar. A comunidade de insetos alados enxameando a luminária de roda de carroça já é grande o suficiente; seus corpos não param de se chocar contra as lâmpadas, produzindo um zunido agudo e metálico. Eric observa duas moscas gordas e espessas (imaginando se seriam as mesmas que ele tinha visto mais cedo) e, quando elas se chocam contra uma lâmpada, ele tem certeza de que a roda de carroça balança com o impacto. Seu zumbido é um sussurro baixinho, como um cântico.

Leonard pega a mão de Wen e, com um pequeno e suave impulso, ela fica de pé e o segue até a mesa da cozinha. Ela senta à mesa em uma das extremidades, ao lado de Leonard e de frente para os pais. Sabrina preparou uma xícara de leite achocolatado com chips de chocolate derretidos no micro-ondas. No prato de Wen, um montinho com pedacinhos de frango e uma pequena porção de salada composta de alface, dois tomates-cereja e três rodelas de pepino. Wen ergue uma fatia de pepino e olha para Andrew e Eric. Estava descascada, do jeito que ela gosta.

— Vá em frente. Pode comer — aconselha Andrew.

Ela come tudo que tem no prato, triste e determinada a executar essa tarefa. Pouco tempo depois, Wen deixa a mesa com um leve bigode de achocolatado colorindo seus lábios.

Os outros três estão sentados à mesa. Leonard e Sabrina elogiam Adriane pela suculência do frango. Elogios sucintos de *delicioso!*, e *essa comida abriu meu apetite* são passados pela mesa junto com a pimenta, o molho barbecue e o molho de framboesa com vinagre balsâmico para a salada. Garfos e facas tilintam e rangem nos pratos.

Andrew fervilha de raiva, fumegando desespero e incredulidade. Como os outros podem simplesmente participar dessas movimentações de "vamos-jantar", como se nada estivesse errado? Como ignoram com tanta facilidade o horror do que aconteceu e o horror cada vez maior do que está acontecendo e vai acontecer?

Adriane murmura como uma cervejinha cairia bem e ri. Ninguém acha graça.

— Ei, fiquem à vontade, sirvam-se do engradado com doze cervejas na gaveta inferior da geladeira. Só não se esqueçam de levar as garrafas para a reciclagem depois — avisa Andrew.

— Sério!? — retruca Adriane, e olha para Sabrina e Leonard para ver a reação deles. — Não, fica para a próxima. — Ela ergue o copo de água. — Talvez outra hora. — Ela toma um grande gole e enxuga o rosto com as duas mãos.

Eric percebe que nenhum dos outros deu graças ou fez uma oração antes da refeição. Previa e esperava que sim. Se dessem graças, ele poderia ter descoberto qual deus é a fonte de suas visões, sendo, afinal, a motivação por trás da presença deles ali. Talvez Eric tivesse conseguido usar essa informação para envolvê-los melhor em uma conversa sobre sua fé e, quem sabe, persuadi-los a libertar sua família. Tinha tanta certeza de que dariam graças que chegou a desconfiar de que talvez tivesse se distraído e perdido esse momento, ou que a oração teria acontecido e ele a testemunhara e prontamente esquecera por causa da concussão. O fato de que não havia sequer percebido um rápido e furtivo sinal da cruz por parte dos outros não fazia sentido algum para ele.

Quando acabam de comer, Leonard pede a Wen que ajude com o jantar dos pais. Ele diz que é um trabalho importantíssimo.

— Sem você, acho que eles não vão comer.

Silenciosamente, Wen concorda em ajudar. Ela fica diante de Eric com um garfo na mão. Leonard traz um prato com frango cortado e uma pilha de folhas. Sabrina expõe, de forma detalhada e paciente, um conjunto de instruções que todos devem seguir. Wen espeta o garfo de plástico em um pedaço de frango e o segura na frente do rosto de Eric. Ele abre a boca apenas o suficiente para a passagem do frango, que está morno. Ele não se demora, não se dá o luxo de saborear, mastigando e engolindo rapidamente. Wen não fala, não pergunta se ele quer mais frango na próxima ou um tomate-cereja. Não olha nos seus olhos; apenas para sua boca. Não para de alimentá-lo até que Eric diz:

— Já estou satisfeito, meu anjo. Obrigado. — Ela coloca o garfo no prato e, em seguida, ergue um copo de água.

Andrew quer mandar os outros à merda e dizer que não precisa de nada deles. Ele se imagina aceitando a primeira garfada e depois a cuspindo na cara de um deles. Mas, quando a filha está diante dele, fazendo seu trabalho com tanto cuidado, Andrew perde a coragem e come tudo o que lhe é oferecido.

Depois do jantar, tem faxina e mais desenhos animados na televisão. Sabrina joga várias partidas seguidas de solitária na mesa da cozinha. Adriane folheia, entediada, o livro que Eric trouxe e vai fumar do lado de fora da entrada. Ela pergunta se alguém tem um quebra-cabeça. Diz que era o que sua mãe sempre costumava fazer quando estavam de férias.

Leonard faz perguntas a Wen sobre o que ela está assistindo. Ela só responde às perguntas de sim ou não ("Você gosta desse programa?" Sim; "Você já viu esta história antes?" Não). Qualquer pergunta que exija uma resposta mais detalhada produz um movimento de ombros ou um olhar infinitamente distante.

Eric está exausto e mal consegue manter os olhos abertos. Ele tenta fazer os outros falarem sobre as visões (evitando referências explícitas a Deus e à Bíblia, pois seu desconforto é cada vez maior), sobre o porquê de sua escolha apocalíptica, do porquê daquilo tudo, mas nenhum deles morde a isca.

— Falaremos sobre isso amanhã, depois de você e sua família terem refletido sobre o assunto esta noite — explica Sabrina.

Andrew tenta uma tática diferente, solicitando, de vez em quando, para ser desamarrado. Seus pedidos sucessivos se tornam cada vez mais elaborados e ridículos.

— Que tal vocês me desamarrarem para eu consertar o pé da mesa da cozinha? Estou percebendo que as cartas do baralho estão deslizando para a borda e, sério, a mesa não deveria estar escorada em realistas mágicos.

Sabe, tem um depósito de madeira não muito longe daqui, eu posso ir até lá pegar um pouco de madeira e transformá-la em um pé novo rapidinho. Acho que eu teria que parar em algum canto para arrumar um pouco de tinta branca, mas isso é besteira. Eu não me incomodo. Já estaria lá fora mesmo. — Andrew calcula que, se eles o levarem menos a sério por causa de sua torrente cada vez maior de pedidos insensatos, será melhor quando ele realmente tentar se libertar, pegar o SUV e sua arma.

— Está ficando tarde — avisa Leonard. — Todo mundo está precisando descansar. Vamos acordar bem cedo. — Ele recolhe as toalhas e as cortinas do chão. Depois, os outros três arrastam os colchões para fora dos quartos. Há espaço suficiente para encaixar uma cama *queen* entre as duas camas de solteiro dos beliches. Uma vez que a televisão estava desligada e Wen havia vestido o pijama, tomado banho e escovado os dentes, Andrew e Eric são, mais uma vez levados ao banheiro separadamente. Wen senta com Leonard no sofá, ao lado da arma em forma de marreta.

Adriane reposiciona Andrew e Eric nas cadeiras em cada lado da porta da frente. Seus ombros encostam na parede, enquanto os braços são colocados atrás das costas da cadeira. Sabrina e Adriane amarram as pernas dos homens aos pés das cadeiras e Sabrina pede desculpas, dizendo que não consegue confiar que eles permaneceriam amarrados se dormissem no mesmo colchão. Explica que eles devem tentar dormir sentados da forma mais confortável possível.

A noite no chalé será fria. A temperatura já caiu para quase menos nove graus celsius. Adriane acende o fogão a lenha, mas o calor logo se dissipa na porosa tela de correr. Andrew e Eric são cobertos até o peito com cobertores finos, que são enfiados entre seus ombros e a parede, e travesseiros são colocados atrás de suas cabeças e pescoços.

Andrew não diz nada e tem certeza de que conseguirá se soltar das amarras depois que todos estiverem dormindo. Eric está exausto e o travesseiro morno e macio que envolve sua cabeça é um sonífero potente. As luzes nem foram apagadas ainda e ele já está entre o sono e a vigília.

Andrew e Eric têm permissão para dar um beijo de boa-noite em Wen. Eles sorriem e repetem seu nome várias vezes com todas as entonações conhecidas, tentando informá-la de que ainda a protegerão e a manterão segura, embora tudo indique o contrário. Dizem que ela é corajosa e está se saindo bem e que a amam mais que tudo no mundo. Ela já viu e ouviu tanta coisa, e fez tanta coisa; eles não ousam imaginar como seria reviver os eventos desse dia pelos olhos de Wen. Ela não reage, é um robô em piloto automático seguindo uma programação básica de respirar, piscar e mover lentamente seus membros. Wen é levada para o colchão *queen* sem relutar ou reclamar. Ela deita, entocando-se nos cobertores, ocupando o mínimo de espaço possível, à deriva em um mar de espuma. Leonard oferece o porquinho de pelúcia (Corey, o favorito dela) e Wen o puxa contra o peito com todo o entusiasmo de uma estudante que recebe um teste de matemática do professor.

Sabrina e Adriane se arrastam para os colchões menores do beliche. Leonard deita no sofá.

Ninguém parece se mexer ou sair da posição de repouso. Andrew permanece acordado e, silenciosamente, tenta afrouxar as cordas em suas mãos e em seus braços, que ficaram dormentes por causa do longo período que passaram presos em suas costas. O chalé está frio, quieto e silencioso, à exceção do esporádico estalido ou assobio do fogão a lenha. A única luz acesa é a do banheiro, cuja porta está fechada, para que apenas um brilho débil escape das frestas de seu contorno. Lá fora, um céu noturno límpido e uma brilhante lua crescente intimidam o lago. Andrew consegue ver com perfeição o corpo coberto de Redmond no deque. Não consegue parar de pensar que, se ele ficar acordado a noite inteira, talvez veja um animal selvagem (será que existem outros tipos lá fora?) subir as escadas do deque e investigar o que está escondido sob o lençol. Sem conseguir avançar com as cordas, ele sussurra:

— Eric. Ei, você está acordado? Eric? Ei...

— Tem gente tentando dormir! — adverte Adriane.

— Continuem tentando! Canalhas como vocês nem são gente. Eu vou falar com meu marido. — A severidade na resposta de Andrew poderia muito bem ser um grito irrompendo o silêncio e a calmaria da noite.

— Já acordei — responde Eric.

Os dois conversam rapidamente, aos sussurros. Eric está tonto de sono e de dúvidas. Andrew está enlouquecido e consciente de que seu desespero é visível, tão notável quanto o rangido de uma porta em uma casa vazia

— Você está bem, Eric? Está se sentindo melhor?

— Sim, acho que um pouco melhor. Já não tenho a sensação de que meu cérebro está três vezes maior do que o crânio. Talvez apenas uma.

— Sei que você não está no seu melhor, e eu só queria saber se você percebeu que o primeiro terremoto, aquele perto do Alasca, aconteceu quatro horas antes de eles ligarem a TV.

— Foi tanto tempo assim?

— Sim, foi o que disseram no noticiário. Lembra? O Havaí teve tempo de sobra para evacuar com antecedência. Lembra-se do resort vazio?

— Certo, acho que lembro, sim. Deve ter sido isso mesmo.

— Foi isso mesmo. Pode apostar. E você notou como Leonard ficava olhando as horas no relógio dele?

— Talvez. Não consigo lembrar direito. Acho que sim.

— Ele olhou, tipo, mil vezes. Vi que os outros também estavam fazendo o mesmo. O que significa que o tempo era importante para eles. Eles esperaram a hora certa para dar início a tudo isso. Até Leonard disse alguma coisa sobre a hora certa ter chegado. Ele disse, sim. Com toda a certeza.

— Certo, tudo bem, disso eu acho que lembro. Você sabe que eles conseguem nos ouvir ainda que a gente esteja sussurrando, né?

— Hum, pois é, dá para ouvir vocês mesmo e...

— Eu sei e não estou nem aí. Não estou falando com nenhum de vocês. Então, como eu estava dizendo, eles sabiam do primeiro terremoto e do tsunami no Havaí antes de virem para o chalé. Pensa um pouco. Não tiveram visões ou profecias; eles sabiam do terremoto no Alasca e do tsunami iminente antes de chegarem aqui. Quando vieram para cá, aquela merda já estava garantida.

— Sim. Faz sentido. Por que você está me contando isso?

— Porque eu te conheço e não quero que você seja... que seja atemorizado pelas mentiras que eles contam sobre ter visões e fazer previsões de terremotos e apocalipse.

— Já chega, rapazes. Por favor... — interrompe Leonard.

Andrew e Eric continuam a conversar como se ninguém os interrompesse, como se não houvesse mais ninguém além dos dois.

— Acha mesmo que eu acredito neles?

— Não. Sei lá. Eu só queria ter certeza de que, depois da queda feia que levou e tudo o mais, você conseguiria enxergar o que eles estão fazendo, como miraram na gente e como estão tentando nos separar e manipular. Como sabiam do terremoto antes de virem para o chalé e como aquele segundo terremoto foi só uma coincidência, provocada pelo primeiro, certo? E como toda aquela conversa fiada sobre os *Goonies* não passava disso mesmo! E você viu como eles reagiram quando o segundo terremoto começou, como se tivessem ganhado na loteria e...

— Ah, meu Deus, você acha mesmo que eu iria cair na conversa deles! Está de brincadeira?

Há um momento de hesitação, um espaço vazio preenchido por palavras silenciosas.

— Não, eu não acho. Desculpa, não fica chateado. Eu não estou tentando te irritar. Por favor, me desculpa. Só estou com medo, e queria ter certeza de que, sabe...

— É, eu sei. Não se preocupe comigo. Não acredito neles.

— Eu sei que não. De verdade.

— Pois eu não acredito.

— Basta! — exclama Sabrina. — Por favor! Todo mundo precisa dormir.

— Ei, Eric?

— Fala.

— Desculpa, e eu te amo.

— Também te amo.

Há outro momento de silêncio que os dois querem preencher, mas não sabem como. Então, Andrew diz:

— Ei, pessoal, dá para vocês me desamarrarem? Eu quero manter o fogo aceso no fogão a noite toda. Não se preocupem. Não vou cair no sono no meio da operação. Prometo. E vou lá fora pegar mais lenha...

— Se vocês não calarem a boca, nós vamos calar à força! Colocar, tipo, umas mordaças em vocês ou coisa que o valha — ameaça Adriane.

— Calma aí, Adriane! — interrompe Leonard. — Está tudo bem. Todo mundo está numa boa, todo mundo está bem. Agora, vamos todos voltar a dormir. — Leonard fica tagarelando baixinho e Sabrina se intromete com declarações vazias de "não-vamos-machucar-vocês".

Eric fica magoado por Andrew achar que ele poderia, mesmo que minimamente, acreditar que os outros estão, de alguma forma, falando a verdade. Dói porque Andrew estaria mais do que correto em pensar isso. Por um instante, o medo de Eric cede à vergonha e à raiva, que transparecem quando ele diz:

— Se algum de vocês tentar colocar qualquer coisa na minha boca, eu arranco fora os seus dedos com uma mordida!

Depois, em silêncio, ele pede a Deus que os ajude.

Wen

No quarto de Wen, em sua casa, uma luz noturna fica plugada à parede na frente da sua cama. É uma lâmpada branca simples que não tem formato de personagem de desenho ou super-herói dos quadrinhos, ou de um animal na lua, ou de nada específico. Ela gosta assim; não quer nenhuma forma engraçada, pois elas criam sombras assustadoras. Além da luz noturna, ela insiste que a do corredor também fique acesa, assim como a do banheiro, com a porta aberta. Seus pais tentaram aos poucos desacostumá-la de dormir com as luzes acesas, explicando que seu cérebro, ainda em desenvolvimento, precisava da escuridão para descansar de verdade. Certa vez, Wen respondeu que, de todo o modo, não queria que seu cérebro crescesse rápido demais em proporção à cabeça. Às vezes, depois que ela adormece, um de seus pais apaga a luz do banheiro, do corredor ou (pasme!) as duas. Ela acha que deve ser o Papai Eric, pois ele sempre reclama que ela e o Papai Andrew deixam as luzes acesas em todos os cantos do apartamento, desperdiçando eletricidade, mas ela ainda precisa pegá-lo no ato. Apagar a luz do banheiro é uma traição grave, e isso já a irritou a ponto de fazê-la anunciar na mesa do café da manhã que ela teria um dia péssimo. Quando os pais quiseram saber o motivo, ela fez um bico dramático e disse:

— Vocês sabem muito bem! — Depois, não conseguiu esconder o sorrisinho cínico na claridade da cozinha.

Wen está sentada no colchão e não se lembra de ter despertado. Ela olha em volta, a princípio movimentando apenas os olhos; não mexe a cabeça até estar convencida de que todos os outros estão dormindo. Está escuro, porém menos escuro do que deveria, pois quase nenhuma luz do chalé está acesa. A luz do banheiro não conta, pois a porta está fechada.

Ela se pergunta se algo aconteceu enquanto dormia. Seria possível que tivesse dormido o dia inteiro e agora fosse a noite seguinte, e não a mesma?

Wen tira os cobertores e engatinha até a borda do colchão. Se essa fosse outra noite qualquer, em outras circunstâncias, ela pularia de colchão em colchão, fingindo que eram jangadas em um mar vasto e frio, ou que os colchões eram rochas resistindo teimosamente a uma torrente borbulhante de lava. Em vez disso, ela toma cuidado para não incomodar Sabrina (que dorme de barriga pra cima, com os braços acima da cabeça, dependurados para fora do colchão, e a boca levemente aberta) e Adriane (que dorme enovelada como uma bola, como se estivesse se escondendo por estar com raiva de todos na sala; só a parte de cima de sua cabeça escapa do lençol, exposta ao frio sereno da noite).

À sua esquerda, estão a porta de correr e o deque. A manta que cobre Redmond se agita na brisa, como se considerasse se transformar em um par de asas e alçar voo. Ela se pergunta como seria a aparência dele agora. Estaria Redmond todo quebrado e amassado, esmagado como uma lagarta que fora pisoteada, ou como antes, só que adormecido? Nunca vira um cadáver antes. Já tinha perguntado a adultos como um corpo sem vida se parecia e o único que respondeu vagamente foi Papai Andrew. Ele disse que um morto se parecia com a pessoa quando viva, mas, ao mesmo tempo, não, pois havia alguma coisa faltando.

— Como um nariz ou uma orelha? — A menina brincou e riu. Wen nunca sentia tanto orgulho de si mesma do que quando fazia um de seus pais rir. Ela lhe pediu que explicasse o que estava dizendo e Papai Andrew começou a enrolar (sabia que ele estava enrolando e odiava quando ele fazia isso com ela), emitindo um *huuuum* bem alto, tamborilando os dedos nos lábios, esfregando a mão no queixo, entre outras táticas usadas por quem não está a fim de responder. Achou que ele nunca iria explicar a fundo, mas foi esperta. Não pressionou, não fez beicinho, não exigiu. Esperou o tempo dele. Esperou até ele se encolher um pouquinho sob seu olhar e dar um sorriso do tipo você ganhou. Ele disse que os cadáveres que viu o fizeram lembrar-se vagamente de balões de aniversário murchos, desses que ficavam capengando pelos cantos um ou dois dias depois da festa. Ela não gostou da resposta e quis saber mais. Ele, porém, respondeu:

— Não vá dizer ao Eric que a gente estava falando sobre defuntos, certo?

Wen não acha que Redmond se pareceria com um balão. Embora não tivesse visto nada, sabe que bateram nele várias vezes com as armas, e chegou de fato a ver todo aquele sangue depois cujo cheiro ficou no ar. Ela o ouviu gritando. Ouviu tudo e, caso se permita, é capaz de ouvir tudo de novo, aquelas batidas ocas e o estrondo úmido e derradeiro que abalou o chão e suas pernas. Mas e se aquilo pareceu pior do que, de fato, fora, e ele apenas tivesse se machucado muito e desmaiado, como o Papai Eric? E se Redmond estiver vivo e acordar? E se ele estiver acordado agora, esperando que alguém apareça lá fora ou que ela tente escapar, e a capture e a puxe para debaixo de seu lençol e ela fique presa com ele para sempre?

— Não! — Ela sussurra para se forçar a desviar os olhos do deque e de Redmond. Wen rasteja de quatro até a mesinha de cabeceira encostada na parede, ao lado do banheiro. A lâmpada amarela parece negra, como se fosse sua própria sombra. Ela ergue o braço para tentar acendê-la. Gira o interruptor duas, três vezes, e ele não funciona.

— Ei, Wen. É o Leonard. Como vai?

Pelo seu tom de voz, ele parece estar bem atrás dela, e sua sombra é mais pesada que um cobertor de chumbo, como o que colocaram sobre seu peito quando ela fez exames de raios X. Wen fica estatelada com a mão no abajur, desejando, com todas as suas forças, desaparecer na escuridão da sala noturna.

Leonard não está bem atrás dela. Está sentado no sofá. As molas rangem sob o seu peso.

— Precisa ir ao banheiro? — pergunta.

Wen faz que não.

— Tudo bem — responde ele.

Não. Nada está bem. Ela sabe disso. Wen não deveria dizer uma só palavra para ele; também sabe disso, mas não consegue evitar.

— Eu quero uma luz — sussurra a menina. — Eu sempre durmo com uma luz acesa.

— Volte para a cama e eu te conto por que não deixamos nenhuma luz acesa — diz ele.

Algo ecoa dentro dela, vindo de um lugar tão distante que não dá para identificar quem está falando. Pode ser sua própria voz, pode ser a de seus pais, ou uma mistura dos dois, ou de uma pessoa totalmente diferente. Essa voz repete o que Papai Andrew falou mais cedo. A voz lhe diz para correr, ir ao deque e não se importar com Redmond, pois ele nunca mais voltará a se levantar. *Corra agora! Vá lá pra fora, corra e se esconda! Não tenha medo do escuro lá fora, mas do que está acontecendo e vai acontecer aqui dentro. Está é sua única chance agora agora agora agora!* — diz a voz.

Wen não consegue e, mentalmente, pede desculpas à voz.

A menina fica de pé, movendo-se como o nascer do sol. Cogita se sentar com um dos pais, mas os dois estão dormindo, as cabeças inclinadas para a frente. Ela percorre o curto caminho de volta para seu colchão e desaparece sob os lençóis, permanecendo com a cabeça coberta e o travesseiro frio em seu rosto.

— Não deixamos nenhuma luz acesa porque é melhor para a cabeça do Eric — explica Leonard. — Ele precisa dormir e precisa que esteja escuro para que sua cabeça melhore.

Por que os adultos ficam dizendo a ela que o escuro faz bem à cabeça? Ela acha que estão mentindo e que mentem muito mais do que qualquer criança. Wen se vira e fica de frente para Leonard. Ele está coberto até o queixo, então é apenas uma grande cabeça.

— Como você sabe? — pergunta Wen.

— Sabrina me disse, e ela é enfermeira. A luz faz mal à cabeça dele. Depois que ele dormir no escuro, vai se sentir muito melhor pela manhã.

— Vai mesmo?

— Vai, prometo.

Outra mentira, mas, nesta, ela quer acreditar.

— Então, você vai obrigar a gente a escolher de novo — comenta ela.

— Não vou obrigar, mas vou pedir. Eu preciso.

— Não pede, não. Por favor.

— Lamento, mas eu preciso.

— Não dá para ser sua amiga.

— Eu sei e sinto muito. Não tenho escolha.

— Quem tá te obrigando?

— Como assim?

— Quem tá te obrigando a fazer isso com a gente?

— Deus.

Leonard diz essa pequena palavra encabulado, com uma expressão estranha no rosto. Dizer a palavra em voz alta lhe traz um grande alívio e um grande terror.

Havia um garoto na escola de Wen que falava de Deus o tempo todo e insistia em dizer que seu Deus era homem. Aquele menino era irritante, e Wen evitava brincar com ele sempre que podia. Papai Andrew faz questão de contar sobre todos os tipos de deuses e religiões ao redor do mundo. São tantos que é confuso, mas ela gosta de escutar as diferentes histórias, mesmo que algumas a assustem. Ela sabe que Papai Eric acredita em um deus, e que ele vai à igreja em alguns domingos de manhã. Ele não convida Wen ou Papai Andrew para acompanhá-lo e não parece gostar de falar sobre seu deus ou religião, então ela nunca pergunta. É quase como se esse fosse o segredo que Papai Eric guarda debaixo do colchão, em vez das fotografias antigas. Wen não sabe ao certo no que acredita e, às vezes, isso a deixa tão ansiosa que ela deseja simplesmente adotar uma religião qualquer, como alguém que escolhe torcer por um time por causa do mascote ou da cor do uniforme.

— Não acredito em você — provoca Wen. — Por que continua mentindo pra mim?

— É a verdade.

— Acho que você está errado.

— Como eu queria estar! Queria isso mais que tudo no mundo.

— Por que Deus te obrigaria a fazer isso?

Leonard suspira e se vira debaixo do lençol.

— Não sei bem. Não sei. A verdade é essa, Wen. Já pensei muito no assunto, mas acho que não há nada que eu possa fazer pra mudar isso, se é que faz sentido.

Wen pisca os olhos, vertendo lágrimas repentinas e inesperadas.

— Isso não faz sentido — responde ela.

— Não acho que deva fazer mesmo. Não é algo que devemos entender Apenas executar.

— Então seu deus é um assassino.

— Não, Wen. Não é como se...

— E se a gente não escolher, então alguma coisa ruim vai acontecer, como um terremoto terrível?

— Não outro terremoto, mas, sim, algo muito ruim.

— E aí muita gente vai morrer?
— Pessoas vão morrer.
— Não acredito em você e só queria que parasse de ficar inventando tudo isso!
— Só te prometo uma coisa, Wen.
— O que é?
— Seus pais nunca vão escolher te sacrificar. Sei que não, nem eu permitiria que eles fizessem algo contra você. Eu iria detê-los. Eu te protegeria se fosse preciso. Essa é a minha promessa. Você não deveria estar preocupada com isso.
— Sacrifício significa morrer, certo?
— Certo, mas um dos seus pais vai salvar o resto do mundo, Wen. Pense em quanta gente lá fora...
— Não quero que nenhum de nós morra. Nunca.

Wen volta a afundar debaixo do lençol, cobrindo a cabeça. Leonard sussurra seu nome, tentando convencê-la a sair de seu esconderijo. Era impossível não imaginar seus pais como balões pelancudos, presos nesse chalé, sem jamais conseguir voar para longe.

Ela faz um trato com esse deus-assassino de Leonard, um deus em cuja existência não acredita, mas do qual tem muito medo. Ela acha que o deus dele se parece com todo o espaço escuro e vazio entre as estrelas quando a gente olha pro céu, e esse deus de vazios reunidos é grande o suficiente para engolir a lua, a terra, o sol, a Via Láctea, e grande o suficiente para não se preocupar com nada nem ninguém. Ainda assim, Wen pede a esse deus para que ela e os pais possam, por favor, deixar o chalé, ir para casa e ficar em segurança. Se receberem a permissão, ela promete que nunca mais vai reclamar de dormir no escuro com as luzes apagadas.

Eric

Pela manhã, os outros estão afobados na cozinha, transformando toalhas de papel em jogos americanos e colocando copos e canecas na mesa. São objetivos, determinados e estão visivelmente ansiosos. O clima surreal de "família-curtindo-as-férias" no jantar da noite anterior desapareceu. Se um acidentalmente encostasse no outro, poderia acender uma brilhante faísca eletrizada que faria tudo explodir.

Sabrina pergunta duas vezes a todos se querem café, e a quantidade. Ela olha sem parar pela pequena janela acima da pia em direção ao deque, de onde bafeja cheiro de lixo de muitos dias, ácido e pútrido.

Leonard verifica a hora no relógio, cruza as mãos e diz "ok" a si mesmo.

Adriane empilha torradas lambuzadas de manteiga em um prato e espanta o teimoso bando de moscas que sobrevoa a comida, resmungando:

— Caiam fora. Deem o fora daqui, droga!

Wen senta à mesa da cozinha com os outros, mas não fala com ninguém. Ela baixa os olhos para o próprio colo e seus polegares estão escondidos nos punhos fechados.

Andrew diz a ela que fique à vontade para comer. Wen não come nem bebe nada, mesmo quando lhe oferecem leite achocolatado. Andrew avisa que não há problema algum se ela não estiver com fome no momento.

— Faça apenas o que tiver vontade — acrescenta Eric. O que, nas atuais circunstâncias, é algo cruel de se dizer, mesmo sem querer.

Wen murcha e desliza pela cadeira da cozinha, deixando visível apenas a cabeça por cima da mesa. Andrew e Eric recusam, em alto e bom som, as torradas e a água ofertadas como mostra de solidariedade.

A cabeça de Eric não dói como no dia anterior, apesar de faltar muito para estar plenamente recuperada da concussão. Sua cabeça é como uma máquina de lavar sobrecarregada, bamboleando para os lados no ciclo de centrifugação. A luz do cômodo está forte demais quando todas as outras pessoas sequer acham que o local está bem iluminado. Sua garganta está seca, e ele se arrepende de não ter bebido a água que ofereceram. Eric está exausto e faz o possível para se manter acordado, ainda que o restante do seu corpo grite e implore para ser libertado daquela posição. Seus braços e pernas doem, embora fosse possível perceber que as amarras haviam afrouxado durante a longa noite. Agora, ele consegue separar as mãos a ponto de elas não se tocarem e afastar as pernas por um ou dois centímetros da cadeira; um pequeno, mas significativo, avanço. Ele se pergunta se as cordas que prendem Andrew também afrouxaram.

Após o apressado café da manhã, Sabrina verifica a ferida e o curativo de Eric. Ela diz que a aparência não está lá essas coisas e que talvez devesse ter dado uns pontos, mas não está infeccionada. Os outros carregam os cobertores e os colchões para fora da sala. Movimentam-se com rapidez e eficiência, assistentes de palco agilizando a troca de cenário. Leonard arrasta Andrew, ainda amarrado à cadeira, para longe da porta da frente, em direção ao centro da sala. Os pés da cadeira arranham e guincham pelo chão, tão ressonantes quanto a passagem de uma carreta em uma autoestrada, deixando marcas de linhas paralelas na madeira.

Quando Leonard vai buscar Eric e sua cadeira, Eric argumenta:

— Não, por favor! Me arrastar desse jeito não vai fazer bem à minha cabeça. Estou me sentindo melhor, mas nem tanto. Desamarre as minhas pernas e eu vou caminhando. Prometo me comportar. — Eric é e sempre foi um péssimo mentiroso.

Leonard o encara de cima, grande e solene como uma estátua da Ilha de Páscoa.

— Lamento, ainda não — responde ele, e enfia a camisa branca sob a calça jeans novamente, depois se inclina para pegar os braços das cadeiras.

— Ei, vamos levantá-lo e carregá-lo. A gente pode te ajudar. Precisamos que ele esteja pensando com clareza, com mais clareza do que ontem, certo? — Sabrina dá uma corridinha e fica ao lado de Eric e sua cadeira. Adriane também se aproxima.

— Não temos muito tempo — diz Leonard, mas cede após uma breve negociação.

Os três suspendem Eric e sua cadeira a alguns centímetros do chão. Eric oscila e sacode enquanto eles se rearranjam, distribuem melhor o peso e o carregam arrastando os pés. Eric cogita contorcer-se ou jogar todo o seu peso para um lado, de modo que talvez eles o devolvam ao chão simplesmente porque naquele momento ele é capaz de controlar o que vai acontecer consigo. Eles o colocam à direita de Andrew, o mesmo lugar em que fora atracado no dia anterior. Ser devolvido a esse lugar é algo desmoralizante, como se a tontura e o pequeno enjoo de Eric fossem resultado de uma viagem no tempo.

Wen está no sofá. Eric não percebeu seu deslocamento da mesa da cozinha. Ela foi até lá sozinha ou também foi carregada? Suas pernas estão cobertas com um lençol. Andrew tenta chamar sua atenção e pergunta se ela está com frio, se está bem, se quer sentar com ele ou com Eric. Ela não responde e fica olhando para a frente, sem expressão, como se estivesse testemunhando o horror que os aguarda no futuro próximo.

Os outros perambulam pela sala, em busca de algo que esqueceram de preparar. Andam em círculos como aves carniceiras, guinchando e murmurando. Cada um pergunta ao outro como se sente e se está pronto.

— Não acredito que precisamos passar por isso de novo! — exclama um deles.

— Eu sei — responde outro.

— Isso é tão difícil — comenta outro.

— Não sei se sou capaz — e mais outro.

— É sim! — e mais outro.

— Somos, sim, devemos! — e mais outro.

— Não é bem um pesadelo, mas como eu queria que fosse! — e mais outro.

— Vamos terminar logo com isso — e mais outro.

— Precisamos fazer direito — e mais outro.

— Devemos isso a eles — e mais outro.

— Dar-lhes a chance de salvar todos nós — e mais outro.

Sua mudança de posição na sala os faz perceber um elemento que eles não haviam visto ou ouvido. Adriane fica entre Eric e Andrew. Leonard e Sabrina recuam para os fundos.

— Não me saí muito bem na tarefa de, hã, apresentar a escolha — lamenta Leonard, e olha para o relógio de pulso, depois para todos os cantos da sala, menos para Wen. — Você vai se sair superbem, Adriane. Tenho certeza.

Adriane revira os olhos e diz:

— Nossa, obrigada, chefe. Então, é isso aí, aqui estamos nós outra vez.

Leonard e Sabrina reúnem os mesmos cabos de madeira transformados em armas que o grupo usou no dia anterior. Eles os seguram com determinação, com a confiança de quem já os manipulou de maneira apropriada e bem-sucedida.

Adriane está de mãos vazias. Encostada no fogão, sua arma, agora limpa, é uma peça de decoração rústica, algo proveniente de uma era alternativa ultrapassada, tão inútil quanto implausível.

— Nós... — Ela faz uma pausa para encarar Sabrina por sobre o ombro, que, por sua vez, faz um gesto positivo com a cabeça, em sinal de encorajamento. — Nós estamos aqui para apresentar a vocês a mesma oportunidade que tiveram ontem.

— Olha aqui, nós não temos poder algum —responde Eric. — Vocês três é que têm uma escolha e a chance de fazer a coisa certa, que é nos libertar. Sabem que o certo a fazer é nos libertar. Todos vocês parecem pessoas boas que, no fundo, não querem fazer o que estão fazendo. E a boa notícia é que não precisam fazer isso, nada disso. — Eric se sente mais no controle, mais próximo de quem é, e o eco irritante do vulto que ele havia visto na véspera, na luz, é mais facilmente descartado como alucinação ou, talvez, o sintoma de uma enxaqueca ocular aguda, algo de que já sofrera no passado.

Adriane se contrai e esfrega as mãos nos braços; seu desconforto em falar pelo grupo é evidente.

— Não, nós precisamos, sim. Não temos escolha. Não como vocês. Mesmo que a gente quisesse soltá-los, não poderíamos. Não daria certo, cara. Não teríamos permissão pra fazer isso.

Eric se concentra nas mãos vazias e inquietas de Adriane, e, considerando que sua arma está do outro lado da sala, ele se dá conta de que ela é a próxima. Quase diz em voz alta, *você vai ser a próxima*. Se ele, Andrew e Wen mais uma vez escolherem não sacrificar nenhum dos seus, então os outros dois vão usar suas armas para matar Adriane de forma ritualística, do mesmo jeito que mataram Redmond na véspera. Será que ele está certo? Algo lhe dizia que sim, embora isso não faça nenhum sentido, afinal, em algum momento, eles teriam de parar de matar uns aos outros, não teriam?

— Então, tal como ontem, vocês têm a mesma decisão a tomar, e precisam tomá-la agora. O mesmo trato, certo? Quer dizer, vocês viram o que rolou na Costa Oeste. — Adriane aponta para a televisão cuja tela apagada reflete seu braço estendido. — Como é que vocês ainda não acreditam na gente depois de terem visto todas aquelas pessoas se afogando? A gente disse que ele estava chegando e, quando vocês não fizeram a escolha, todas aquelas pessoas morreram e morreram gritando. Como é que vocês podem ver um negócio desses e não...

— Pelo amor de Deus — grita Andrew, debatendo-se na cadeira. — Nada disso tem a ver com a gente ou com vocês.

— Não passa de coincidência — responde Eric. Mas a falta de convicção em sua voz é tão evidente que os outros três o encaram novamente, como se o estivessem vendo pela primeira vez, como se tivessem feito uma descoberta.

— Não, não foi coincidência — rebate Andrew. — Não foi mesmo. Vocês sabiam que o terremoto no Alasca já tinha acontecido antes de vir para o chalé, daí teve o alerta do tsunami e vocês planejaram sua visitinha para cá em função disso...

— Isso não é verdade — interrompe Sabrina.

— Então, conta pra gente o que vai passar na TV hoje de manhã. Eu sei que está quase na hora de alguma coisa que o Leonard quer ver, pois ele fica olhando para o relógio, do jeitinho que ficava olhando ontem. Sabe, eu nunca imaginei que o fim do mundo estaria vinculado a uma grade tão rigorosa e sistemática de um *Guia de TV*! Chega! Isto é loucura! Todos vocês são loucos!

— Vocês precisam se acalmar e raciocinar um pouco! — grita Adriane.

Sabrina se inclina e fala com Eric, que, para sua vergonha, agora está sendo identificado como aquele que, talvez, acredite neles.

— Mesmo que a gente soubesse do terremoto horas antes de virmos, por que e como a gente acabou vindo para cá, para início de conversa? Quero dizer, como é que nós, quatro estranhos de diferentes partes do país, iríamos saber que deveríamos nos encontrar por acaso no Meio do Nada, em New Hampshire? Só viemos para cá porque tivemos visões, recebemos ordens de...

— Então você admite que já sabiam do terremoto quando vieram para o chalé! — grita Andrew para ela.

— Sim. Quero dizer, não, não é isso que eu estou dizendo!

— Não importa — interrompe Adriane. — Vocês têm outra chance de tomar a decisão e impedir que mais pessoas morram. Vocês, nós e todo mundo nessa droga de planeta não terão alternativa se vocês não escolherem nos salvar. — Seus olhos estão arregalados, não acreditam no que veem. Ela não consegue aceitar que não estejam acreditando nela. — Se escolherem sacrificar um de vocês, então o mundo não vai terminar. É isso. Simples assim. Não tem como contar de outro jeito. Droga...

— Calma aí... — diz Leonard.

Adriane continua esbravejando.

— Não tem tabelas e gráficos ou PowerPoints ou, sei lá, um teatro de fantoches! — Ela para e estende as mãos suplicantes para Eric.

Ele sente que todos ali estão olhando para ele, inclusive Andrew e Wen.

— Não há o que escolher — retruca ele. — Nunca escolheremos sacrificar um de nós, aconteça o que acontecer. Ponto final. Olhe, eu sei que é difícil ouvir isso, mas vocês três estão sofrendo de algum tipo de ilusão coletiva, e as ilusões são coisas poderosas...

— Ah, Cristo, estamos fodidos! Estamos todos fodidos! — rebate Adriane em seguida, erguendo as mãos para os céus.

— Leonard me disse que Deus está mandando eles fazerem isso — afirma Wen, que está no sofá. Era a primeira vez que ela falava naquela manhã, e isso deixou todos os adultos paralisados, como se estivessem brincando de estátua.

— Quando ele disse isso? — indaga Andrew.

— No meio da noite. Eu acordei e ele estava acordado também.

— Bem, ele está enganado — responde Andrew —, são eles que estão fazendo isso. Nada nem ninguém, a não ser eles, e eu sei que Leonard gosta de se fazer de seu amigo, mas, se ele fosse mesmo, soltaria todos nós. — Andrew lança um olhar furioso para Leonard, que não o contradiz.

Wen não diz mais nada. Ela abre e fecha as pernas debaixo do lençol, batendo-as como asas de borboleta.

— Deus não faria isso. — Menos confiante na declaração do que suas palavras indicariam, Eric as profere rapidamente, como alguém que diz uma verdade sem embasamento científico sobre um evento futuro, enquanto, ao mesmo tempo, receia estar sendo agourento. Tentando manter a mente equilibrada, ele reza em silêncio, pedindo a Deus para que saiam ilesos daquele suplício.

Se o colocassem contra a parede, Eric se identificaria como católico: certa vez, ele disse a um colega de trabalho que era um "católico prudente". Ele vai à igreja uma ou duas vezes por mês. Às vezes, vai à missa de domingo e, outras vezes, quando está estressado demais, vai cedo, em um dia de semana, antes de ir para o trabalho. Embora muitas vezes tenha dificuldade com a mensagem e o mensageiro, as costumeiras orações e as canções memorizadas há tanto tempo que criaram seus próprios palácios de lembranças, decorados com esmero, o gosto de papelão ceroso da hóstia, e até o cheiro de poeira, das velas, do incenso, tudo isso era um consolo, um bálsamo. Ele não é um Católico sazonal — que só vai à igreja nas principais festividades —, e preferiria deixar de frequentá-la a se tornar alguém assim. Nas semanas que antecederam a adoção de Wen, Eric acordou, embora contrariado (apesar de Andrew, agnóstico declarado, não saber quanto), com Andrew dizendo que eles não batizariam Wen e não a forçariam a aderir a qualquer religião. Wen escolheria sua religião quando ficasse mais velha, e caberia somente a ela tomar essa decisão. Eric sabia que isso significava que Wen seria criada sem nenhuma religião. Isso às vezes o incomoda, pois ele sente que está escondendo de Wen uma parte importante de quem ele é, mas Eric jamais confrontou a decisão familiar, tampouco tentara doutriná-la às escondidas.

Uma brisa morna entra no chalé pela porta de correr, que chacoalha e vibra em seu caminho, trazendo consigo o odor cada vez mais forte de lixo que não é exatamente lixo. Andrew atrai o olhar de Eric e assente para ele. Será que está dizendo a Eric que ele fez um bom trabalho? Será que sabe de alguma coisa? Será que as cordas de Andrew estão ainda mais frouxas que as suas e ele está avisando para que se prepare? A luz do sol cintila e Eric desvia o rosto, temendo ser exposto novamente a ela antes de estar pronto.

Adriane caminha até Sabrina e pergunta o que eles vão fazer. Sabrina sussurra algo inaudível. Adriane baixa a cabeça e cobre o rosto com as mãos.

Leonard enche os pulmões e diz:

— Sacrifícios são exigidos e eles devem ser executados, de qualquer jeito, quer vocês queiram, quer...

Andrew chacoalha e convulsiona como se tivesse sido picado por uma abelha.

— Santo Deus! Puta merda! — grita ele, vomitando um monte de profanidades.

— O que foi? O que aconteceu? Você está bem? — pergunta Eric. Será que Andrew está atuando? Isso, por acaso, faz parte de algum plano para atrair um deles à sua cadeira para que ele possa... fazer o quê?

Respirando profundamente, Andrew exibe um olhar transtornado, como se estivesse lutando contra a ânsia de vomitar.

— Ah, merda, Eric, foi ele! Redmond, porra! Foi ele! Foi ele! Eu sabia que esses caras não passavam de um grupo marginal de malucos homofóbicos que veio aqui para... Ah, merda, Eric. Merda, merda...

Leonard, Sabrina e Adriane se afastam de Andrew e se entreolham confusos, como se dissessem: e agora?

— Calma, calma. Fala comigo. — Por um instante, Eric se esquece da cadeira e das cordas, e tenta se levantar e caminhar até Andrew. Ele tensiona todo o corpo contra as amarras e se debate ferozmente na cadeira, produzindo uma explosão de dor que irradia do centro de sua cabeça. A corda que prende suas mãos está mais frouxa do que alguns minutos atrás, e o nó principal havia deslizado para baixo em seus punhos, chegando quase ao fim de suas palmas. Ele tem certeza de que consegue espremer as mãos por dentro até soltá-las, mas não sabe quanto tempo isso vai levar e se a empreitada seria facilmente vista por seus captores.

— O nome dele não é Redmond! Vocês, idiotas, também usam nomes falsos? Foi Deus quem mandou vocês fazerem aquilo? — grita Andrew para os outros.

Adriane ainda está cobrindo o rosto com as mãos.

— Do que diabos ele está falando?

— Não, ninguém aqui está usando nome falso — retruca Sabrina. — Vocês não estão, certo?

— É isso aí — diz Adriane.

— Claro que não — afirma Leonard.

Ela parece não confiar em Andrew, sente medo dele e do que está dizendo.

— Aquele cara morto ali fora, esse que vocês mataram. O nome dele é Jeff O'Bannon.

— Jeff O'Bannon? — Eric repete o nome do homem em voz alta e, depois, muitas outras vezes em sua cabeça avariada. É um nome que ele conhece, ou deveria conhecer e ser capaz de visualizar seu rosto ou acessar um dossiê sobre sua importância.

— Ele é o cara que me atacou no bar, Eric! É ele!

Andrew

Com nome de bar de hóquei, o Penalty Box era um bar sujo frequentado por bêbados, que evitava o falso charme irônico e *hipster* que agora pode ser associado ao termo *boteco*. Na esquina da Causeway Street, do outro lado da North Station e do Boston Garden, o bar ficava no primeiro dos dois andares de uma construção que parecia ser uma caixa de sapato retangular de tijolos expostos, cujo único estilo arquitetônico reconhecível era o industrial. Havia uma janela quadrada na fachada, ao lado da entrada esculpida nos tijolos, que lembrava a de uma caverna, sobre a qual uma placa amarela com letras grossas e negras estava precariamente pendurada. No geral, era frequentado por bêbados violentos, pessoas que estavam torrando seus últimos centavos, ou babacas oportunistas que ficavam criando alvoroço antes e após os jogos dos Bruins e dos Celtics. No final da década de 1990, o minúsculo espaço em cima do Penalty Box, chamado Upstairs Lounge, era um famoso point de música da região, que costumava promover baladas que ficaram conhecidas como "festas do doce" toda sexta à noite. Mais ou menos oitenta pessoas se imprensavam no ambiente escuro e sujo ao som de um DJ tocando britpop.

O Andrew pré-Eric e um pequeno grupo de amigos frequentaram as festas religiosamente durante quase cinco anos, inclusive depois de as festas do doce terem saído do Upstairs Lounge, indo para um novo espaço em Allston.

Em novembro de 2005, Andrew e seu amigo Ritchie decidiram ir ao Penalty Box (o Upstairs Lounge já fechara havia muito tempo) para tomar umas doses de nostalgia depois de abandonarem uma partida do Celtics antes do fim. O bar estava mais ou menos cheio com camisas verdes de outros torcedores que tinham ido ao jogo e desistido do time da casa, que já estava perdendo por vinte e cinco pontos no começo do quarto tempo. Andrew vestia uma regata do Robert Parish, que ele já tinha havia vinte e um anos e que estava apertada demais, sobre uma camiseta branca de manga comprida. Ritchie estava com a camisa do novo uniforme do Paul Pierce, embora tivesse passado boa parte do jogo reclamando da seleção de arremessos do jogador e o que ele julgava ser falta de velocidade dos pés.

Nos anos seguintes, Andrew comporia uma linha temporal cuidadosamente intercalada de eventos irrelevantes que antecederam o ataque: ele e Ritchie estavam no Penalty Box havia menos de dez minutos. Ao entrar, Andrew foi direto para o bar e pediu dois chopes Sam Adams. Ele não se lembra de ter visto Jeff O'Bannon ou seus dois amigos sentados ao balcão, que era onde eles estavam de acordo com o relatório policial e os depoimentos das testemunhas. Andrew levou as duas cervejas para Ritchie, que estava perto da entrada e conversava com duas mulheres de meia-idade vestidas com agasalhos do Bruins e calças jeans. Alta e fina como um palito, uma delas era uma bêbada espalhafatosa e, quando não estava tirando o cabelo oleoso da cara, suas mãos de beija-flor apalpavam os braços, ombros e as costas de Ritchie, que não poderia estar mais entretido ou satisfeito. Andrew não lembra o nome dela. Ele entregou uma das cervejas a Ritchie e eles brindaram com os copos de plástico. A mulher disse a Ritchie que ele parecia Ricardo Montalbán, embora os dois não tivessem nada a ver. Também falou que Andrew era bonitinho, mas não tanto quanto ele. Ela riu de sua própria piada, mas houve um intervalo entre os comentários, então Ritchie não conseguiu entender muito bem por que ela estava rindo. Andrew fingiu estar ofendido com o status atribuído a ele. Ela convidou Ritchie para dançar, ainda que não houvesse nenhuma música tocando, só as vozes de Mike Gorman e Tommy Heinsohn na TV, classificando o jogo, em tom suave e elogioso, como uma lavada. Andrew ficou provocando Ritchie, dizendo a ele que fosse dançar. Ritchie, por sua vez, respondeu coisas como: "Sei lá", "O cooper de hoje de manhã me deixou com dor no quadríceps", "Quem sabe? Eu tenho um problema no ouvido interno e fico tonto quando giro", "Estou pensando sobre isso", "Não tenho o dedo mindinho do pé esquerdo, então eu caio um pouco para a direita", "Parece divertido, mas..." — Ela o interrompia com "caramba!" ou mais convites para dançar, e agora uma cerveja, pois suas demandas foram aumentando à medida que a negociação se prolongava. Andrew achou que ela estava se dando por satisfeita em apenas estender a conversa. Ritchie não estava nem um pouco nervoso (como Andrew ficaria) e começou a fazer perguntas a ela ("E aí, de onde você é?", "Vem sempre aqui?", "Será que um dia os Celtics voltarão a ser bons?"). Dava para perceber que Ritchie estava gostando de manter o suspense em relação ao que iria ou não fazer. Depois, Andrew se lembra de Ritchie ter perguntado:

— Qual é o nome do último cara com quem você dançou aqui? — Ela sorriu e acenou para o outro lado da sala, como se seu parceiro de dança anterior ainda estivesse lá, e disse:

— Aquele cara ali, o nome dele é Milton. — Andrew interrompeu: "Igual ao da cidade?" — Isso aí. Ele era um chato de galocha. Não deixava nem eu tirar uma casquinha. — Os três caíram na risada e, então, O'Bannon, que estava atrás de Andrew, disse por sobre seu ombro esquerdo:

— Viado.

Não foi um grito raivoso ou descontrolado, e sua dicção não estava enrolada ou desleixada. Era clara, concisa e desdenhosa. Com uma só palavra, sua declaração continha argumento e justificativa. Andrew virou para a esquerda, em direção ao rosto do emissor que ele não veria pessoalmente até que os dois estivessem na mesma sala de tribunal. Enquanto ele se virava, O'Bannon quebrou uma garrafa em sua cabeça, abrindo um talho que precisou de quase trinta pontos. Andrew se lembra de ouvir a garrafa quebrando, mas não sentiu dor, apenas uma sensação fria em sua cabeça e seu pescoço. Em seguida, estava olhando para o chão, que logo foi ficando cada vez mais próximo. Ele se lembra de ficar deitado de bruços com os olhos fechados e das pessoas gritando. Ele não se recorda de ter entrado na ambulância, mas apenas de insistir para ficar sentado durante o trajeto. Lembra-se do inexplicável sentimento de vergonha ao ver Eric pela primeira vez no hospital. Quando Eric perguntou: "Meu Deus, o que aconteceu com você?", Andrew respondeu que não sabia, sussurrando e se contendo para não dizer: *Eu não sei o que fiz de errado*. Tempos depois, O'Bannon se declarou culpado e disse ao tribunal que estava bêbado e fora de si, e que Andrew tinha sem querer derrubado cerveja em um dos seus amigos (o que obviamente era mentira), e eles, que estavam querendo arrumar briga, o provocaram. Também disse várias vezes que estava fora de si, que não estava sendo ele mesmo.

Andrew pensava no ataque antes de cada aula e treino de boxe, antes de cada viagem ao campo de tiro. Nos primeiros anos após o ocorrido, quando não conseguia dormir, ele procurava o nome do seu agressor na internet e passava horas vasculhando a vida virtual de outras pessoas chamadas O'Bannon. Depois de acessar todas as informações possíveis sobre o seu O'Bannon (era assim que ele evocava o homem, como se pertencesse a ele como uma doença), Andrew leu sobre um O'Bannon que vivia em Los Angeles e trabalhava no departamento de artes para grandes filmes hollywoodianos, e tinha também o professor de Ciências do ensino fundamental no Novo México que organizava sessões de exibição de *Looney Tunes* para os alunos toda primeira sexta-feira de cada mês. Andrew passou uma noite examinando atentamente o censo do governo de 1940 e descobriu um Jeff O'Bannon de 25 anos que tinha esposa e três filhos, e cuja mãe vivia na casa deles no Mississippi. Mais tarde, Eric acordou e, ao deparar com Andrew dormindo na cadeira da escrivaninha, cuidadosamente o levou de volta para a cama.

Havia muito tempo Andrew deixara de fazer essas buscas na internet e já não olhava tanto e com tanta urgência por cima dos ombros em lugares públicos, embora a extrema vigilância jamais se tenha dissipado completamente. Nos momentos em que baixava a guarda, ele ainda ficava remoendo por que havia sido atacado. Bem, ele sabia a razão, e esse *porquê* instilado de ódio ficou dolorosamente claro, mas por que O'Bannon escolhera Andrew? Como O'Bannon sabia que Andrew era gay e Ritchie, por tabela, não? Se Ritchie estivesse virado de costas para o balcão do bar, então eles o teriam atacado? Será que O'Bannon tinha simples e terrivelmente adivinhado por acaso? (No julgamento, O'Bannon sustentou a afirmação de que o termo *viado* não foi o motivo que o levou a atacar Andrew, e que isso não queria dizer que ele achava que Andrew fosse gay; era uma palavra que ele e os amigos usavam o tempo todo, que não sugeria nada para eles, e o insulto não significou, nem tinha a intenção de significar, o que de fato significava.) Será que O'Bannon tinha visto Andrew do lado de fora, ou até mesmo dentro do Boston Garden, seguindo-o, então, até o bar, movido por um ódio estupido e voraz, fustigado pelo semblante de Andrew, pelo jeito como ele falava, andava, sorria, gargalhava, balançava a cabeça ou piscava os olhos? Será que O'Bannon viu Andrew quando ele foi ao balcão e pediu as cervejas? Será que olhou para Andrew e logo viu o que quer que tivesse visto? Será que Andrew era como uma luminosa chama cor de laranja para O'Bannon, queimando apenas como um convite à violência? Será que O'Bannon, pacientemente, ficou observando e deliberou e planejou e teve dúvidas que enterrou ao grunhir e brandir uma garrafa de vidro? Tão humilhante quanto Andrew ter sido, de algum modo, identificado e, em seguida, classificado por aquele babaca como uma coisa qualquer, era o fato de que Andrew, ao menos por uma noite, fora marcado como uma vítima.

— É ele — afirma Andrew. — Está de cabeça raspada, mais velho e uns vinte quilos mais gordo, o que deixou seu rosto inchado, por isso não percebi logo de cara, mas, céus, é ele! Redmond é Jeff O'Bannon. Você sabe de quem eu estou falando, certo?

— Claro que sei. — Eric franziu o cenho e Andrew não sabia ao certo se Eric se lembrava de O'Bannon e/ou o reconhecia. — Hum, é mesmo, talvez você tenha razão.

— Talvez?

— Quero dizer, eu não consigo ver semelhança, mas...

— Como assim você não consegue?

— ... mas se você diz que é ele, então é. Eu acredito em você. — Eric não consegue olhar nos olhos de Andrew, que suspira.

— Estou dizendo que é ele, cacete! Eu não me confundiria, Eric.

— Não, não, claro que não!

— E aí, rapazes? — interrompe Adriane. — Não temos tempo para isso. Vocês precisam fazer a escolha. — Suas declarações soam como perguntas.

— Espere aí — diz Sabrina, e a arma murcha em sua mão. — O que você está dizendo que Redmond fez?

Andrew explica:

— Aconteceu treze anos atrás, quando eu e um amigo estávamos em um bar em Boston. Seu parceiro, sem motivo algum, apareceu atrás de mim, me chamou de viado e quebrou uma garrafa de vidro na minha cabeça, me deixando inconsciente e com um ferimento profundo na nuca. — Andrew observa Wen olhando pra ele. Sua expressão vazia se desfaz quando ela estremece e pisca forte duas vezes.

— Que bosta... — diz Adriane.

Sabrina solta o ar ruidosamente, desinflando as bochechas.

— Ei, você não está, tipo, inventando essa lorota pra fazer a gente...? — Adriane não termina a pergunta, como se a interrogação equivalesse a milhares de palavras não ditas.

Andrew cogita sugerir que elas deem uma boa olhada em sua cicatriz, que vai da base do crânio ao dorso do pescoço, mas não quer correr o risco de ser inspecionado de perto por elas, agora que suas mãos estão, por fim, frouxas o suficiente para se soltarem das cordas. Na noite anterior, ele passara suas horas despertas no escuro abrindo e fechando a mão, torcendo e envergando os punhos. A questão agora não é se ele consegue de fato soltar as mãos, mas quando.

— Não estou mentindo, nem inventando nada disso — retruca Andrew.

— Redmond foi o cara que me atacou. Nunca tive tanta certeza de uma coisa na vida. Que tal um de vocês ir lá no deque e checar o nome que aparece na carteira de identidade dele, ou na de motorista? Será Jeff O'Bannon.

— Eu não estou te chamando de mentiroso, Andrew. Não acho que você esteja inventando que foi agredido — diz Sabrina.

— Ele realmente tem uma cicatriz tenebrosa no dorso do pescoço — explica Adriane, apontando para Andrew, e se afasta dele para se reunir aos outros.

Os ombros de Leonard estão encolhidos. Um peso invisível os está puxando para baixo.

— Andrew, você contou a Wen que ganhou essa cicatriz ao ser atingido por um taco de beisebol quando era criança.

— Como é? Alto lá! Como...? — Andrew gagueja e olha para Wen. Ela não olha de volta, imóvel e inexpressiva como um manequim. Ele não sabe o que dizer a ela exceto que lamenta, que lamenta mais que tudo neste mundo.

— Foi o que Wen me disse — acrescenta Leonard. — Então, quem de vocês está dizendo a verdade?

— Nós dois. Eu estou dizendo a você o que aconteceu *e* o que ela disse a você é o que eu contei a ela — responde Andrew, e se dirigindo a Wen: — Eu não queria que você soubesse que uma pessoa terrível, medonha, fez isso comigo. Não queria que você soubesse que há pessoas assim por aí. — Andrew faz questão de dirigir um olhar raivoso forçado para cada um dos três antes de prosseguir. — Pelo menos não por enquanto. — Ele planejara contar a verdade sobre sua cicatriz quando ela ficasse mais velha, quando fosse capaz de entender. De algum modo irracional, ele esperava que pudesse adiar indefinidamente o dia em que ela reconheceria que a crueldade, a ignorância e a injustiça eram os esteios e os pilares da ordem social, tão inevitáveis e impiedosos quanto o clima.

— Entendo e não o culpo de forma alguma — afirma Leonard. — E, olha, eu acredito que você não está inventando nada disso. Mas não seria possível que Redmond fosse apenas parecido...

— Não. É ele. Eu garanto. — Andrew é capaz de ver aquela ratazana suja e magricela que entrou na sala de julgamento envelhecer e ganhar massa muscular diante de seus olhos, transformando-se em um Redmond versão *troll*. Não há dúvida. Ele não permitirá que haja dúvidas.

Andrew cerra os punhos, agarrando parte da corda e esperando fazer parecer que as amarras ainda estavam apertadas e bem presas caso algum deles passasse por trás dele.

— Então, eu acho que Redmond teve o que merecia. — Adriane diz essa frase em voz baixa, como se a estivesse experimentando.

Sabrina suspira e confronta Leonard.

— Droga! Droga! Meu Deus, Leonard, você sabia disso, sabia sobre Redmond?

— Como é? Não. É claro que não! Quem sou eu para chamar Andrew de mentiroso, mas talvez não seja...

— O que você sabe sobre ele?

— Sei tanto quanto você. Eu o conheço tão bem quanto conheço vocês duas. E pensei... Nós realmente não temos tempo pra isso! — Ele faz uma pausa e Sabrina não se mexe, não o solta. — Eu pensava como você: ele é casca-grossa por fora e tudo mais, mas, no fundo, é um cara legal.

— Sério!? Estava na cara que não era. Na melhor das hipóteses, ele era um cretino detestável — comenta Adriane.

— Você e ele estavam no fórum de discussão on-line antes de eu encontrá-lo, antes de Adriane chegar lá — diz Sabrina.

— Um fórum de discussão? — Andrew grita a pergunta e deseja que ela pareça uma acusação ou uma prova de que os havia surpreendido. Um maldito fórum de discussão on-line. Talvez os outros não sejam lunáticos religiosos, ou talvez até sejam, mas com certeza são lunáticos comuns e não denominacionais sofrendo de — como Eric dissera — uma ilusão coletiva. Andrew se lembra de ter lido algo sobre uma crise de saúde mental surgida no século XXI, em que um número cada vez maior de pessoas vivencia ilusões diagnosticadas como paranoicas e psicóticas, decidindo ignorar ajuda profissional e cortar relações com amigos e familiares. Em vez disso, essas pessoas buscam apoio emocional on-line, onde encontram centenas e até milhares de pessoas que pensam da mesma forma (muitas delas referem-se a si mesmas como "indivíduos-alvo" ou "Ias") nas mídias sociais e, sim, também em fóruns de discussão. On-line, a pessoa que sofre alucinações não é informada de que está sofrendo com uma falsa reação química ou com o resultado de falhas em suas sinapses, nem é acusada de estar maluca. Os grupos virtuais reforçam e validam as alucinações, pois a mesma coisa está acontecendo com eles. Recentemente, um homem havia matado três pessoas a tiros em uma base militar na Louisiana; ele fizera parte de um grande grupo on-line de IAs que escreviam em seus blogs e postavam vídeos no YouTube explicando como um governo sombra estava seguindo seus passos e usando armas de controle mental, em uma tentativa de destruir suas vidas.

Andrew pondera se provar para os três intrusos que Redmond não era quem eles pensavam ser, que não era como eles, não era um deles — sendo *eles* um grupo nobre e quase virtuoso de pretensos salvadores da humanidade —, permitiria que a dúvida criasse rachaduras e fissuras que se ramificariam pelo delírio do grupo. Todos os três estão claramente alarmados com a acusação do ataque no bar, e Sabrina e Adriane deixam transparecer que estão em conflito com o que fizeram e com o que quer que deveriam fazer em seguida.

A dúvida é benéfica, certo? Ou vai deixá-los mais desesperados e perigosos, mais propensos a se tornar violentos e reagir com violência em defesa de suas convicções? Andrew relaxa os punhos e solta as cordas de seus dedos enrijecidos por um instante, certificando-se duas vezes de que seria realmente capaz de soltar as mãos das amarras.

— Sim, um fórum de discussões — responde Sabrina e, em seguida, pergunta a Leonard:

— Há quanto tempo você...?

— Eu o criei, seguindo as ordens de uma das visões que tive e Redmond foi o primeiro a chegar lá, mas vocês chegaram, tipo, poucas horas depois — responde Leonard. — Não conversamos sobre nada que vocês não tenham lido depois que entraram. E ele nunca disse nada abertamente repulsivo.

— Você e ele conversaram pelo telefone ou algo assim?

— Não, nunca.

— Foi Redmond quem disse pela primeira vez que teve uma visão com o nome do lago e da cidadezinha — diz Adriane.

— Certo, talvez, acho que sim, mas o que você quer dizer com isso? — pergunta Leonard. — O que está insinuando?

Eric, que estivera flagrantemente silencioso, levanta a voz para interromper, e estremece ao fazê-lo.

— Ela quer dizer que Redmond escolheu esse lugar de propósito!

— E ele o escolheu porque Redmond sabia que estaríamos aqui — acrescenta Andrew. — Ou que eu estaria aqui, que era o mais importante para ele.

— Não é possível — responde Leonard. — Mesmo que... como ele descobriria isso? Não é assim que funciona. Todos nós tivemos as visões. Sabrina, Adriane, eu: nós vimos esse chalé também. Vocês também viram, não foi? Vocês duas disseram que sim.

Sabrina e Adriane confirmam com a cabeça e, então, se afastam de Leonard, e uma da outra, espalhando-se pela sala.

— Nós vimos o lago, esse pequeno chalé vermelho — afirma Leonard. — Vimos onde ficava esse lugar. — Ele faz uma pausa e aponta para a porta de entrada. — Eu vi a estrada de terra e a fachada do chalé; vi até o nó da madeira na porta da frente. Era como se eu o conhecesse durante toda a vida e soubesse que haveria uma família nesse local, uma família muito especial. E ela teria de fazer uma escolha, teria de fazer um sacrifício para salvar a todos nós. — Seus olhos oscilavam entre Sabrina e Adriane. — Agora, não vamos perder o rumo! Eu sei, tudo isso é uma droga e me revira o estômago. Mas todos nós vamos superar isso porque o sofrimento aqui não é eterno. É um teste. Fomos escolhidos e estamos sendo testados. Todos nós. Vocês também, Andrew, Eric e Wen, e se a gente não passar no mais difícil e importante de todos os testes, o mundo vai acabar.

— E quanto a Redmond... Talvez — ele se vira e estende a mão para Andrew —, talvez não seja ele. Você mesmo disse que treze anos se passaram e que ele ganhou, sei lá, mais de vinte quilos?

— Eu sei que é ele. Não estou...

— Eu sei, eu sei, e talvez seja ele mesmo. Não sei se o nome dele é realmente Redmond, e não quero menosprezar o que aconteceu com você, mas, diante do que precisamos fazer aqui, que importância tem isso?

— Toda! — grita Sabrina, vermelha de raiva. — Se eu soubesse que ele tinha feito isso com Andrew ou com qualquer outra pessoa, eu não teria... — Ela para.

— Não teria o quê? — pergunta Eric.

— Eu ia dizer que não teria vindo para cá. Mas isso não é verdade, pois não escolhi vir pra cá. Essa escolha não é minha. Eu... eu já tentei ignorar as visões e as mensagens, tentei ficar em casa e não vir para cá, mas não consegui. Um dia antes de pegar o avião, eu não programei o alarme, não fiz as malas, nem fiz qualquer coisa pra me preparar. Eu nem contei no trabalho que ia viajar. Então, na manhã seguinte, lá estava eu, sentada em um táxi, a caminho do aeroporto de Los Angeles.

— O mesmo aconteceu comigo — complementa Adriane e, então, solta uma risadinha estranha, estridente e trêmula. — Não é um pepino daqueles?

— Se vocês não querem estar aqui, então libertem a gente. Vocês não precisam mais fazer isso. Sabem que não.

Sabrina levanta a arma, repensando, reconsiderando. Ela ascende como uma boia levada pela onda.

— Sabrina, eu sei que você não é como O'Bannon... não importa se Redmond e ele são a mesma pessoa... e Adriane não é O'Bannon, e eu não sou O'Bannon! — exclama Leonard. — Fomos chamados para estar aqui como uma força do bem. Eu sei que isso, pelo menos isso, é verdade. Sinto nas minhas células. Acho que vocês também. Eu já disse antes, não estamos aqui com ódio ou julgamento em nossos corações. Estamos aqui com amor por todos, por toda a humanidade. Estamos dispostos a sacrificar nossas vidas na esperança de conseguir salvar todos os outros.

Eric diz "não" várias vezes e fala:

— Só deixem a gente ir embora. Por favor? Deixem a gente ir...

Andrew olha fixamente para Eric, que o fita de volta. Será que o olhar de Andrew consegue comunicar que as cordas estão frouxas em seus punhos?

— Eu só disse que não importa se Redmond foi o agressor de Andrew porque o que qualquer um de nós pode ter feito no passado não vai mudar este momento ou que virá depois — afirma Leonard. — O passado, todos os nossos passados, serão apagados. O que importa é que estamos aqui agora, e o porquê de estarmos aqui. O que importa é passarmos nesse teste. Nós fomos escolhidos, todos nós, por alguma razão. Isso é o que importa e eu não vou questionar isso. Não podemos questionar isso.

— Não, você deve questionar, sim! — exclama Eric. — Isso é exatamente o que deveriam estar fazendo!

— Será que não percebem quanto isso é errado? — acrescenta Andrew.

— Olhem para nós, amarrados aqui. Olhem de verdade. Será que isso é certo ou normal? É isso que jovens enfermeiras, chefs e caras que acabaram de sair da faculdade fazem nos fins de semana? Que tal darem uma olhada no cara que vocês espremeram como purê lá no deque, digam que isso não é errado! — Ele se arrepende de ter mencionado o assassinato de Redmond/O'Bannon, como se não falar sobre o caso fosse impedi-los de cometer mais assassinatos.

— Se você e Eric conseguirem fazer a escolha certa, sacrificar um de vocês, então a palavra viverá e isso significa que Wen viverá também — retruca Leonard. — Vocês não vão querer que ela...

— Chega! Basta! — exclama Eric. — Cale a boca! Eu não consigo, apenas para...

A sala fica silenciosa, como se o silêncio fosse planejado, compartilhado. Do lado de fora do chalé, passarinhos trinam e cantam suas canções evolucionárias escondidos enquanto o sol se ergue no céu azul da manhã, que vigia o lago e suas águas calmas, escuras e geladas. Andrew sabe que logo precisará agir para escapar da cadeira. Mas, como suas mãos estão rígidas e dormentes, não sabe se conseguirá desatar os nós nas pernas antes de os outros partirem para cima dele.

Sabrina tosse.

— Acho que o nosso tempo está acabando.

— O meu tempo é que está acabando! — Adriane se inclina para a frente, e cada soluço ruidoso é carregado de tristeza, um grito oculto. — Precisamos fazer alguma coisa para obrigá-los a escolher, e escolher agora!

— Eu sei — responde Leonard. — Estamos tentando...

— Se esforcem mais, com mais afinco, cacete! Ameace ferir um deles, arrebente um joelho, arranque um dedo, qualquer coisa! Não precisamos feri-los de forma grave, apenas o suficiente pra saberem que isso é sério!

— Adriane! — Sabrina se interpõe entre ela, Andrew e Eric.

O estômago azedo e coalhado de Andrew despenca, atravessando o solo até o centro da terra, quando sua cabeça pérfida é preenchida por imagens deles decepando os dedos de Eric ou Wen, um a um. Ele olha para Wen e ela continua encolhida no sofá, parcialmente coberta por um lençol. Ela se fechou. Talvez esteja em choque.

— Vai ser o único jeito! — Adriane está gritando a plenos pulmões. — A gente precisa acabar logo com essa merda! Caso contrário, eles vão ficar enrolando até todo mundo morrer!

Leonard dá alguns passos largos para a frente, como um pedregulho rolando em uma caverna cada vez mais estreita.

— Não podemos deixar que você os machuque. Sabe que não podemos. Vai contra as regras.

— Falar é fácil quando você não é o próximo, não é? Não quero que meu corpo seja enfiado debaixo de um lençol e emparelhado com o daquele bosta lá fora. Eu não quero morrer!

Sabrina se agacha e declara calmamente:

— Eles vão acreditar na gente. Vão, sim.

— Não, eles não acreditam nem vão acreditar. Nunca!

— Shh, eles vão, sim. Você vai ver. Vão, sim.

As palavras de Adriane surgem em rompantes entrecortados por sua respiração descompassada.

— O pior é que eu me toquei que estava morta assim que comecei a ver toda essa merda. Percebi que eu já tinha morrido.

Adriane ainda está curvada, chorando. Sabrina se agacha e sussurra, tentando persuadi-la. Leonard verifica seu relógio de pulso e, enquanto profere garantias vazias a elas, adquire o olhar resignado, desesperado e comprometido de alguém que sabe que tudo vai mal e continuará mal, aconteça o que acontecer.

Adriane se recompõe, empurra Sabrina e Leonard para trás e enxuga as lágrimas das faces com violência.

— Beleza. Estou melhor. Eu surtei, mas já passou. — Ela dá dois passos em direção a Eric e Andrew. — Ei, então vocês sabem que eu não passo de carne morta...

— Adriane, você não pode... — interrompe Leonard.

Ela se vira para Leonard e rosna.

— Cala a boca! É a minha vez! Eu estou no comando e vou fazer do meu jeito! Entendeu!? Entendeu!? — Ela não dá a Leonard ou a Sabrina a chance de responder. — Então, como é que é? Outra calamidade como os terremotos e tsunamis e a morte de centenas, de milhares, de pessoas, dessa vez por causa de uma praga. Isso será divertido, não é? E ainda vão ter o bônus de presenciar uma cena desagradável, na qual euzinha serei surrada como uma pinhata. Ou será que vocês vão fazer o sacrifício e impedir que tudo isso aconteça? — Ela tira uma máscara branca e telada do bolso traseiro. É exatamente igual àquela que Redmond usou para cobrir a própria cabeça. Transtornada, com os olhos cheios de loucura, ela sacode e balança a máscara na frente de Andrew e Eric. — E aí? Como é que vai ser? Querem que eu a vista primeiro? — Ela enfia a mão na máscara e a segura como uma marionete que vai dizer algo ofensivo, escandaloso, algo que apenas uma marionete teria permissão para dizer. — Aí está. A escolha é de vocês. Ou um de vocês se sacrifica ou todos os outros morrem! — Ela emite ruídos de coisas se partindo e faz pantomimas golpeando o punho mascarado.

Andrew sacode a cabeça em negação e geme, pois acha que esperou tempo demais para soltar as mãos. E, então, deve esperar ainda mais? Vencê-los pelo cansaço da espera, como Adriane havia sugerido? Eles realmente vão matar Adriane como mataram O'Bannon? Será que estão tão empenhados assim nos rituais obviamente inspirados no Apocalipse? Ele ainda não sabe por que estão se matando. E, em algum momento, eles precisariam parar de matar uns aos outros e se voltar contra Eric ou Andrew ou Wen, não é?

— Espere! — diz Eric. — Espere, espere, espere! — Ele fala alto o suficiente para Adriane reduzir a velocidade dos seus pulos. Ela tira a máscara da mão e a esconde atrás das costas, como se ninguém devesse vê-la. — Vamos apenas continuar conversando, certo? — sugere ele. — Adriane, nos conte sobre os restaurantes nos quais você trabalhou. Queria ouvir a respeito deles.

— Pessoal, já chega — interrompe Sabrina. — Vocês precisam escolher.

— Calma, ainda há tempo. Vamos lá, vamos conversar um pouquinho mais, pode ser? — A voz grave e suave de Eric vacila de forma quase imperceptível. A forma como ele estava tentando convencer os outros a falar sobre si mesmos e de suas vidas pregressas deixava claro que ele queria ganhar tempo. Eles não respondem e se aproximam uns dos outros, aglutinando-se como moléculas.

Andrew imagina que todos no chalé estão prevendo com riqueza de detalhes a mesma transgressão de violência que está por vir, um ato de vaticínio coletivo ou invocação. O clima na sala se assemelha ao dos momentos que antecederam o assassinato de O'Bannon. Andrew é assolado por um pressentimento animalesco, pelo desejo incontrolável de fugir do inevitável e também por uma ânsia perturbadora e vertiginosa de se tornar um participante ativo. Se os outros brandirem suas armas de novo, mesmo que apenas contra Adriane, ele vai erguer os punhos e lutar.

— Wen, acho que você devia vir ficar com um de nós dois — sugere Andrew. Wen está no sofá, sem olhar para nada nem ninguém.

— Você também pode ficar onde está — Leonard se vira e diz a ela. — Pode cobrir os olhos com seu cobertor. Vai ficar tudo bem.

— É isso mesmo, tudo vai ficar bem! — grita Andrew. — Depois de um pequeno derramamento de sangue, talvez você a deixe sair pra caçar gafanhotos!

— É nossa última chance, colegas — anuncia Adriane. — Como é que vai...

De repente, Wen solta um grito estridente, algo que ela só emitira antes quando esteve sob efeito de uma dor lancinante e incompreensível.

— Os gafanhotos! Os gafanhotos! Os gafanhotos!

Ela se livra do lençol a chutes e desce do sofá. De pé, ela treme com os braços estendidos, implorando para que a abracem, para que a acolham. Após a torrente inicial, Wen está chorando tanto que não emite nenhum som; a boca aberta e silenciosa, as bochechas molhadas, o olhar de súplica. Ela permanece muda por tanto tempo que Andrew não sabe se ela parou de respirar. Preocupado, ele prende a própria respiração sem perceber. Por fim, a menina puxa o ar entre arquejos, de forma gutural, e volta a gritar.

— Eles estão no frasco! Eu deixei todos eles no sol! Eles vão morrer! Vão todos morrer! Desculpa, eu não queria, eu esqueci. Papai, eu esqueci! Esqueci! — Ela corre, trôpega, para Eric e sobe em seu colo.

Todo mundo diz seu nome, e há um burburinho coletivo lhe pedindo para se acalmar e dizer o que está havendo. Os outros formam um semicírculo ao redor de Wen e Eric, mas ninguém tenta tocá-la, como se o toque fosse algo perigoso.

Wen agarra punhados da camisa de Eric e grita com ele.

— Eu deixei o vidro na grama e corri pra dentro porque estava com medo! O frasco ainda tá lá fora! Você tem que me deixar ir lá fora buscar! Eu preciso ver. E soltar todos, se ainda estiverem vivos. Talvez ainda estejam vivos! Deixa eu sair pra buscar os gafanhotos, por favor, por favor, por favor!

Leonard se inclina para baixo, para que seus olhos estejam na mesma altura dos dela.

— Wen? Wen, querida? Está tudo bem. Eu já soltei todos. Pode confiar. Depois que você entrou correndo, eu os soltei do frasco. Todos eles saíram saltitando. Estão todos felizes.

— Pai, ele está mentindo. Ele é um mentiroso. Eles ainda estão lá. Tem sete no pote. Eu anotei o nome deles. A gente tem que soltar todos eles! Eu não quero que morram! Não quero que estejam mortos! Por favor! Vamos lá! Agora! Por favor, papai.

Wen se dissolve em súplicas chorosas, e bate no peito de Eric. Seus punhos exigem saber por que ele ainda não está de pé, indo para o lado de fora com ela.

— Tudo bem, tudo bem — responde Eric, mexendo-se e mudando de posição na cadeira, tentando fazer com que ela mantenha o equilíbrio em seu colo, e então seus braços surgem, estendendo-se como grandes asas adormecidas. A pele de suas mãos e punhos está vermelha, escoriada e em carne viva. Ele passa os braços em volta de sua forma trêmula, dá um beijo na cabeça dela e começa a chorar também.

Os outros reagem com espanto ao ver os braços de Eric se soltando das cordas e se libertando de forma tão casual. Sabrina e Leonard colocam as armas no chão e trocam olhares perplexos.

Adriane leva as mãos ao rosto e sussurra em um grito:

— A gente não consegue nem dar um nó direito! Devíamos ter dado ouvidos a Redmond e trazido fita adesiva.

Sabrina coloca a mão no ombro de Eric, como um amigo faria em um momento de vulnerabilidade. Leonard dá cutucadas e tapinhas no outro ombro de Eric e solicita, gentilmente, que ele solte a filha. Adriane se interpõe entre os dois e sugere que Leonard afaste os braços dele e que Sabrina agarre Wen.

Eric grita com os outros para que os deixem em paz, que vão embora, que lhes deem um minuto, só mais um minuto.

Diante da agitação e distração dos outros, essa só pode ser a hora certa para Andrew escapar. Ele não hesita. Com calma, encolhe os ombros e ergue o direito, um movimento tão inócuo e comum quanto encher o peito ao respirar. Quando seu ombro se ergue, ele desliza a mão direita para cima. Puxa e espreme a palma e a base do polegar, que ardem, até libertá-la. O resto das amarras se desprende de sua mão e de seu punho esquerdos. O baque surdo da corda caindo no chão é mais alto que o esperado, mas os outros não reagem. Andrew traz os braços para a frente, cuidando para não esticá-los demais para os lados e mantê-los confinados ao espaço entre a cadeira e o seu torso. Ele repousa as mãos e os antebraços nas coxas por um instante e flexiona os dedos e seus nós inchados e doloridos. Não consegue fechar as mãos em um punho totalmente cerrado. Andrew se inclina e estica as mãos em direção aos pés e tornozelos, sem fazer nenhum movimento repentino, nada que vá chamar a atenção, nada que vá alertar os outros sobre seu truque de Houdini. Ele está calmo e atento enquanto resolve a difícil tarefa de desamarrar as cordas de suas pernas. Os nós atrás das panturrilhas são grossos e salientes, e entregam seus segredos aos seus dedos machucados. Andrew não olha para cima nem para a esquerda até que os nós estejam desfeitos.

Os outros ainda estão ocupados com Eric. Seus braços insistem em continuar travados ao redor de Wen. Nem mesmo para Leonard será tão fácil separá-los. Sabrina implora para que Eric a solte. Ambas as mãos de Adriane estão sobre os pulsos e antebraços dele, puxando e tentando abrir um braço. Leonard briga com Adriane, dizendo que se acalme e solte o braço de Eric enquanto ele tenta enfiar as mãos entre Wen e o pai.

— Sai daqui! — grita Wen, agitando os braços e acertando Leonard.

Enquanto Andrew cede à precipitação e à raiva soltando as voltas infindáveis da corda de suas pernas, visualiza os dois possíveis caminhos até o SUV e a arma no compartimento da mala. O caminho mais curto seria pela porta da frente, mas ele teria de passar pelos outros e levaria algum tempo destrancando a porta. No entanto, caso consiga sair, seu caminho estaria livre para o SUV. O trajeto com menos empecilhos para sair do chalé seria pela porta do deque, mas ele levaria muito mais tempo para descer aqueles degraus de madeira, dar a volta no chalé e alcançar o acesso de veículos. Um ou mais dos outros certamente sairiam pela porta da frente e alcançariam o SUV antes que ele conseguisse chegar lá. Talvez, se for discreto o suficiente, consiga sair de fininho pelo deque sem ser notado. Andrew se levanta sobre as pernas ruidosas e enferrujadas do Homem de Lata e se prepara para sair em disparada pela porta traseira.

— Vá se foder! — grita Adriane, apontando para Leonard. Ela caminha para o centro da sala e fica bem na frente de Andrew. Os dois inclinam a cabeça, com o mesmo olhar surpreso.

— Ei! — grita Adriane, que avança na direção dele.

Andrew dá um passo e derruba a cadeira de lado, depois a chuta contra as pernas de Adriane. Ela tropeça, mergulha para a frente e apoia as mãos nas costas da cadeira invertida para evitar a queda.

Sabrina agarra o braço esquerdo de Andrew e ele se vira para encará-la com os punhos erguidos, machucados e amarrotados como papel. De repente, ela solta um grunhido, se contrai e cai de joelhos. Eric está atrás dela, ainda sentado, e envolve Wen com um dos braços enquanto dá outro soco na altura do rim de Sabrina com as costas da mão. Ela rasteja para longe do alcance de Eric, apoiando uma das mãos na lombar.

Eric troca Wen de braço e, com a mão esquerda, lança golpes contra a barriga de Leonard, que se defende atrapalhadamente com as mãos abertas das incansáveis investidas de Eric. Uma delas o atinge na virilha, fazendo-o cambalear para trás e se chocar contra uma das portas do quarto.

— Andrew, pegue Wen e vá embora! Leve-a! — grita Eric.

Leonard recupera o equilíbrio e se aproxima de Eric pela esquerda. Adriane já se livrou do obstáculo da cadeira, mas, em vez de perseguir Andrew, ela volta a lutar com Eric.

Enquanto protege Wen, Eric alterna socos rápidos em Adriane e Leonard.

— Acerta ele, Leonard! — grita Adriane. — Acerta na cabeça!

— A gente não quer te machucar! — diz Leonard, tentando pegar o braço esquerdo de Eric durante o ataque.

Sabrina também está de pé agora, de arma em punho, e caminha na direção de Andrew.

Andrew não é capaz de se defender contra os três juntos. Não enquanto estiver desarmado. Ele corre para a porta da frente, puxa a tranca do ferrolho para a direita, gira a maçaneta e abre a porta, em um só movimento. Deixando passar uma súbita rajada de vento e sol, a porta se abre com muita força e o impulso do seu balanço pendular quase o atira aos tropeços de volta para o chalé. Ele continua segurando a maçaneta da porta, joga todo o peso para a frente e sai trôpego, puxando a porta, a fim de fechá-la atrás de si. Os pés lentos e pesados não conseguem firmá-lo, de modo que seu rosto e seu peito são os primeiros a aterrissar na grama quando ele desce um curto lance de escadas.

Sua respiração é curta e dolorida, como se o ar estivesse escapando da boca apertada de um balão inflável. Ele pisca para afastar o choque e volta a se erguer sobre as pernas bambas. Assim que fica de pé, ele mais uma vez se põe em marcha.

A porta da frente do chalé se abre atrás dele.

— Andrew, pare! — grita Sabrina. — Volte aqui!

Andrew não para e não olha para ver se há mais alguém com ela. O SUV está entre nove e treze metros de distância. Os pneus traseiro e dianteiro do lado do motorista estão murchos e suas paredes laterais foram furadas. Ele supõe que os outros pneus também tenham sido furados. Esse carro não vai a lugar nenhum.

Ele enfia a mão direita no bolso da bermuda, tentando encontrar o conhecido montículo de chaves do carro. Que não estão ali. Ele lembra que deu as chaves a Eric na véspera, quando os outros estavam invadindo o chalé. Se as portas do carro estiverem trancadas, ele não conseguirá pegar a arma e ficará sem saber o que fazer, o que pode fazer. Andrew corre pelo caminho de cascalhos de acesso a veículos, partindo e moendo as pedrinhas soltas sob seus pés, que expelem nuvens de poeira. O estalar de passos sobre o cascalho é ruidoso, propagando-se em todas as direções, como se uma multidão estivesse correndo naquele caminho, mas ele não olha para trás, não pode olhar para trás. Talvez Sabrina o tenha alcançado. Talvez ela não esteja sozinha. Andrew está quase chegando à porta do passageiro, que ele abrirá, pois ela precisa abrir, não há outra opção, e então pulará dentro do carro e trancará as portas, o que lhe dará tempo para rastejar até o banco de trás e chegar à mala...

Algo afiado e pesado atinge o flanco do seu joelho direito, que se dobra e sibila em dor agonizante. Andrew cai e bate na porta do carro, amortecendo boa parte do impacto com os antebraços e mãos antes de atingir o chão com o joelho que o fazia urrar de dor. Ele vira o corpo e senta com as costas apoiadas no carro, ficando frente a frente com Sabrina.

Ela baixa o olhar em sua direção e diz em um tom monótono estranhamente distante e fantasmagórico:

— Você não pode deixá-los. Não pode nos deixar. Todos nós precisamos de você. Volte para dentro. Eu te ajudo.

Ela ergue a arma, levantando a extremidade afunilada da lâmina da pá côncava e pontiaguda, como se voltasse a reunir forças para brandi-la outra vez, apesar de sua promessa de ajudá-lo.

Andrew enche a mão de cascalho e terra, atirando-os contra o rosto dela. Quando ela fecha os olhos e vira a cabeça de lado, ele se levanta com dificuldade, apoiado no joelho esquerdo, e lhe dá um soco no estômago. Sabrina solta um *uuuh* que beira o cômico e se contorce, abraçando a barriga. Ele tenta roubar sua arma, mas ela recua, caindo sentada no chão, com uma das mãos na barriga e a outra na arma, que segura para repelir outros ataques.

Andrew se vira e levanta a maçaneta do carro. Não está trancada, e ele solta um grunhido triunfante ao abri-la. Deslizando para dentro do SUV, se encolhe no banco do carona, fechando e trancando a porta atrás de si. A dor no joelho direito diminuiu um pouco, mas agora está mais forte no lado oposto, e não onde a arma o atingiu. Quando aplica peso ao joelho, que já está com o dobro do tamanho normal, ele fica bambo e tão frouxo quanto uma dobradiça de porta.

Sabrina rola no chão e fica de pé. Ela está curvada, ainda abraçada à barriga, e arquejante. Ela cambaleia até o SUV e, em questão de segundos, começa a quebrar as janelas com aquele maldito bastão infernal.

Andrew se esquiva entre os bancos da frente e rasteja sobre o console central até a parte traseira, arrastando a perna direita em vez de usá-la para tomar impulso. Seu pé direito fica preso entre o console e o banco do carona e, embora os puxões para soltá-lo não cheguem a doer, o nível de instabilidade do joelho e seu aspecto grotesco lhe reviram o estômago.

A lâmina da pá de Sabrina atinge a janela traseira do passageiro. O vidro não quebra, mas um sulco e uma rachadura abrem uma fenda aleatória e cada vez mais estreita até a moldura da janela do carro.

Andrew escala o banco traseiro do meio, onde não há encosto para a cabeça. Ainda assim, ele precisa se espremer de um jeito estranho para conseguir passar por cima do encosto do banco e chegar à mala. O painel de armazenamento lateral está à sua direita. Ele toca duas protuberâncias de plástico, gira-as em sentido horário para as seis horas, e retira o tampo.

A janela à sua esquerda se desintegra, e pequenos cubos pontiagudos picam suas pernas nuas, enquanto vários ricocheteiam do para-brisa traseiro e rolam pela mala. Andrew se contrai, abaixa a cabeça por entre os ombros e a protege embaixo dos braços erguidos. Uma vez que a janela fica destroçada, o carro é inundado pelos arquejos ásperos e ávidos de Sabrina. Andrew dá um coice com a perna esquerda. Ele grita e seu corpo se tensiona para receber outro golpe de Sabrina, prevendo a dor que está por vir.

O cofre de seu revólver está dentro do painel lateral, que está aberto. Com menos de um ano de idade e pouco maior que um livro de capa dura de cem páginas, é um dispositivo futurístico de liga de alumínio de prata com um design elegante e contornos suaves. Eric brincava, dizendo que parecia uma sanduicheira e perguntando se dava para fazer um queijo-quente com atum. O modelo biométrico é o mais novo e leve que ele conseguira encontrar na época da compra, destravando quando o sensor na parte superior identifica a palma ou a digital do proprietário.

Andrew tira o cofre de dentro da escuridão do painel lateral, atira-o no piso da mala e passa a palma sobre o sensor. Suas alavancas mini-hidráulicas abrem a tampa. Dentro dele, dispostos sobre o forro de neoprene, estão seu revólver de cano curto calibre 38 especial, algumas balas soltas e uma pequena caixa de munição, cuja tampa de papelão provavelmente fora aberta e amassada durante o transporte ou quando o cofre foi puxado bruscamente do painel de armazenagem.

Sabrina abre a porta do carro.

— Seja lá o que você estiver procurando, esqueça. Saia do carro e volte lá para dentro. Não quero te machucar.

Será que ela consegue ver o cofre ou a arma? Considerando a posição em que se encontra, e que o corpo dele possivelmente está bloqueando sua visão da mala, é provável que não. Andrew arrebata o revólver com a mão direita. A arma é compacta, mas sólida, encaixando-se com determinação nas dobras de sua palma e de seus dedos, que perderam parte da rigidez em função da briga com O'Bannon e de um dia de ociosidade. Com uma das mãos, ele empurra o dedal serrilhado para a frente e pressiona o tambor, que cai para o lado esquerdo. Trêmulo, ele começa a carregar as balas nas cinco câmaras. Sabrina o espeta no lado esquerdo, enfiando a enferrujada ponta de metal em suas costelas. Andrew grita, se contrai e tenta se afastar da pá modificada, mas é impedido pelo encosto de cabeça traseiro mais próximo. Ele derruba o cofre da arma, espalhando seu conteúdo. As balas se espalham e rolam por todos os cantos, loucas para se movimentar e alcançar sozinhas sua apoteose projétil. Embora doloroso, o golpe de Sabrina não foi tão forte, possivelmente dificultado pelos obstáculos impostos pelo espaço limitado no interior do SUV ou, talvez, ela esteja hesitante, não saiba ao certo o que fazer para que ele volte para dentro do chalé e não tenha a convicção necessária para abraçar a solução de apunhalá-lo com uma arma bizarra e personalizada.

Andrew grita como se sentisse mais dor do que, de fato, sente e dá um chute para trás, atingindo apenas a parte traseira do banco do carona. Ele arranca uma última bala errante do chão da mala e a encaixa na quinta e derradeira câmara do tambor.

— Você tem de voltar lá para dentro, não temos tempo para isso! — diz Sabrina, golpeando-o novamente, e dessa vez a ponta da arma o espeta dolorosamente entre as costelas com mais força.

Ele fecha o tambor e toma impulso no piso da mala com o antebraço esquerdo. Com os braços estendidos acima da cabeça, ele se agacha, como um mergulho invertido, puxando o peito por sobre o encosto do banco. Ele se contorce e resvala contra a outra porta traseira do passageiro. Sabrina está agachada no batente da porta oposta e ajusta as mãos no cabo de madeira, como uma jogadora mirim segurando firmemente o taco de beisebol.

Andrew dá um tiro intempestivo que, em tese, tinha alvo certo, causando um forte estrondo. Porém, ele está mirando alto demais e a bala perfura o teto, acima do metal mais espesso do marco da porta do SUV.

Andrew e Sabrina se entreolham por um instante, partilhando a surpresa, a insanidade e a possibilidade do momento. Sabrina se abaixa e, então, olha para cima, como se o tiro pudesse fazer o céu desabar em cima dela.

Andrew aponta a arma e diz:

— Largue essa coisa e se afaste!

— Certo, desculpa aí — responde ela. — Certo... — Ela não larga a arma e caminha para trás rápido demais, afastando-se o suficiente para que o ângulo e o interior do SUV dificultem que ele acompanhe seus passos.

Andrew grita, ordenando que ela pare, e desliza pelo banco de trás, arranhando-se nos cacos das janelas quebradas. Ele sente uma dor aguda no lado esquerdo, onde fora golpeado duas vezes, e sua camisa está morna e úmida de sangue. O joelho inchado lateja pouco, mas constantemente, e já está virando uma escura e pesada nuvem púrpura. A dor é suportável, mas ele não sabe se a perna vai aguentar seu peso. Quando chega à beira do banco traseiro e suas pernas balançam sobre o caminho de cascalhos, Sabrina é um borrão, fugindo para a esquerda.

— Pare! — grita ele. — Pare agora! — Usando a porta aberta, Andrew toma impulso para se levantar, apoiado na perna esquerda. Ele coloca o pé direito no chão e, aos poucos, vai jogando seu peso. O joelho aguenta.

Sabrina está a mais ou menos vinte passos de distância, movimentando as pernas e a arma pesada, que balança de um lado para o outro. Logo, ela dobrará a esquina do chalé e sumirá de seu campo de visão. Andrew grita novamente ordenando que ela pare e, ao não ser atendido, dá um passo para a direita, evitando, assim, atirar por sobre a porta do carro, ou ter de se agachar para atirar pela janela quebrada. Ele respira fundo e mira para baixo, em direção às pernas dela, mas, quando, sem perceber, volta a fincar o pé direito no chão e atira, seu joelho cede, curvando-se para fora, insistindo em ceder para o lado. Andrew erra o tiro, cujo estampido ecoa sobre o lago e dentro da pequena bacia de floresta deles, e cai no chão.

Sabrina sumiu, desaparecendo atrás da esquina do chalé. Será que ela vai correr para a floresta e se esconder, ou será que vai fazer todo o caminho de volta até o deque, ou vai entrar pelo porão e subir para alertar e ajudar os outros? Será que agora, depois de ouvirem os tiros, os outros foram para o lado de fora?

— Droga! Droga! Droga! — Andrew se debate no chão como se estivesse se afogando até que, com grande esforço, consegue ficar de pé. Ele conclui que não terá tempo para esperar que o porta-malas automático abra ou para rastejar de volta até o carro e procurar mais munição. Eric e Wen já passaram tempo demais sozinhos com os outros. Será que estarão mais propensos a machucá-los porque ouviram um tiro, se é que não ouviram os dois?

Ele tenta dar um passo para a frente com seu joelho debilitado, que treme, tão solto quanto uma Mola Maluca, mas Andrew permanece ereto. Ele dá um segundo passo, e depois um terceiro, e faz um trato com o joelho: ele vai continuar funcionando desde que Andrew caminhe em linha reta e não faça um movimento brusco para nenhum dos lados.

De volta ao jardim, sem o som do cascalho a se revolver sob seus pés, o silêncio abrupto é um novo terror. Embora beneficiado pelo sol saudável da manhã, o chalé parece carcomido, cansado e desolado. A pintura na porta e no portal está opaca e desbotada pelo sol. As telhas de madeira estão soltas, manchadas com pontos de mofo e são tão assimétricas quanto dentes tortos. Agora, o chalé é uma casa mal-assombrada, batizada pela violência da véspera, e sua acumulação passiva de atos igualmente cruéis e desesperados é tão inevitável quanto a poeira que se acumula nos parapeitos das janelas.

Mesmo que as janelas estejam trancadas e a porta da frente fechada, gritos, grunhidos e os ruídos surdos da madeira e golpes dos embates físicos emanam de dentro do chalé. Sua corrida manca pela grama até a escadaria da frente é tão longa e solitária quanto uma expedição fadada ao fracasso. Ele passa pelo frasco de gafanhotos de Wen; a luz do sol irradia forte do vidro e da tampa (muito bem fechada), como se dissesse *veja-me, veja-me!* Deitado de lado e entranhado na grama mais alta, ele já está sendo absorvido pela terra, que consome a prova de sua existência. Curiosamente, ele esperava que Leonard não estivesse mentindo quando falou que havia libertado os gafanhotos. Talvez ele os tenha soltado e colocado a tampa de volta, mas isso era pouco provável. O fato de Andrew haver encontrado o frasco cintilando à luz do sol e, com toda a certeza, com os cadáveres dos sete gafanhotos de Wen, que nomeara cada um deles, parece um indicativo cruelmente brincalhão.

Andrew sobe as escadas cimentadas da frente, colocando os dois pés em cada degrau antes de ir para o próximo. Levantar e dobrar o joelho direito é muito mais doloroso do que caminhar em linha reta em um terreno plano. Ao terminar o percurso, ele ouve Eric gritar de dentro do chalé:

— Fique longe! Deixe a gente em paz!

Ao que parece, ele está do lado esquerdo da sala.

Andrew se inclina e recosta o ombro no portal, permitindo que a perna direita descanse por alguns instantes. Ele põe a mão esquerda na maçaneta e, antes de girá-la, rapidamente tenta descobrir o que vai dizer, fazer ou ver depois de abrir a porta. Não pode abri-la e sair atirando para todos os lados. O primeiro tiro, desferido de maneira precipitada contra/perto de Sabrina, de dentro do SUV, o irritou, pois ele não se lembra de ter conscientemente tomado a decisão de atirar. Aquilo simplesmente aconteceu.

Andrew fecha os olhos e encosta o corpo contra a porta; é o mais perto que consegue estar do interior do chalé sem, de fato, estar lá dentro. Adriane grita, dizendo que não quer morrer. Leonard diz a Eric que pare de se balançar e que devem conversar. Ele não para de repetir:

— Eric, vamos conversar!

A voz de Leonard soa abafada, como um eco que atravessa o desfiladeiro da sala de estar.

Andrew segura o revólver perto do rosto, para que possa baixar o braço e apontá-lo de imediato contra o interior da sala. Ele respira fundo, gira a maçaneta e a porta se abre para um chalé ávido pelo seu retorno. Andrew entra cambaleando e aponta a arma diante de si. Ninguém parece notar que ele está lá.

Eric está à sua esquerda, posicionado na frente da entrada do quarto de Wen. Sua perna esquerda está livre, mas a direita está enlaçada em voltas e voltas de uma corda tesa ainda presa a uma cadeira caída atrás dele. Eric balança o cabo da flor de Adriane, formada por uma pá de mão e por lâminas pontiagudas de espátula, desenhando arcos amplos e ameaçadores no ar. Tal como uma máquina ineficiente, ele transpira pela camisa e ofega tremulamente. Seus ombros estão caídos, a coluna, encurvada, e ele franze o rosto antes e depois de brandir a arma ruidosamente.

Leonard está na frente do sofá e da TV escurecida na parede.

— Pessoal, vamos com calma — diz ele naquele tom sofrível do tipo eu-só-queria-ajudar. — Vamos conversar, isso não é bom para ninguém.

— Logo, Andrew percebe que Leonard — apesar de toda aquela ladainha anterior sobre como o tempo deles estava acabando — não parece ter problema algum em esperar que Eric fique totalmente exausto. Leonard está segurando o bastão de ponta dupla de madeira que O'Bannon trouxe para o chalé, mas não o empunha. Em vez disso, esconde-o atrás das costas, como se fosse o segredo mais malguardado do mundo.

Se Eric é um domador de leões encurralado, então Adriane é o leão, acossando, andando de um lado para o outro, avançando para cima dele e recuando quando Eric balança aquilo que um dia fora a arma dela. Ela está segurando uma faca de cortar carne em cada mão, cujas lâminas são finas, porém serrilhadas. Elas parecem comicamente pequenas e ineficazes em comparação às outras armas.

Andrew se afasta da porta e adentra mais a sala. Todos, por fim, o veem. Eles param de falar e de se mexer, e ficam boquiabertos. Eric oscila sem sair do lugar e pisca como se não acreditasse no que está vendo, ou como se estivesse vendo algo que não está lá. Ele abaixa a extremidade laminada da arma até o chão e põe a mão direita na testa. Andrew não consegue saber se essa é uma expressão de alívio ou de angústia.

Andrew aponta o revólver na direção de Leonard e Adriane. Ele quer gritar e bradar e ameaçar e machucar; anseia que os dois sofram fisicamente pelo que fizeram.

— Largue as facas! — ordena a Adriane.

Ela grita com a boca fechada, produzindo um som aterrorizante, e Andrew receia que, apesar do revólver, ele não tenha o mínimo controle da situação.

— Largue-as agora! Ou eu juro que...

Ela abre as mãos de modo exagerado e as facas retinem contra o chão de tábua corrida.

— Tudo bem.

Andrew respira fundo e aponta a arma alternadamente para Adriane e Leonard.

— Cadê Wen?

— Ela está bem... — responde Leonard.

— Não estou falando com você! Eric, cadê ela?

Eric aponta para trás de si, e Wen aparece na porta do quarto. Seus olhos estão inchados e vermelhos, as bochechas marcadas por sujeira e lágrimas. Seus polegares voltaram para dentro da segurança de seus punhos, que buscam refúgio perto da boca.

Uma rajada de vento ameno que sopra por trás de Eric se desloca pela porta da frente, atravessa a sala e chacoalha a porta de correr do deque. Andrew lembra que Sabrina ainda está lá fora e pode pegá-lo de surpresa a qualquer instante. Ele lança olhares rápidos e agitados para o jardim. Não fechará a porta, embora talvez devesse fazê-lo, pois nem sequer cogita ficar novamente restrito ao espaço do chalé.

Leonard fala quase em um sussurro, suas palavras estão fragilizadas e extenuadas demais pela decepção e a melancolia para se sobrecarregar também de intensidade sonora.

— Você está condenando a todos nós, Andrew. Está condenando Eric e Wen também.

— Chega dessa conversa! Não quero mais ouvir nenhuma palavra sua!

Ele imagina atirar na coxa de Leonard, bem acima do joelho, e o filete de sangue que jorraria enquanto ele cai no chão.

— Andrew?

— Cale essa maldita boca!

Ele estende o braço em direção a Leonard. A arma não é pesada, mas seus dedos envoltos no cabo e o indicador na trava do gatilho estão se travando novamente, e há pontadas de câimbras musculares em seu antebraço.

Leonard não reage à arma que está tremulamente sendo apontada para ele. Está mais resignado do que calmo; é aquele que acredita ver o fim se aproximando.

— Andrew?

Não é Leonard quem está falando; é Eric.

— Andrew? Vamos embora agora. Podemos ir embora agora. A gente os deixa aqui e vai. — Sua voz soa rouca e áspera. Como ele conseguirá ir a qualquer lugar se seu aspecto e sua voz estão tão deploráveis? Poderiam tentar dirigir o SUV com os pneus furados, mas logo se desintegrariam e os raios emperrariam na estrada de terra de forma irremediável. Talvez nem sequer consigam atravessar o caminho que dá acesso ao chalé, com seu cascalho que lembra areia movediça. Precisarão caminhar um bom pedaço, se não todo o trajeto, o que significaria mais de cinco ou seis horas de caminhada até chegar à estrada principal. Eles poderiam ir na direção oposta, descendo pela estrada que serpenteia ao longo da margem do lago, e procurar outro chalé, onde haja pessoas ou um telefone, porém o chalé mais próximo ainda está a quilômetros...

— Andrew?

— Certo, tudo bem. Antes, a gente amarra esses dois. Nada mais justo, não?

Eric concorda lentamente e fecha os olhos. Uma das mãos ainda está sobre a testa, como se estivesse contendo alguma coisa, impedindo que escape.

— Você matou a Sabrina? — pergunta Adriane. Suas mãos estão abertas, os braços estendidos, congelados na posição "eu-derrubei-as-facas-como--você-pediu". — Ela não ia te machucar. Ouvimos os tiros...

— Não. Eu não atirei nela. — Andrew lamenta estar dizendo a verdade. Por que deixá-los pensar que Sabrina ainda pode voltar para ajudá-los? Ele está estragando tudo. — Mas isso não significa que não vou atirar em vocês.

Mais uma vez, a brisa sopra pela cabine como um espírito perdido e Andrew aproveita para espiar novamente por sobre o ombro, à procura de Sabrina. É apenas uma olhadela, que dura no máximo dois segundos. Quando olha de volta, Adriane está lhe dando um bote. Ela mostra os dentes e rosna baixinho, erguendo uma faca que, de repente, já não estava tão fora de seu alcance.

Wen

Em uma tarde de domingo, no final do inverno, os pais de Wen pediram que ela fosse ao quarto deles. Estavam extremamente sérios e com o sorriso meio triste, meio divertido que esboçavam sempre que ela dizia que não gostava da escola de chinês. Disseram que queriam mostrar algo importante e conversar. Wen pensou que estava encrencada porque haviam descoberto que ela estava entrando escondida no quarto deles para olhar suas fotos de bebê. Temia que estivessem tão chateados que nem a deixariam ver TV por uma hora após o jantar, ou que confiscariam seu telefone; eram duas coisas que eles haviam ameaçado fazer, mas nunca fizeram de fato. Sabia que tinham se irritado porque ela estava entrando no quarto deles sem permissão, mas ela não tinha culpa se eles guardavam as fotos lá. Não achava justo que aquelas fotos estivessem escondidas quando deveriam ser guardadas em outro lugar de mais fácil acesso, talvez em seu quarto. Afinal, eram fotos dela. Era isso que Wen iria argumentar depois de pedir desculpas por ter entrado no quarto deles sem avisar, e depois que a raiva dos pais tivesse passado.

No entanto, esse encontro com os dois não tinha a ver com as fotos, não exatamente. Tinha a ver com o revólver do Papai Andrew e o cofre do revólver escondido no quarto (ele não dizia onde). Ele lhe mostrou um recipiente preto e avantajado, do tamanho de uma caixa de sapatos, com alguns botões em um painel dianteiro, mas não permitiu que ela o examinasse por muito tempo. Perguntaram se ela já havia encontrado ou visto aquele objeto e a fizeram prometer que diria a verdade. Ela não o tinha visto antes, essa era a verdade. Papai Andrew disse haver comprado um novo cofre para a arma e o mostrou a ela. Era prateado, menor que outro, e parecia uma mininave espacial. Nas semanas e nos meses seguintes a essa reunião de família, Wen não disse uma só palavra aos amigos sobre o revólver em sua casa, mas contou a Gita e Orvin que um de seus pais tinha um cofre prateado especial que ele guardava em um lugar secreto, e Wen e os amigos passaram um recreio inteiro brincando de adivinhar o que havia guardado ali dentro.

Papai Andrew se virou, segurando o cofre de forma que ela não pudesse vê-lo, e, quando se virou de volta, a tampa estava aberta como o porta-malas do carro deles. Lá dentro, havia uma arma. Wen não fazia muita ideia de como ela seria, mas imaginava que fosse maior, algo que precisaria segurar com as duas mãos. Papai Andrew disse que não estava carregada, mas que, ainda assim, era algo muito, muito perigoso. Papai Eric ficava dizendo que não era um brinquedo e que, em hipótese alguma, ela poderia tocar o cofre ou a arma. Enquanto falava, ficava fazendo "não" com a cabeça, como se a coisa toda fosse uma ideia terrível. Eles explicaram que o Papai Andrew tinha uma licença especial e havia feito muitas aulas para aprender a usar o revólver de modo apropriado. Eles nunca disseram por que ele tinha a arma e ela também nunca perguntou. Eles sabiam que ela estava entrando no quarto deles e pegando suas fotos de bebê embaixo da cama. Não estavam com raiva, é claro que olhar as fotos não era problema algum; iriam mudá-las de lugar e colocá-las dentro da cristaleira na sala de estar, para que ela pudesse vê-las sempre que quisesse. Wen ficou envergonhada porque eles sabiam que ela estava entrando escondida para pegar as fotos, mas isso logo passou.

Papai Andrew tirou a arma do estojo e a deixou à mostra em sua mão aberta; ela parecia maior e menor, mais real e mais falsa. Papai Andrew perguntou se ela queria segurá-la, mas, antes que ela pudesse responder que sim, Papai Eric disse ter mudado de ideia e que não queria que ela tocasse na arma. Papai Andrew não discutiu. Enquanto a colocava de volta no cofre e fechava a tampa, ele disse que muitas crianças se machucavam e, às vezes, matavam brincando com armas, armas que pertenciam a seus pais, muitas vezes *encontradas* por acaso. Eles disseram que ela não tinha mais permissão para entrar no quarto deles sozinha.

— Chega de ficar bisbilhotando por aqui — disse Papai Andrew.

Eles explicaram que, mesmo que o cofre tivesse uma trava especial e não abrisse para ela ou nenhuma outra pessoa exceto Andrew, Wen nunca deveria mexer ou tocar no cofre da arma. Disseram que essas novas regras eram as mais importantes de todas.

Wen repete as regras mais importantes e fita Papai Andrew e sua arma. Fica imaginando onde ele escondia o cofre prateado. Ela não havia percebido que o carro tinha lugares secretos, onde era possível esconder as coisas.

— Certo, tudo bem. Primeiro, a gente amarra esses dois. Nada mais justo, não?

— Você matou a Sabrina? — pergunta Adriane. Ela está parada, os braços abertos como os de um espantalho, daqueles raivosos por não conseguirem espantar todo mundo. É Adriane quem mais assusta Wen agora. Adriane teria batido nela com a arma de pá laminada se Eric não houvesse pegado a cadeira de Andrew e golpeado a coisa, atirando-a para longe de suas mãos. Wen quer dizer a Papai Andrew que não lhe dê ouvidos, pois ela pode achar um jeito de machucá-lo com suas palavras.

— Ela não ia te machucar. Ouvimos os tiros...

— Não. Eu não atirei nela — responde Andrew. Ele faz uma pausa e dá meio passo para a frente, com dificuldade. — Mas isso não significa que não vou atirar em vocês.

Se pudesse, Wen se desintegraria e voltaria para o quarto, onde não precisa ver nada. Ela não quer ver o que Adriane vai fazer quando baixar as mãos, ou quando seus pais a amarrarem em uma das cadeiras. Não quer ver o Papai Andrew disparar o revólver. Wen tenta olhar o gramado pela porta da frente, mas Andrew e o ângulo no qual se encontra atrapalham sua visão. Ela volta a se lembrar dos pobres gafanhotos presos no frasco e no quanto aquilo deve ter sido horrível para eles. Será que ficaram sem ar e morreram se arrastando e se chocando contra a tampa? Será que foram perdendo a força como os brinquedinhos quando ficam com a pilha fraca? Será que eles, como Papai Eric disse, foram cozidos pelo sol, fervendo até morrer em seus próprios exoesqueletos? Talvez ainda estejam vivos, ainda que moribundos, e estejam sofrendo. A culpa é toda dela, e Wen logo checa mentalmente o nome de cada gafanhoto, e tem outra crise de choro.

Andrew olha para trás, como se ouvisse Wen pensando no frasco deixado na grama. Enquanto ele se vira, Wen vê a sala em toda a sua extensão e as ações dos adultos, um movimento em cadeia. Ela não entende nem tem tempo para reagir a tudo isso, mas seu cérebro cataloga tudo que, mais tarde, será analisado e ruminado.

Andrew gira a cintura, olhando sobre o ombro. Adriane encosta um joelho no chão, pega uma faca com a mão direita e avança contra Andrew. O ataque de Adriane faz Leonard sair correndo do sofá. Andrew gira o corpo de volta para o interior da sala e Adriane está a apenas dois passos de se atirar em cima dele. O braço que segura a faca está triunfantemente erguido sobre sua cabeça. Leonard corre em disparada pela sala gritando o nome de Adriane. Andrew atira. Há um estampido, ou um estrondo, que, para Wen, parece uma batida entre dois carros; seu ruído vigoroso é tão forte quanto sua brevidade e o silêncio que preenche o vácuo em seguida. Wen cobre as orelhas. Adriane está em pé, bruscamente empertigada, apoiando-se nos calcanhares, como se a arma houvesse lançado uma parede mágica invisível. Sua camisa é preta e não há nenhuma mancha vermelha visível sobre o tecido, mas a bala deve tê-la atingido em algum lugar de seu braço ou ombro esquerdo, agora caídos. Eric ergue o que antes foi a arma de Adriane e tenta correr em direção aos outros, mas seu pé ainda está enroscado na corda presa à cadeira e ele tropeça. Cai feio em cima da arma. O cabo de madeira se parte perto da base da flor de lâminas improvisada, emitindo um fraco e falso estampido de tiro. Leonard está quase alcançando Adriane e estende a mão em sua direção. Adriane volta a erguer a faca, mas sua mão treme e o rosto não esboça qualquer emoção ou expressão, que foram eliminadas, apagadas.

Andrew dispara novamente. Subjacente à minidetonação do tiro, há um som de sucção suave e úmido. A garganta de Adriane explode, jorrando como um gêiser de sangue. Leonard está tão próximo que os respingos vermelhos atingem seu rosto e a parte da frente da camisa. Ela abaixa o braço e solta a faca. Depois, cai no chão, despencando de costas. O sangue não para de jorrar do pescoço. Seus gorgolejos se tornam sibilos que aos poucos vão desaparecendo, deixando apenas o silêncio. Eric vira de costas e, aos chutes, tenta se desvencilhar da corda emaranhada em sua perna. A boca de Andrew se abre, o lábio superior treme e os olhos são como duas letras O, de tão arregalados. Ele abaixa a arma, apontada para o chão ou para a moribunda Adriane. A princípio, Andrew não reage à mudança de rota de Leonard, que passou por Adriane e foi para cima dele. Andrew ergue o revólver, mas é tarde demais. Leonard está bem em cima dele e, com as duas mãos, agarra a mão e o revólver de Andrew. Os braços de Andrew ficam acima de sua cabeça, empurrados por Leonard. Por causa da diferença de altura, o topo da cabeça de Andrew mal chega ao queixo de Leonard. Andrew geme, grita, bate a cabeça contra o peito e o pescoço do outro, e ergue os joelhos, golpeando sua barriga. Leonard não se abala, nem o solta.

Wen sai pela porta e entra na sala, atraída pelos corpos em conflito. Olha para Adriane caída no chão. Seus olhos estão entreabertos, e a pele de seu rosto é branca como a de uma boneca de luxo, brilhando acima do buraco vermelho aberto em sua garganta. A poça de sangue cada vez maior tinge seu cabelo negro de uma cor ainda mais escura.

À direita de Wen, Eric chuta freneticamente sua perna amarrada, e a cadeira presa desliza como um cachorro feliz em ver que o dono voltou para casa. Wen desvia da cadeira e se agacha perto de Eric. Ela cutuca sua coxa, um pouco acima do joelho. Ao vê-la, ele para de chutar.

— Eu posso ajudar — diz ela.

Wen tenta deslizar os dedos por debaixo das espirais, mas, por causa da agitação de Eric, a corda está amarrada com força e de forma caótica, e ela não consegue encontrar o nó principal.

Eric senta e une as mãos às de Wen. Uma delas, suja com o sangue de Adriane, mancha a corda. Ele não chega a afastar Wen, mas assume o comando puxando as cordas com força e removendo os nós e as voltas escondidos dentro de outros nós. As amarras começam a se desfazer e a massa emaranhada vai se soltando, como se sua perna fosse um carretel. Wen se inclina para trás e agacha, apoiando-se na ponta dos pés. Repousa as mãos cruzadas sobre o colo. Seus dedos ficaram rosados, manchados com o sangue de Adriane.

Wen fica se perguntando quanto Leonard é maior que Andrew. Apesar da diferença de tamanho, eles continuam empatados na luta pelo revólver. Leonard abaixa o ombro direito e o impulsiona contra o peito de Andrew. Andrew se contorce para evitar a pancada, tirando o equilíbrio de Leonard, e os dois homens se chocam contra a parede próxima ao portal, produzindo um ruído surdo que faz o chalé tremer. Seus braços desabam de cima de suas cabeças como o portão de um castelo em queda livre. Suas mãos engolem a arma, mas, enquanto mexem os braços de um lado para o outro, o olho negro do cano curto e atrofiado aparece, imerso em seus dedos entrelaçados como as raízes de uma árvore. Leonard gira e joga seu peso contra Andrew, encostando-o contra a parede.

— Solta! — grita Leonard. — Solta logo!

— Você tá machucando ele! — exclama Wen. — Para!

Falta pouco para Eric se soltar da corda e da cadeira.

O rosto de Andrew está vermelho, e seu corpo se encolhe sob a força e o tamanho de Leonard. As respirações de Andrew são descompassadas e ásperas. Seus pés deslizam e saem de trás de Leonard, buscando desesperadamente um amparo e um caminho para a liberdade, mas Andrew não vai a lugar algum. De repente, ele cai — talvez de propósito — de joelhos, como se seus tornozelos e canelas fossem feitos de um papelão frágil que não suportasse seu peso. Leonard tropeça, perde o equilíbrio e bate um lado da cabeça nos painéis de madeira na parede. Ele se recompõe e tenta vigorosamente tirar a arma de Andrew, puxando seus braços para cima e para baixo, de um lado para o outro, e então Wen já não vê, ouve nem sente mais nada.

Ensanguentado Como o Dia em que Você Nasceu

Capítulo 5

Leonard

Andrew e Eric seguram o corpo de Wen. Estão aninhados no chão à sua esquerda. Eles a seguram. Eles a cercam. Eles a protegem de Leonard. Eles choram e gritam o nome dela, depois gritam apenas.

Pouco tempo atrás, o revólver e as mãos de Andrew eram como matrioskas nas mãos de Leonard. Andrew estava fatigado, cada vez mais enfraquecido e pronto para ceder. Leonard sentiu a resistência de Andrew diminuir em suas tentativas vacilantes e fracassadas de afastá-lo. Ele aceitaria a rendição de bom grado, sem julgamentos, ameaças ou repreensões, e tiraria com cuidado a arma das mãos de Andrew, evitando o pior, mas, então, Andrew se atirou ao chão como uma bola de demolição e, ao puxar Leonard, o fez perder o equilíbrio e bater a cabeça com força na parede. A raiva cintilou como um foguete de sinalização brilhante e ruidoso. Ele não tinha sangue de barata. Leonard já não pensava *ele não*, como quando Redmond fora assassinado. Leonard estava bravo como nunca e torcia e girava os braços de Andrew como se quisesse arrancá-los, descartá-los, e deixar o resto do chalé e, depois, o mundo, em pedaços irrecuperáveis. As mãos de Andrew eram um punhado de vespas dentro das de Leonard e ele as apertava, tentando esmagar todas elas. No entanto, ao apertá-las, ele sentiu a sutil vibração e o estalo do gatilho sob suas palmas. No momento, as mãos de Leonard estão apoiadas no chão. Contudo, ele ainda está sentindo o estalo do gatilho, que agora se materializa em um carimbo de tempo, separando sua breve história entre um *antes* e um *depois*. Houve o tiro e o abalo que reverberou por seus braços. Só depois que Wen caiu, ele percebeu o calor da bala disparada arder em seus dedos, ainda envoltos na arma.

Leonard não estava olhando diretamente para Wen, mas, logo após o tiro, houve o desabrochar de uma flor vermelha, um raio de sol em seu rostinho embaçado. Ele não estava olhando diretamente para Wen, mas a viu caindo para trás.

Ele está de quatro, chorando. De cabeça baixa. Não vai olhar para Wen agora. Não consegue olhar para o que aconteceu com ela. Recusa-se a olhar. Ele é um covarde e um fracassado, e não merece vê-la nunca mais.

Leonard sussurra, pedindo desculpas várias vezes. Diz isso em voz alta, e também mentalmente, esperando que alguém, um dia, acredite nele.

Ele ainda vai fazer o que deve ser feito, executar o que antes fora um pedido, e depois tornou-se uma ordem. Rasteja de quatro, e as pernas de Adriane passam debaixo de seu corpo como as faixas amarelas de uma estrada solitária na montanha. Ele faz questão de testemunhar e lembrar cada detalhe dessa pequena jornada ao longo do corpo dela. Essa é a primeira penitência de muitas que virão por quebrar a promessa feita a uma criança, pela arrogância de, acima de tudo, fazer uma promessa.

Ele sabia que a morte de Adriane era possível, até mesmo provável. Leonard pede desculpas novamente e esse pedido, o mais sussurrado, é para Adriane. Lamenta que ela tenha levado um tiro, mas sentiu alívio e certa alegria por lhe terem tirado o fardo de sua morte; ele não precisaria matá-la como fizera com Redmond. O fato de que Redmond podia ter tido outro nome e agredido Andrew (nesse momento, ele acredita em Andrew) abala sua fé no que está fazendo mais do que ele deixa transparecer. Contudo, que escolha ele realmente tem neste momento, a não ser continuar? Continuar não é valentia, nem covardia e, ao mesmo tempo, é as duas coisas. Após ter visto o que viu e sentido o que sentiu, Leonard deposita sua fé no poder reconfortante de não ter escolha. Ele lembra a si mesmo que é apenas um mensageiro, e um mensageiro imperfeito, mas teme que tudo o que saiu errado — terrível e horrivelmente errado — seja culpa sua, e unicamente sua.

Leonard continua a rastejar sobre o corpo de Adriane, e suas mãos atravessam o sangue ainda morno. As mãos dele sempre foram sangrentas e estão, finalmente, sendo honestas a respeito. Ele nasceu no sangue, como todos nós.

Leonard desliza a mão direita sob a cintura e o traseiro de Adriane. Recupera a máscara telada, que estava em um bolso traseiro, macia e frágil como um filhote de passarinho. Ele tenta não sujar a máscara de sangue e mantê-la branca pelo máximo de tempo possível. Traz uma máscara igual no bolso. Ele imagina o que verá quando ela deslizar sobre seu rosto. Será que verá o mundo através dela ou apenas silhuetas e formas escuras? Será que já não verá mais o sangue? Ele se pergunta se lhe darão a oportunidade de colocar a máscara em si mesmo ou se restará alguém vivo para vesti-la em seu rosto quando ele estiver morto.

Com a máscara nas mãos e os joelhos a chafurdar ainda mais fundo no sangue dela, Leonard rasteja até que seu rosto esteja frente a frente com o de Adriane. A garganta da mulher é uma mistura caótica de anatomia arruinada, sangue ainda vazando, bolhas de ar efervescentes e um odor acobreado, marcado pela acidez da bile. Ele não quer passar nem mais um segundo observando a pele escabrosa e o tecido exposto da ferida, mas ver o rosto dela transfigurado em pedra é ainda pior. Seus lábios estão separados, uma porta deixada aberta por distração. Os olhos puxados e castanhos são deformados pelas pálpebras flácidas, uma estava mais caída que a outra. O mau funcionamento de seus músculos menores e a consequente assimetria são uma indignidade final, e ele já não consegue mais lembrar direito de como ela era em vida.

Leonard não quer mexer em seu rosto ou em seu corpo. Teme que a máscara apague quem a pessoa era, mas deve colocá-la em Adriane. A máscara faz parte do ritual misterioso e aparentemente sem sentido, que jamais foi completamente explicado para além das vagas e catastróficas consequências caso não fosse executado; o ritual deve ser seguido de maneira burocrática; do contrário, as mortes de Wen e Adriane seriam desperdiçadas. Se elas tiverem morrido em vão, de que adiantaria? Com esse pensamento, ele se lembra da televisão do chalé pendurada na parede dos fundos, aquele misterioso portal para o mundo lá fora, e sente sua tela negra, aquele olho único e inabalável que o encarava com malícia. Ele tem medo de ligá-la e testemunhar seu julgamento, mas logo precisará fazê-lo.

Leonard estica a máscara e a desliza pelo topo da cabeça de Adriane. Não há dúvidas; ele a está apagando com essa máscara, bênção que espera ser digno de receber. Leonard quer apenas acabar logo com isso e, então, ser levado para bem longe desse chalé e nunca mais ser lembrado da promessa que quebrou. Toma cuidado para não empurrar ou deslocar a cabeça de Adriane, mas suas mãos brutas e desastradas não foram feitas para essa tarefa. Tenta duas vezes passar a tela pelo dorso de seu crânio e todo aquele cabelo ensopado de sangue. Quando, por fim, consegue colocá-la, a máscara abraça seu rosto e seus traços, uma pele nova e simplificada. Diante da quantidade de sangue que ele tem nas mãos, a máscara está incrivelmente branca. Ele sente o desejo rebelde de protestar contra o que aconteceu e contra todas as merdas que foi obrigado a fazer, e manchar a boca dela com um traço vermelho, e deixar pontos vermelhos em seus olhos.

Andrew agora está de pé ao lado de Leonard, apontando a arma.

— Levanta, caralho! — grita ele.

Seus olhos fulguram como carvão em brasa. Seus dentes estão à mostra e as bochechas enrubescidas; o sangue que corre por baixo está ávido para sair e se libertar.

Leonard não sente medo da arma. Ele não teme por sua própria segurança. Isso nunca mais será uma preocupação. O que quer que lhe aconteça, ele merecerá.

— Eu prometi a Wen que ela ficaria bem e que eu não deixaria nada acontecer com ela — afirma Leonard. — Desculpe. Eu lamento tanto... — Ele não deveria dizer algo assim, pois sabe que essa confissão só vai atormentar Andrew e Eric. No entanto, Leonard precisa colocar isso pra fora; precisa falar em alto e bom som, doa a quem doer. Por todo o sangue já derramado e por todo o sangue a derramar, ele ainda tinha a intenção de honrar aquela promessa feita a Wen enquanto estivesse vivo, até o fim de tudo.

Andrew golpeia a lateral do rosto de Leonard com o revólver, logo abaixo da têmpora. Uma luz brilhante vira uma Supernova, desbotando sua visão da sala. A dor forte e repentina se metamorfoseia na ardência fervilhante de uma ferida aberta e na dor branda e intermitente do tecido inchado. Leonard cai de joelhos e volta a ficar de quatro, uma inversão da pictografia da evolução humana. Suas mãos são novamente batizadas pelo sangue de Adriane. Um som agudo de diapasão ressoa em um de seus ouvidos — ele está fitando a máscara de Adriane quando Andrew lhe dá um chute nas costelas. Leonard permanece prostrado, penitente e pronto para aceitar mais. Ele merece.

Andrew grita, mandando Leonard se levantar. Seus gritos se deterioram em rugidos incoerentes, capazes de arrebentar suas cordas vocais. Ele pressiona o cano da arma contra o rosto de Leonard, no mesmo lugar em que o golpeou. Leonard se levanta lentamente, enquanto uma corrente elétrica de dor estilhaça sua cabeça. Por cima do ombro de Andrew, ele vê o corpo de Wen no chão, o vermelho em seu rosto, e desvia os olhos.

— Desculpe — diz ele. — Eu sinto muito...

Lágrimas, saliva e secreção escorrem do rosto de Andrew. Seu braço treme; todo o seu corpo está tremendo. Ele golpeia Leonard com a arma outra vez, estraçalhando sua mandíbula, girando sua cabeça e elevando a níveis insuportáveis o volume do zumbido em seu ouvido.

Leonard olha para o corpo de Wen novamente, pois não consegue evitar. Ele reza para que ela se levante, mais uma de suas orações que não será respondida.

Eric, que estava agachado ao lado da filha, levanta. Após dar dois passos como um potro, ele tropeça e cai no chão, bloqueando a visão de Leonard do corpo de Wen. Eric vomita, vacila e desmaia sentado, com um fio de vômito pendurado na boca aberta.

— Desculpe, desculpe, desculpe... — repete Leonard.

Andrew sai mancando para trás, sem tirar Leonard da mira da arma, e pega a cadeira que estava amarrada a Eric. Ele a arrasta por uma pequena distância e a cadeira esbarra nas pernas de Adriane.

— Sente aqui. E não se mexa! Você está bem? — Ele pergunta a Eric, que balança para frente e para trás de olhos fechados, a cabeça perdida entre as mãos.

— Não — responde. Sua voz é um suspiro, tão pesado e solitário quanto um nome sussurrado em uma sala vazia.

Leonard não para de pedir desculpas. Está condenado a pedir desculpas eternamente e ninguém o escutará ou acreditará nele. Leonard pega a cadeira e dá dois passos curtos em direção à cozinha, para não se sentar sobre o sangue de Adriane. Antes de colocar a cadeira no chão, ele chuta para o lado um emaranhado de corda que usara para amarrar Andrew. Ela bate na mesa de cabeceira, balançando o abajur amarelo, que dá dois giros lentos, trôpegos, esperando que ele coloque a cadeira no chão antes de parar. Ele senta, finalizando aquela série de eventos. Seguirá as instruções de Andrew. Não vai se mexer. Vai ficar sentado ali e esperar que Andrew faça o que quiser.

Andrew caminha até Eric e o convence a se levantar.

— Precisamos sair daqui —diz Eric. Temos de levá-la conosco.

Os dois olham para Wen atrás de si, repousam as testas uma na outra, e voltam a chorar de novo. Um choro que curva, arqueia e une os corpos dos homens em formas e símbolos de tristeza. Andrew se desvencilha do abraço, é o primeiro a se levantar e ajudar Eric a fazer o mesmo. Sussurra uma torrente de palavras:

— Eu preciso da sua ajuda. Precisamos amarrá-lo. Vamos amarrá-lo para que não possa nos seguir, daí a gente pode ir embora. Iremos os três.

— Tudo bem — responde Eric, mas não parece capaz de se concentrar e cai de joelhos. Ele não está bem. Devido ao estresse físico e ao esforço da luta, deve ter voltado a sentir os sintomas da concussão.

Andrew fala em um tom mais baixo, conspiratório.

— Segure a arma e mantenha-o na mira. Vou amarrá-lo à cadeira. Entendeu? Enquanto eu amarro, você fica de olho, não deixe que ele se levante. Você pode fazer isso, certo? Eu sei que pode.

— Não — responde Eric. Ele balança a cabeça com a mesma determinação de uma sombra que se movimenta lentamente sobre um relógio de sol. — Eu não consigo.

— Você precisa conseguir, por favor. Eu o amarro enquanto você segura isto. — Andrew olha para o revólver que tem na mão e seus olhos se esbugalham como se estivessem profundamente horrorizados com o que veem e com o que viram.

— Tudo bem, eu vou amarrá-lo. Eu consigo. — Eric se afasta, cambaleando.

Andrew continua falando como se Eric ainda estivesse a seu lado, dependente de seu apoio, escutando o que diz.

— E você atira se ele... — Andrew não consegue desemaranhar tudo, perde a paciência e a arma chacoalha em sua mão.

Eric vacila como se estivesse andando em uma corda bamba. Em vez de passar por cima das pernas de Adriane, ele desvia e cai de bunda no chão, na frente de Leonard. Os olhos de Eric são grandes pupilas dilatadas. Ele olha para Leonard uma vez, ou através dele. Cambaleia por conta das voltas da corda; uma extremidade ainda está presa ao pé da cadeira em que Leonard está sentado. Eric, então, enrosca o náilon em torno das pernas do homem, sem se importar com os nós, laços e emaranhados. Não está fazendo um bom trabalho; não segue um padrão ou uma lógica e não está puxando a corda com força para que não afrouxe.

A princípio, Leonard pensa que, se quiser, será capaz de se soltar, mas há muita corda, e Eric a usa inteirinha em suas pernas, agora mumificadas. Em seguida, Eric rasteja para trás da cadeira e reúne a outra corda que Leonard chutou para longe momentos antes.

Leonard coloca as mãos atrás da cadeira antes mesmo que Eric solicite, mas ele ordena que o faça mesmo assim, e sua voz oscila como se ele estivesse falando do fundo de um buraco. Eric amarra algumas voltas em torno do peito de Leonard, passando por baixo de seus braços e pelas costas da cadeira. Depois, envolve o restante da corda ao redor de suas mãos e braços.

Uma rajada de vento escancara a porta da frente contra a parede e arrasta para dentro do chalé seu rastro de sujeira, grama seca, folhas e agulhas de pinheiro. Eric grita de susto e pavor, e cai à esquerda de Leonard. Ele chora e fala consigo mesmo, depois rasteja até a tal porta, que perambula indecisa nas espirais do vento, conduzida de um lado a outro por mãos invisíveis.

Andrew vai mancando até o corpo de Adriane e para diante de Leonard, perfeitamente ao alcance de seus braços, se um deles estivesse solto. O revólver está abaixado. Ele não está olhando para Leonard ou para Eric, mas para suas mãos vermelhas e inchadas e para a arma.

Leonard sabe o que ele está pensando. Como pode não pensar? Dizer isso não vai mudar nada, mas ele diz mesmo assim.

— Não é culpa sua, Andrew. Foi um acidente. Você não pode ficar se culpando. Eu sei que você não... nós estávamos lutando e a arma estava tanto na sua mão como na minha e... e... — Leonard não consegue dizer que ele apertou suas mãos e a arma disparou. Não vai dizer isso em voz alta. Não dirá que sabe, por fim, que Wen está morta, pois ele e os outros acataram todas as ordens que receberam sem pensar duas vezes, e que ele não conseguiu dizer "não" porque era difícil demais, talvez até mesmo impossível, mas deveria ter tentado mesmo assim. Não dirá que, apesar do horror do que já aconteceu, ele ainda vai tentar salvar o mundo, mesmo que já não saiba mais se vale a pena.

Durante o intervalo em que Leonard se pôs a gaguejar, Eric vai até a porta, que balança, escapando de seu alcance.

O rosto de Andrew está pontilhado pelo crescimento da barba negra e espetada, e seu cabelo está caído na frente de um olho, enquanto o outro não pisca. Ele pressiona a extremidade do cano da arma, aquele ponto negro bordejado de metal, contra a cabeça de Leonard.

Leonard quer que ele atire. Que isso acabe logo. Lamenta não ter conseguido salvar ninguém. Não conseguira sequer salvar uma criança.

A porta da frente bate com força e Leonard dá um sobressalto na cadeira, expirando o ar que nem sabia que estava segurando. Ele lamenta que o barulho da porta batendo não tenha sido, na verdade, um tiro de revólver. Ele quer gritar que ainda está aqui, com Andrew olhando para ele do jeito que está olhando.

Por ser egoísta, Leonard interrompe sua longa pausa.

— A arma simplesmente disparou, Andrew. Ninguém é... ela apenas disparou. E eu estou...

Andrew puxa o gatilho. Leonard escuta o clique vazio. Escuta, ainda que Andrew esteja gritando na sua cara. Andrew continua a puxar o gatilho sem parar. Empurra a arma com força contra a testa de Leonard, forçando sua cabeça para trás até que ele esteja olhando para o teto, para a velha roda empoeirada no alto. Os olhos de Leonard lacrimejam e a roda fica embaçada, balançando levemente, reconhecendo o sofrimento abaixo de si, mas ela não está girando e nunca mais voltará a girar.

Capítulo 6

Eric

— Pode deixar que eu não vou fazer nada. Só saio dessa cadeira quando tudo houver terminado. Andrew... ei, você devia ir ver como o Eric está. Eric, você está bem? Escute, Andrew, a gente precisa conversar. Eu... eu não sei se isso já acabou. A gente precisa verificar. Andrew? Andrew?

Leonard não para de falar. Sua voz é um resmungo que fica zunindo, dando voltas no crânio de Eric, embora lá dentro certamente não haja espaço nenhum para ele. Eric se sente pior do que nas primeiras horas agonizantes após ter batido a cabeça no chão, no dia anterior. Essa segunda rodada de sintomas da concussão é mais intensa. Ainda que agora ele consiga respirar e ver, a pressão e a dor que antecederam esse último apagão quase o deixam cego. A garganta arranha e a boca tem gosto de vômito. Ele não se lembra de ter vomitado. Não se lembra de ter sentado contra a porta da frente.

Lembra-se de suas mãos segurando e manipulando uma corda, mas não de senti-la. Lembra-se de ter andado e depois rastejado por uma névoa miasmática. Lembra-se da porta aberta e da luz como uma entidade amorfa e maliciosa, fulgurante a ponto de ser impossível que todos eles não fossem reduzidos a cinzas. Lembra-se de temer que isso estivesse vindo para levar Wen embora, caso ele não fechasse a porta. Lembra-se de Wen sentada de joelhos a seu lado enquanto ele desatava os nós de suas pernas. Lembra-se de um estrondo e de Wen caindo longe dele. Lembra-se de ter visto seu rosto e compreendido que ela estava morta. Lembra-se de ter implorado mentalmente *Deus, por favor*, várias e várias vezes, e de talvez ter gritado também.

Leonard ainda está falando, tão confuso quanto um disco velho.

— Eric? Você devia ir com calma, Eric.

Lá fora, o céu ficou nublado, carregado, tão cinzento quanto a chuva de novembro. Eric senta encostado na porta da frente, barricando o chalé, impedindo que o terror da luz volte a entrar.

A alguns passos de distância, Leonard está amarrado a uma cadeira. Um filete de sangue goteja do lado esquerdo de seu rosto. Há mais sangue no chão do chalé, em poças escuras e úmidas. Um afluente vai do centro do piso ao corpo de Adriane, que se encontra perpendicular à tela da porta de correr. Um enxame de moscas, negras como corvos, pousam e levantam voo de seu corpo; algumas se demoram em seu pescoço, enquanto outras voam em círculos sobre a máscara branca, ricocheteando loucamente da porta telada e das janelas da cozinha. À esquerda de Eric, na frente do quarto de Wen, um edredom está aberto no chão. Espesso e macio, sua cor verde-clara ficou escurecida nos pontos que absorveram o sangue de Wen. Andrew está sentado no sofá, de cabeça baixa, e seu cabelo cobre o rosto como as folhas e os galhos de um salgueiro-chorão. Seus braços se estendem por baixo do corpo de Wen em seu colo. Está bem enroladinha no lençol *queen* de flanela deles, deixando tecido de sobra para transformar seu corpo em um casulo alongado e disforme, uma crisálida da qual ela não irromperá. O lençol é branco e decorado com punhados de pequenas flores azuis; trouxeram-no de casa, para o caso de esfriar no chalé.

— Andrew. Andrew? — chama Eric.

Ele viaja para outro tempo, perdido, porém não esquecido, em que Andrew estava sentado assim e sorriu, pôs um dedo sobre os lábios e articulou com a boca: *shh, ela está dormindo.*

— Vamos pegar o SUV e dar o fora daqui — diz Eric.

— Eles furaram os pneus.

— Dirija com os pneus furados, então. Não importa.

— O carro não vai aguentar.

— Podemos tentar.

As frases de Andrew são feitas de cacos de vidro.

— O SUV não irá muito longe. A gente pode tentar, mas ela não vai aguentar o tranco até a estrada principal. Talvez nem mesmo consiga percorrer o caminho até a saída da propriedade. Talvez a gente consiga achar o carro deles, que deve estar estacionado em algum lugar na estrada, certo? Nem Leonard nem Adriane têm as chaves. Eu verifiquei. Mesmo que a gente as encontre, ainda teremos de atravessar a estrada de terra. Parte dela. Ou ela inteirinha.

— Então a gente vai a pé.

Quando Eric fala, o volume do burburinho das moscas aumenta, uma vibração perigosa, coletiva, uma advertência tão estridente que ele se pergunta se não há uma colmeia de abelhas furiosas nas proximidades. Duas moscas, roliças como a ponta de dedões, pousam no rosto de Leonard, que apenas o contrai enquanto elas exploram sua pele.

— Eric?

— Oi? Certo. Sim. Estou ouvindo.

Eric se empertiga, impedindo que seu corpo encurvado deslize para o buraco negro que é o centro do chalé.

— Quando estiver pronto pra ir, é só avisar — diz Andrew.

— Vamos.

— Sabrina ainda está lá fora em algum lugar e armada. Minhas balas acabaram. Tem mais no porta-malas. Um de nós dois precisa carregar Wen.

— Não vamos deixá-la aqui.

— Claro que não. Ela vem com a gente. Aonde quer que a gente vá.

— Certo, então vamos embora. Eu estou pronto.

Eric pressiona o corpo contra a porta e sofregamente vai ficando de pé.

— Esperem, por favor, esperem! Antes de ir, vocês precisam ligar a TV. Escutem só: Adriane está morta, então a gente precisa ligar a televisão para ver o que está acontecendo. Se alguma coisa está acontecendo. Como fizemos ontem, depois de Redmond. Ele morreu e nós ligamos a TV e vimos as cidades se alagarem, como eu disse que aconteceria. Então, a gente precisa ligar a televisão agora. Precisamos ver se... — Leonard para e fica com a boca aberta, como se não pudesse acreditar no que acabou de sair dela. Depois, repete: — Precisamos ver ser... — e para novamente.

Nem Andrew nem Eric pedem mais explicações. A cabeça de Andrew está novamente voltada para baixo, fazendo de si a caverna de um ermitão. Leonard prossegue.

— Precisamos ver se o que aconteceu aqui no chalé impediu o que deveria acontecer lá fora em seguida. Precisamos verificar se a morte de Wen é o suficiente para deter o fim do mundo.

Andrew balança para frente e para trás no sofá e responde:

— Se você disser mais uma palavra, eu te mato!

— Ainda que me mate, vai precisar assistir à televisão para descobrir se a morte dela foi aceita como... o sacrifício exigido. Um sacrifício voluntário, pois precisa ser de livre e espontânea vontade. É por isso que a gente continuava pedindo e implorando para que vocês dois escolhessem. Não podíamos sacrificar um de vocês. Isso não era permitido. Como dissemos; a escolha cabia somente a *vocês*. Tinha de ser uma escolha. Infelizmente, pode ser que ela não, hum..., que ela não conte.

— Ela não conta? Ela não conta, cacete? — grita Andrew.

— Não, não, não, não foi o que eu quis dizer. Claro que ela conta, mais do que qualquer coisa no mundo. Estou dizendo que vocês deviam ter escolhido. O sacrifício tinha de ser espontâneo. E não foi. Foi um acidente, um acidente terrível, por sinal. Ninguém escolheu isso. Talvez baste, mas eu não sei. Tenho a impressão de que... de que não acabou. Liguem a televisão e, assim, saberemos. É só ligar...

Leonard fica falando sobre a televisão e quanto lamenta por tudo. Eric fecha os olhos e faz uma oração qualquer: *por favor, Deus, em nome do seu filho, Jesus Cristo, ajudai-nos!* Ele sente que um calor estranhamente focalizado está irradiando da porta da frente, acompanhado pelo barulho de motosserra de um gigantesco enxame de insetos. Não, isso — seja lá o que isso for — não parece ter acabado.

Andrew se levanta, gira o corpo, se inclina e, gentilmente, põe o corpo de Wen no sofá. Ele pousa a mão direita em sua cabeça coberta.

Eric se afasta da porta e adentra o chalé.

— Eu a levo. Não vou derrubá-la — assegura e estende os braços. Não sabe se Andrew consegue escutá-lo apesar do barulho das moscas e dos apelos intermitentes e extensivos de Leonard.

Andrew observa Wen por um instante, e então se inclina para a esquerda, pega a arma de ponta dupla encostada na extremidade do sofá e da parede. Ele gira e vai mancando até Leonard, brandindo a extremidade da marreta.

Leonard pede desculpas mais uma vez e para de falar. Não implora, nem reivindica ou clama por piedade. Não tensiona ou retesa a corda contra si. Não fecha os olhos. Ergue o queixo sem demonstrar insolência ou orgulho. Respira pesadamente pelo nariz, e seu corpo treme e oscila.

— Andrew? O que você está fazendo? — pergunta Eric, colocando-se na frente dele. Seus braços ainda estão estendidos para que Andrew lhe entregue o corpo de Wen. — Você não pode fazer isso!

A marreta oscila como se estivesse presa em um campo magnético irresistível, louca para atacar, até que Andrew solta a extremidade da arma no chão. O som da madeira e do metal faz Leonard tremer na cadeira.

— Já matei um deles — diz Andrew e caminha até o corpo de Adriane. Depois, olha sobre o ombro para Wen no sofá. As lágrimas brilham em seus olhos vítreos e ele ergue a arma novamente. — Então vou matá-lo também!

— Você não é um assassino. Adriane te atacou com uma faca e você se defendeu. Ele está amarrado e indefeso.

— Indefeso porra nenhuma!

— Isso não vem ao caso. Você não pode fazer isso.

— Por causa dele, Wen está morta. Eric, ele apertou a droga da minha mão e aí...

Leonard soluça e diz que não teve a intenção, embora tivesse prometido que nada aconteceria a ela. Mais moscas partem do corpo de Adriane e ficam orbitando em volta de Leonard, como se fossem bichinhos de estimação chamados pelo dono.

— Ele me fez atirar. A bala saiu do revólver na minha mão, do meu dedo no gatilho. Eu atirei nela... — relata Andrew.

— A culpa não é sua — diz Eric, abaixando a arma.

Andrew não resiste, permitindo que Eric conduza a arma até que a extremidade com garras de ancinho esteja no chão.

— A culpa é minha. Perdoe-me... — pede ele.

— Não é, não! — Eric abraça Andrew. — Não é culpa sua. Nunca vou permitir que você diga que é.

Andrew não solta a arma para retribuir o abraço, mas se recosta em Eric, repousando a cabeça em seu ombro.

— Eric, o que diabos a gente vai fazer?

— Vamos embora, como você disse — Eric faz uma pequena pausa e escuta a respiração de Andrew. Ele o solta e dá um passo para trás ao perceber que estão sobre o sangue de Adriane. — Leve a arma, para o caso de a Sabrina estar lá fora, esperando por nós. Eu vou buscar Wen. — Por um instante irracional, Eric teme que seus pés fiquem presos para sempre no chão, no sangue ambarino. Eles se tornarão fósseis, ficarão congelados no tempo e, só depois de milhões de anos, serão encontrados.

Eric cambaleia até o sofá, sentindo mais falta de equilíbrio do que tontura em si. Cada passo deve ser pensado ou planejado, ou todo o chalé vai pender para um lado como uma gangorra instável. Cada ajuste seu vacila para uma correção excessiva que por pouco não o faz cair. Ele consegue se estabilizar mantendo o peito dos dois pés sob a estrutura baixa do sofá. Agora que já não está mais se concentrando em caminhar, ele fecha os olhos e reza, esperando que Deus possa juntar os pensamentos soltos e esgarçados em sua mente. Pede forças para conseguir levar a filha para longe desse lugar. *Longe desse lugar longe desse lugar longe desse lugar* vira um mantra interior, e sua repetição tormentosa e desvairada transforma as sílabas e os intervalos em ruídos irreconhecíveis, que não pertencem a uma linguagem.

Eric abre os olhos, e o lençol cobrindo o corpo de Wen está enegrecido pelas moscas. Elas pairam e rastejam umas sobre as outras, e se entrelaçam. Eric grita e move o braço loucamente por sobre o corpo da filha. As moscas o ignoram. São gordas e bêbadas. São gulosas. São cruéis e destemidas. São os nós e os fios escurecidos de sua mortalha.

— Eric! Eric? O que você tá fazendo? — pergunta Andrew.

— Estou espantando de cima dela. Quero que fiquem bem longe dela!

— Espantando o quê?

— As moscas. Elas tomaram conta da nossa bebê.

O ruído de máquina produzido pelo bater coletivo das asas é profundo e gutural, um rugido que se transfigura em uma risada de escárnio. Ele poderia passar uma eternidade esmagando os corpos das moscas, um a um, entre seus dedos, se isso as mantivesse longe de Wen.

— Eu não estou vendo nenhuma... ei, se você não consegue levantá-la...

— É que são tantas!

— Você tem certeza de que está bem? E se você segurar essa coisa e eu carregar...

— Eu estou bem. Dá pra fazer.

Outra voz rasteja pelas frestas dos zumbidos e da conversa entre Andrew e Eric.

Leonard diz:

— Eric, liga a TV — pede ele duas vezes, como se não passasse de uma sugestão amigável de "ei, que tal experimentar isso aqui?".

A televisão. Está na parede bem na frente dele. A tela apagada não é bem um espelho, mas reflete seu rosto e o chalé atrás dele, filtrando as imagens em tons escuros e silenciosos. O reflexo é colorido, mas, ao mesmo tempo, não é. A corda que envolve Leonard é branca, o longo cabelo de Andrew é preto e o sangue empoçado é de um vermelho enegrecido, tão opaco que o chão parece estar cheio de buracos.

— Eric, liga a TV.

O pedido paciente de Leonard soa como a verbalização de seu próprio pensamento. Sim, ele poderia ligar a televisão. Não custaria nada, nem os impediria de ir embora. Ele poderia ligá-la e ver o que quer que houvesse para ser visto. Talvez uma resposta. Talvez nada. Ele se lembra dos tsunamis da véspera e das gravações dos afogamentos e da devastação. Não consegue lembrar qual calamidade prometida seria a próxima. O que poderia ser pior do que já vira dentro do chalé? Ele se lembra da vergonha e da culpa que sentiu enquanto assistia ao mar revolto engolir a costa de Oregon e seus frequentadores, e de ter acreditado por um segundo que os quatro estranhos eram mesmo aquilo que diziam ser. Acredita neles agora? O suficiente para ligar a TV? E se a tela permanecer vazia e escura? Isso por acaso significaria que tudo acabou, que tudo e todos estão mortos? Ele se sentiria aliviado? E se a tela acender e banhar o chalé de luz? E se o vazio não for escuridão, mas um oceano de luz fulgurante, implacável e impiedosa?

Andrew grita com Leonard, a apenas alguns centímetros de seu rosto. Ele ordena que cale a boca, pois não dá a mínima para a televisão.

— Apenas ligue, por favor. A gente precisa saber se o impedimos ou não — diz Leonard, como se apenas ele e Eric estivessem na sala, usando o volume mínimo necessário para ser ouvido ou compreendido.

— Vamos embora agora — diz Eric, mas não sai do lugar para pegar Wen.

— Eric? Você não está caindo na dela, né? Ei, você está bem? Talvez seja melhor sentar um pouco — recomenda Andrew.

Uma mosca pousa no canto direito inferior da tela da TV e caminha para o lado, fazendo um circuito de oitos.

— A gente vai embora agora mesmo — diz Eric, ou talvez não tenha dito, mas pensado em dizer.

Ele estende a mão e a mosca a direciona ao botão liga/desliga na borda interna quase invisível da moldura de plástico. O botão está escondido e tem metade do tamanho da ponta de seu dedo. Ele o pressiona.

Após um ou dois segundos de espera, uma colagem confusa e intoxicante de cores e imagens toma a tela de ponta a ponta, acompanhada pelo som de uma autoridade, um narrador em off. Eric semicerra os olhos e, a princípio, não consegue focar no que está acontecendo: os letreiros do texto que vai passando com palavras e números desfocados, imagens que mudam de filmagens aéreas de um aeroporto a um hospital com médicos usando roupas e proteções especiais, calçadas lotadas, mercados em polvorosa e metrôs superlotados, muitas das pessoas usando máscaras cirúrgicas sobre os narizes e as bocas, e cortes rápidos para imagens icônicas de uma cidade metropolitana que Eric normalmente reconheceria de imediato. Ele sucumbe ao ataque fulminante de imagem e som, e vai se afastando da TV e do sofá até esbarrar em Andrew, que põe a mão no ombro de Eric e o vira para que fiquem frente a frente.

— Por que você fez isso? — pergunta ele enquanto olha para Eric confuso, como se tivesse sido traído.

Eric não se lembra de ter decidido ou deliberado ligar ou não a TV.

— Tinha uma mosca... — responde ele.

— Uma o quê?

— Vamos embora. Eu vou pegar Wen — avisa Eric. Sua voz soa como um eco em decomposição.

— Não conseguimos impedir! — grita Leonard. — Não conseguimos parar nada! Estamos um passo mais próximos do fim!

— Cale essa boca! — responde Andrew, desanimado. Sua cabeça está levemente voltada para a televisão e ele a observa com o mesmo olhar de desconfiança que lançou a Eric.

Leonard funga, tosse e grita entre respirações profundas e trêmulas:

— Eu falei pra vocês ontem, lembram? O nível dos oceanos iria subir e alagar as cidades... foi o que aconteceu, vocês não podem negar isso, vocês viram... e eu disse que, em seguida, uma epidemia se abateria...

Eric o interrompe e diz:

— Daí você disse que os céus desabarão sobre a Terra como cacos de vidro e, então, haverá escuridão derradeira e eterna. — Ele não planejou recitar aquela litania amaldiçoada, do mesmo jeito que não planejara ligar a televisão.

Leonard parece ter ficado perplexo ao escutar suas palavras serem repetidas de volta para ele.

— É. Isso aí. Hum, pois é, eu disse que... isso mesmo, uma epidemia, uma epidemia se abateria, e ela está aqui, está acontecendo!

Na tela, uma série de imagens de Hong Kong. Entre elas: a Casa Azul, em Wan Chai. O prédio favorito de Andrew na viagem que fizeram comporta um museu no piso térreo chamado Casa das Histórias de Hong Kong, onde passaram a última manhã na cidade antes de rumar para a Província de Hubei, ao norte. Em sua casa, penduradas na parede acima da mesa do computador, duas fotos emolduradas: em uma delas, os dois estão estufando os peitos na frente da Casa Azul, fazendo pose de super-homens, e sorrindo de maneira também heroica; a outra é da Jardine House, um arranha-céu alto como um pé de feijão com janelas em formato de portais gigantescos, ou buracos (este é o prédio favorito de Eric, e Andrew fica tirando sarro da cara dele, dizendo que é só porque está cheio de banqueiros). A colagem de imagens do tipo "esta-é-a-cidade" termina com uma repórter de rua no meio do agitado Mercado Molhado da Cidade de Kowloon, sua máscara cirúrgica está puxada para baixo, frouxamente caída em torno do pescoço.

No canto esquerdo inferior da tela, cravado acima da onipresente barra de notícias, há uma caixa vermelha e retangular. Dentro dela, está escrito o nome do programa: *Cidade Zero: Hong Kong e a Luta Contra a Gripe Aviária*. A repórter fala sobre o número crescente de casos de pessoas com H7N9 em Hong Kong desde janeiro, com uma taxa de mortalidade de quase 40%. Nos últimos meses, o governo ordenou que milhões de patos e galinhas fossem abatidos em toda a região e, dentro de Hong Kong, as chances eram cada vez maiores de os bairros mais afetados ficarem em quarentena, o que incluiria o fechamento de mercados a céu aberto. Nas últimas semanas, pássaros mortos pela cepa de gripe aviária haviam aparecido em Suffolk, Inglaterra, Alemanha e no criadouro Grayson de galinhas, no Tennessee, aumentando os temores de uma possível pandemia.

— Por que você ligou a televisão? — Andrew volta a perguntar.

Embora essa não seja uma pergunta de sim e não, Eric balança a cabeça em negativa. Ele enxuga os olhos com o dorso das mãos suadas e ensanguentadas. Repete mentalmente sua oração *para longe desse lugar*.

Andrew se inclina em sua direção e cochicha:

— Você está começando a acreditar nele, Eric?

Eric quer dizer que não. Deseja profundamente. Mas está imerso em tanta dor e sofrimento, está confuso e cansado e quer deitar no sofá ao lado de Wen e fechar os olhos. Receia que, caso responda que não, eles jamais tenham permissão para ir embora daquele lugar.

— Desculpe — responde ele.

— Eric... o que, o que você quer dizer? Não é possível. Você, você não está bem do juízo. — A fala de Andrew é entrecortada por gaguejos.

— Pessoal, olha só — interrompe Leonard. — Vocês não escolheram fazer o sacrifício. A morte de Wen foi um acidente, então isso não vai impedir a chegada do Apocalipse. Eu bem que falei que a epidemia seria a próxima, e aí está ela. Será que não veem? Tudo o que aconteceu... vocês precisam enxergar agora. Só conseguirão impedir o fim de tudo quando, voluntariamente, escolherem sacrificar um ou o outro.

Andrew se lança contra Leonard, atira as duas mãos para a frente e o acerta no rosto com o cabo de madeira, atingindo o osso do nariz. Leonard vira a cabeça de volta gemendo e o sangue jorra do nariz, escorrendo por sua camisa já manchada.

Eric agarra o braço de Andrew e o impede de golpear Leonard novamente. Ele aponta para a TV e diz:

— Ele disse que haveria uma epidemia!

Andrew responde em uma voz estridente, inflamada pela incredulidade.

— Isso aí? Há meses eu tenho lido sobre esses casos de gripe do frango. Isso não é epidemia coisa nenhuma; não passa de um programa de reportagens! Não está nem sendo transmitido ao vivo! — Ele caminha pesadamente até o aparelho e aponta para a pequena caixa de título na tela. — Já estava pré-programado. É um programa de TV. Que tem um título, ora bolas! Notícias de última hora não vêm com título! Leonard, Sabrina, todos eles sabiam que esse programa sobre gripe aviária iria passar nesse horário.

— Qual é, Andrew? Como você pode... — diz Leonard.

— Cala essa merda dessa sua boca ou eu vou esmagar tua cara! — Andrew vira a cabeça, olhando ao redor da sala. — Cadê o controle remoto? Ache ele e aperte o botão do guia. Você vai ver o título do programa no menu. É a merda de um programa pré-programado! Eles sabiam que seria transmitido antes mesmo de virem para cá e torná-lo parte da narrativa deles.

Os dois braços de Eric estão envolvendo um de Andrew. O que ele está dizendo faz sentido, mas parece fazer sentido de um jeito desesperado.

— Então, Deus envia alguns terremotos, mas aí teve que esperar a gente jantar e ter uma boa noite de sono antes de conclamar a epidemia de evolução lenta que já vinha passando no noticiário durante todo o verão? Eric, todos eles estavam olhando os relógios hoje de manhã; todos eles, do mesmo jeito que Leonard fez ontem. Você se lembra deles fazendo isso? Era tão óbvio! Nem sequer estavam tentando esconder! — afirma Andrew.

— Eu olho o relógio quando fico nervoso — responde Leonard de um jeito envergonhado, como se estivesse se desculpando. — Eu raramente me dou conta de que estou fazendo isso!

— Os outros também estavam olhando o relógio! — exclama Eric. Não se lembra de vê-los fazendo isso, mas supõe que Andrew não esteja mentindo ou se equivocando. Diz isso porque ainda quer estar do lado de Andrew.

— Tenho certeza de que estavam nervosos também. E a questão é que todos nós sentimos, sentimos a hora se aproximar, sabe. E fomos informados de que a escolha de vocês tinha de ocorrer em breve. Então, nós checamos nossos relógios, como qualquer pessoa faria — rebate Leonard.

Eric está começando a acreditar em Leonard, mas essa explicação soa estranha e atrapalhada até mesmo para seus ouvidos.

— E quem ainda usa relógio de pulso, gente? Todo mundo vê a hora no telefone! Principalmente pessoas da idade de vocês. Está dizendo que vocês quatro aparecem do nada e, por acaso, estão usando relógio? Não. Vocês sabiam que estavam vindo para este chalé, que não haveria sinal de celular e que precisariam saber a hora! — acusa Andrew.

— Não é nada disso, juro...

— Escuta só esse cara, Eric. Será que não dá pra perceber que ele está mentindo? Eles sabiam que essa gripe aviária estaria passando hoje na TV, neste horário, do mesmo jeito que já tinham visto os alertas do terremoto no Alasca e do tsunami antes de aparecerem no chalé...

— Eu sei. Você tem razão. — Todas as atenções estão voltadas para Eric. Ele acredita saber o que Leonard quis dizer quando falou que *sentiu a hora se aproximar*, como se fosse uma coisa física, composta de presença e propósito. Lembra-se do vulto feito de luz e talvez aquilo tenha sido o tempo se manifestando e, ainda que não seja certo, parece mais próximo da verdade, e ele quer dizer isso a Andrew. No entanto, ele fala: — Mas aconteceu outro terremoto depois daquele no Alasca. Foi esse que matou todas aquelas pessoas. Leonard e os outros não tinham ouvido falar nele antes de darem as caras. Aquele lá aconteceu ao vivo, enquanto a gente assistia. — Por dentro, Eric reza para que esteja errado e que eles tenham permissão de partir.

— E?

— Foi esse que eles previram, e Adriane disse que o tinha visto acontecer na praia com a pedra gigante.

— Se ela viu alguma coisa, foi *Os Goonies*! Aquele tremor foi causado pelo primeiro, sobre o qual eles já sabiam, e deram sorte... por que diabos estamos falando disso, Eric?

— Agora, este surto de gripe aviária. E em Hong Kong, nosso cantinho especial, nossa cidade, Andrew. Lembra quando estivemos lá e a chamamos de *nossa* cidade? — A viagem à China foi a primeira de Eric fora da América do Norte. Sua ansiedade e empolgação era tamanha que ele não conseguiu dormir no avião e assistiu a cinco filmes, um após o outro, durante o voo. Nos quatro dias que passaram em Hong Kong, eles viram e fizeram o máximo que puderam, uma arrebatadora última despedida de suas vidas pregressas antes da aventura de iniciar uma nova jornada, com a chegada de Wen. — O fato de ser lá, de isso estar acontecendo lá, só pode significar alguma coisa.

— Não significa nada! Eu já te falei: faz meses que a China está lidando com esse surto. Não vou discutir isso com você. É o que ele quer. Então, vamos embora. Você e eu e... Wen. — A voz de Andrew fica embargada, sua raiva e indignação se evaporam. Os olhos se enchem de lágrimas. — Se você estiver pronto, então vamos embora. Eu não posso... a gente não pode ficar aqui.

A voz de Sabrina surge lá de baixo e se espraia pelo chalé.

— Ei, sou eu, a Sabrina. Estou subindo as escadas do porão agora, tá legal? Não vou machucar ninguém, então, por favor, não me machuquem.

Ninguém responde. Seus passos ecoam pelos degraus de madeira, um canto fúnebre lento e irregular que muda de tom e entonação à medida que ela vai se aproximando do piso principal do chalé. Está portando sua pá côncava de pontas laminadas, mas sem representar ameaça. Ela a segura mais como uma letra escarlate, um julgamento final do qual não consegue escapar.

— Fiquei um tempo lá embaixo. Escutando vocês e a TV. Então, eu sei... então, eu sei que a gente não impediu nada. — Ela olha para Andrew e Eric, e dá um passo para o lado, afastando-se das escadas do porão. Seu rosto está manchado de terra, e seu cabelo, escurecido pelo suor. Sua camisa bege é um mapa incrustado com o sangue do dia anterior. — Eu não sei como isso aconteceu, mas lamento, do fundo do coração, pela Wen. Não sei o que dizer.

— Então não diga porra nenhuma. E não se aproxime de nós! — responde Andrew.

— Beleza, tudo bem. — Sabrina se encosta na parede que separa as portas do quarto e ergue o rosto em direção à tela de correr. — Também lamento por Adriane. Mas ela não deveria ter te ameaçado. Isso não devia ter acontecido.

— Esvazie os bolsos — diz Andrew a Sabrina, e caminha em sua direção com a marreta.

— Por quê?

— Chaves. As chaves do seu carro, que deve estar estacionado em algum lugar aqui perto.

Sabrina puxa para fora os bolsos vazios. O pano branco fica estirado em seus quadris como línguas debochadas. Ela vira e passa as mãos pelos bolsos traseiros lisos.

A reportagem continua a tagarelar ao fundo com um vídeo narrado no qual aves mortas são coletadas com uma escavadeira, empilhadas e incineradas.

— Eric, dá pra você desligar isso, por favor?

Eric vai até a TV e, aproximando a cabeça latejante das imagens vívidas e fulgurantes, semicerra os olhos e desvia o olhar. Ele tateia os botões de controle do painel lateral até ouvir a comentarista parar enquanto discute os insensatos e nocivos cortes de verba mais recentes aos programas de prevenção de pandemias dos Centros de Controle de Doenças. Entretanto, Eric apenas deixa o áudio no mudo, e a transmissão do vídeo continua.

Eric é tomado por um surto de vertigem que faz tudo rodar e desaba no sofá, sentando ao lado de Wen e das moscas. Sabe que mal podem esperar para rastejar por ele também. Eric ergue o corpo de Wen e o desliza em seu colo. Ela está enrolada como um mapa antigo de um lugar perdido.

— Eric? Você está bem? A gente precisa ir agora, não acha? — indaga Andrew.

— Não dá... ainda não.

— Tem certeza? Acho que a gente realmente deveria cair fora.

— Não estou me sentindo bem... preciso de uns minutinhos. Só uns minutinhos. Depois, a gente vai. Juntos, prometo.

Ele reza para que consiga cumprir essa promessa.

As moscas deixam o corpo de Wen e se dispersam como esporas desgarradas. Eric fica aliviado com o fato de elas estarem deixando a menina, mas sua formação, como se fossem uma nuvem de tempestade dentro do chalé, é algo terrível de se ver. Elas rodopiam e pousam e rastejam pelas paredes, mesas, cadeiras, e caminham por Sabrina e Leonard, sobre suas mãos, bocas e olhos. Seu zumbido intermitente parece estar crepitando dos alto-falantes da TV muda, trazendo uma antiga mensagem de decadência e deterioração inexorável, e de derrota definitiva.

Sabrina e Leonard

— Não estou me sentindo bem... preciso de uns minutinhos. Só uns minutinhos. Depois, a gente vai. Juntos, prometo.

— Tudo bem, descanse um pouco, mas a gente precisa ir embora assim que você puder. Não podemos ficar aqui.

Andrew põe a mão no ombro de Eric e acaricia suas costas. Eric balbucia algo que eles não conseguem ouvir e se apoia no quadril de Andrew.

Leonard está abatido, um King Kong diminuído e em frangalhos após mergulhar do Empire State. Sabrina está recostada na parede como se estivesse no beiral despedaçado da face de um penhasco. Eles trocam olhares. Perguntam-se o que o outro está pensando, no que o outro acredita e o que o outro vai fazer. Perguntam-se se realmente tiveram as mesmas visões, se receberam os mesmos comandos. Questionam-se se o outro é mesmo quem disse ser. Se o outro é o que considerariam ser uma boa pessoa antes de serem convocados a este lugar. Seus olhares se cruzam de forma longa e inquisidora. Percebem que simplesmente não se conhecem. Percebem, na hora mais sombria do dia mais sombrio, que estão sós, fundamentalmente sós.

— Isso tem de acabar, Leonard — afirma Sabrina.

— Mas não acabou.

— Eu sei, eu sei. Mas o que aconteceu aqui deveria bastar. Por que não basta?

— Ela não queria...

— Não estou nem aí. Isso não está certo. Eles já perderam demais. É tão errado que sequer consigo mensurar quanto.

— Concordo, mas não compete a nós.

Andrew ordena para que calem a boca, apaticamente.

— O que você vai fazer é problema seu, mas eu vou lutar contra isso. Já lutei antes... lutei mesmo, eu juro que sim. Mas agora... chega! Pra mim, já deu. A gente devia... sei lá... ter feito mais alguma coisa pra resistir a isso. Pra rejeitar isso. Não dá pra... — diz Sabrina.

— Vai chegar a um ponto em que você não vai mais conseguir. Você sabe disso.

Seu tom não é de gozação ou ameaça. Ele está lamentando.

— Por que a gente? Por que estamos sendo levados a fazer isso, Leonard? Por que isso está acontecendo? Isso é uma merda do mal, algo bárbaro e vil. E nós fazemos parte disso, de tudo isso.

— Não sei, Sabrina. Não sei mesmo. Eu não entendo e nós não devemos entender.

— Isso é papo furado.

— Estamos tentando salvar bilhões de vidas. O sofrimento de poucos por...

— Ainda assim, não está certo. Tudo é caprichoso e cruel. Que tipo de deus ou universo, ou sei lá o quê, deseja isso, exige isso?

Leonard suspira e não responde. Ele encara Sabrina e pisca os olhos.

— Não, não. Você tem de responder. A minha resposta eu sei qual é. Eu quero saber a sua. Quero ouvir o que Leonard... — Ela para e ri. — Eu ia dizer seu sobrenome, mas não sei qual é. Isso não é doentio?

— É... — responde ele.
— Tô pouco me lixando pro seu sobrenome! Quero a sua resposta. Fala. Que tipo de deus está fazendo tudo isso acontecer?
— Este que nós temos.

Eles se entreolham novamente. Leonard está deformado, grotesco, um monstro inacabado. Sabrina está na beira corroída de uma corrente de lava, e o ar que respira é tóxico. Eles se perguntam se um, ou os dois, ou nenhum dos dois, é louco e se isso tem lá alguma importância. Perguntam-se se o outro sempre foi tão fraco quanto é agora. Mais uma vez, seus olhares se cruzam demoradamente. Olhares reservados a observadores desventurados nos momentos que antecedem a calamidade inevitável e inescapável, seja ela um desastre natural, seja o fracasso violento da humanidade; olhares de melancolia resignada e pavor, de olhos arregalados diante de uma verdade revelada, horrenda e sagrada. E eles percebem, mais uma vez, na hora mais sombria do dia mais sombrio, que continuam sós, fundamentalmente sós.

Sabrina assente, deixa cair o bastão, que fica no chão como uma linha divisória.

— Eu nunca acreditei no inferno. Mas isso aqui é um maldito inferno.

Andrew

Está claro que a concussão deixou mais sequelas do que Andrew, a princípio, pensou que deixaria. Ele não tem condição alguma de proporcionar a Eric o descanso necessário para que consiga percorrer qualquer distância a pé, mesmo que seja apenas até o carro dos outros, presumivelmente estacionado em algum lugar ali perto. Será melhor deixar Eric aqui e buscar ajuda sozinho? Não, isso está fora de cogitação. Ele nunca mais deixará Eric ou Wen sozinhos novamente.

Andrew olha para o corpo de Wen coberto com o lençol e ainda consegue sentir Leonard apertando suas mãos, seu dedo se dobrando, apertando o gatilho, o engate e o clique, o coice da arma. Ele não sabia em que direção a bala tinha ido e, então, Eric gritou e rastejou até Wen. Ela estava deitada de costas, em cima dos joelhos e das pernas dobradas. Ao ver seu rosto estilhaçado, Andrew caiu no chão, ao lado do marido. Seus olhos foram inundados pelas lágrimas que ele não enxugou nem tentou segurar para, dessa forma, manter a vista distorcida, refratada, como se estivesse olhando para cima do fundo de um poço. Após alguns segundos nebulosos, Eric estava desmaiado sobre a porta, e Andrew estava sozinho, frente a frente com um Leonard amarrado e, ainda que a arma estivesse descarregada, seu dedo puxava o gatilho. Ele acabou enfiando a arma no bolso traseiro e então checou os bolsos vazios de Leonard, à procura das chaves. Também verificou os de Adriane. Puxou seu corpo até o deque porque não sabia o que mais podia fazer. Estava prestes a verificar os bolsos de O'Bannon, mas não quis deixar Eric sozinho dentro do chalé enquanto estivesse inconsciente, tampouco deixar Wen deitada no chão. Foi para o quarto deles e juntou os lençóis de flanela. Enquanto envolvia cuidadosamente seu corpo, tudo voltou a ficar turvo, e ele disse o nome dela. Levantou-a do chão, sentou com a filha no sofá, e disse o nome dela. Andrew não sabia o que mais poderia dizer. Encostou a testa na dela, suavemente beijou seu nariz através do lençol e sussurrou um pedido de desculpas. Ele queria dizer que o disparo da arma fora acidental, que ele não tinha culpa, mas não conseguiu. Em vez disso, repetiu seu nome sem parar, como se temesse que ela jamais voltasse a ouvir alguém chamá-lo. Disse seu nome como um juramento solene de tirá-la daquele lugar e levá-la para casa.

Sabrina solta o bastão. A lâmina torcida da pá ressoa ao cair no chão, despertando Andrew de sua amnésia paralisante.

— Eu nunca acreditei no inferno. Mas isso aqui é um maldito inferno — diz ela.

— Ainda há uma chance. Eles ainda têm escolha. Podem escolher salvar a todos — responde Leonard.

— Você quer dizer, todos os outros, né? — diz Sabrina.

Andrew se imagina batendo em Leonard com a marreta até transformar sua cabeça na cera gasta e grumosa de uma vela usada. O enorme buraco da tristeza e da raiva exige ser preenchido com esse ato. Agora, Sabrina está desarmada e, caso ela tente intervir para proteger Leonard, ele pode liquidá-la também.

— Sabrina? — chama Leonard.

— O quê?

— Será que você poderia colocar a máscara branca em mim depois? Acho que não sairei vivo desta cadeira.

Andrew se imagina espancando tanto Leonard como Sabrina e, depois, sentando no sofá com Eric e Wen. Ele e Eric vão segurá-la no colo e esperar em paz durante todo o tempo que Eric precisar, até que ele esteja pronto para partir.

Sabrina ignora o pedido de Leonard, atravessa a sala lentamente, para na frente de Andrew e diz:

— Você nunca perguntou por que matamos Redmond.

Andrew tira a mão das costas de Eric e volta a segurar a arma.

— Andrew, não — interfere Eric.

— Está se referindo ao seu amigo O'Bannon? É dele que você está falando? — questiona Andrew.

— Ele nunca foi meu amigo. Eu nunca confiei nele, mas... mas não posso negar que vim aqui com ele, eu sei. Jamais conseguirei explicar, ou até acreditar...

— Ah, eu consigo muito bem! — retruca Andrew.

Sabrina faz que sim com a cabeça.

— A gente não foi sincero em relação ao nosso papel nisso aqui. Quero dizer, além de apresentar a escolha a vocês. Você já descobriu qual é?

— Afaste-se agora ou eu vou partir pra cima! Pegue uma cadeira e fique sentada!

Andrew dera aulas de literatura apocalíptica em um curso que intitulou *É assim que o mundo acaba*. Algumas vezes, o curso incluía uma análise literária do Livro do Apocalipse, da Bíblia, e dos Quatro Cavaleiros montados em seus cavalos vermelho, negro, branco e baio. Ao longo dos anos, a grade curricular do curso evoluiu, mas um dos principais debates e discussões que ele tem com os alunos permanece o mesmo. Sejam eles sombrios ou catastróficos, os cenários do fim do mundo nos atraem porque encontramos sentido no fim. Além da ideia óbvia e já bastante discutida de que nosso narcisismo é saciado quando imaginamos que nós, entre todos os bilhões que perecem, talvez consigamos sobreviver, Andrew argumentou que testemunhar o começo do fim e perecer junto com tudo e todos é algo inegavelmente sedutor. Ele maliciosamente disse a uma turma, fazendo muitos alunos franzirem o cenho: "No cerne do êxtase e do pavor do fim do mundo, está a semente de todas as religiões organizadas". É claro que Andrew já tinha sacado o jogo apocalíptico semicristão dos quatro estranhos, mas não quer que Sabrina explique e faça conexões religiosas na frente de Eric — para Andrew, sua fé católica é tão amável quanto confusa e misteriosa — enquanto a mente dele estiver aturdida e vulnerável.

Sabrina não se mexe.

— Vou sentar e fazer tudo o que você me pedir, só me deixe explicar, me deixe explicar isso antes.

— Afaste-se agora, merda!

— Já que Andrew e eu não escolhemos fazer o sacrifício, então vocês quatro tiveram de fazê-lo — interrompe Eric.

— Não fale assim.

Enquanto Andrew se agacha para olhar nos olhos de Eric, seu joelho direito cede. A fraqueza e o deslocamento do joelho inchado em relação ao resto de sua perna o deixam tonto e febril. Ele não sabe se conseguirá percorrer qualquer distância com o joelho nesse estado. E se eles não conseguirem arrancar de Sabrina e Leonard as chaves do carro? Será que ele e Eric devem assumir o risco de caminhar pela estrada, encontrar o carro e esperar que tenham escondido a chave em algum lugar? O pai de Andrew costumava esconder uma chave extra na cava da roda no lado do motorista. Talvez eles tomem a direção contrária na estrada, bosque adentro, até o chalé mais próximo, a alguns quilômetros de distância, e o invadam, rezando para que haja um telefone ali.

Tudo em Andrew grita para sair daquele lugar de morte e loucura e, depois, tomar uma decisão. Ele se encosta no bastão e fica chamando Eric até que ele o olhe de volta.

— Escute. Eu te amo, e gente precisa ir agora. Tudo bem? Eu sei que você consegue.

— Também te amo. Mas eu não...

— Podemos fazer algumas pausas e descansar quando estivermos na estrada, quantas vezes forem necessárias. A gente vai conseguir.

Andrew fica de pé, enfia um braço debaixo do de Eric e o puxa para que se levante.

Eric não fica de pé. Ele continua sentado com Wen.

— Ainda não. Só mais um minuto, por favor.

— Ele está certo, Andrew. Como vocês não escolheram, fomos obrigados a matar Redmond — explica Sabrina.
— Não quero mais saber de merda nenhuma disso! — grita Andrew.
Sabrina ergue quatro dedos.
— Depois que ele morreu, vieram o terremoto e o tsunami. — Ela dobra o dedo mindinho, mostrando o número três. — Adriane morre e, então, a gripe aviária se espalha. — Ela dobra outro dedo em sua palma. Dois dedos estão erguidos, como um debochado sinal de paz. — Só restam dois de nós. Se vocês não escolherem fazer o sacrifício, então Leonard e eu seremos os sacrifícios. Cada vez que um de nós morre — ela dobra outro dedo —, outra calamidade...
— O céu vai desabar e se estilhaçar em pedaços, como vidro — completa Eric, como se estivesse participando de uma oração de chamado e resposta.
— ... e o apocalipse está um passo mais perto. E se vocês não escolherem e o último de nós morrer... — O punho dela engole o último dedo.
— A escuridão derradeira. Foi o que Leonard disse — completa Eric novamente.
— ... e então será o fim de tudo. Quando o último de nós estiver morto, vocês não terão mais chances de impedir o apocalipse.
Andrew cambaleia pela sala e vai até Sabrina.
— Eu te disse pra parar de falar!
— Antes de nós chegarmos aqui, Leonard e eu queríamos contar toda a verdade a vocês, contar tudo o que sabíamos assim que entrássemos neste chalé. Redmond e Adriane nos convenceram a desistir. Sabíamos que vocês jamais acreditariam e, olhe, não somos burros nem loucos... Como eu queria que a gente fosse louco...
— Você não é louca — afirma Leonard.
— Acho que nós dois somos agora — diz Sabrina sem dar mais explicações. — Andrew, você não ia acreditar na gente, na razão de estarmos aqui, na escolha e nas consequências, principalmente quando nós a apresentamos a você pela primeira vez, e talvez nunca acreditasse. Então, não podíamos correr o risco de dizer que mataríamos uns aos outros, um a um, se vocês escolhessem não fazer um sacrifício. Tínhamos medo de que você quisesse pagar para ver, assistisse a essa matança e, então, o mundo acabaria.

— Pegue uma cadeira, coloque-a contra a parede e sente! — ordena Andrew.

— Se qualquer partezinha do mundo foi feita pra ser assim, talvez ele deva mesmo acabar. — Sabrina assente como se tivesse tomado uma decisão ou feito um pacto. Ela encara Leonard e aponta para a televisão. — Você sabia que este programa sobre gripe aviária ia passar?

A repentina mudança de assunto pega Leonard de surpresa.

— Como é? S-sim. Quero dizer, não. Quero dizer, eu não sabia que haveria um programa assim, ou que tipo de, hã, epidemia, se espalharia, ou até mesmo onde, mas eu sabia que haveria algum tipo de doença mortal.

— Como você sabia?

— Sabrina, por que você...?

— Antes de a gente vir para cá, você disse que a epidemia aconteceria por volta das nove horas se eles não tomassem uma decisão logo no início da manhã do segundo dia. Adriane e eu tínhamos um vago pressentimento de que haveria uma calamidade causada por uma epidemia após o tsunami, mas não a hora exata. Foi você quem nos disse a hora.

— Não sei o que dizer. Eu simplesmente sabia a hora em que ia acontecer, como se já estivesse na minha cabeça desde sempre, esperando que eu a encontrasse.

— Você não verificou a programação da televisão antes de a gente se reunir com você?

— É claro que não.

Andrew não sabe o que Sabrina está fazendo, por que está interrogando Leonard sobre o programa e a hora, por que ela aparentemente começou a defender o ponto de vista de Andrew.

— Redmond disse que também sabia a hora. Ele te contou primeiro?

— Não, eu sabia a hora antes de ele e eu... ou qualquer um de nós... falarmos sobre o assunto.

— Tem certeza?

Leonard suspira.

— Sim. Tenho.

— Então, ele só sabia a hora porque você contou?

— Não faço a menor ideia do que ele sabia ou ficou sabendo. Por que essas perguntas agora? Você não pode duvidar do que está acontecendo...

— Eu realmente não quero mais saber — interfere Andrew. — Vocês terão tempo de sobra pra descobrir assim que a gente der o fora daqui. Pegue aquela cadeira e sente, Sabrina, ou eu serei obrigado a machucar os dois. Fiquem sabendo que eu não vou pensar duas vezes.

— Eu vou ajudar você e Eric a saírem daqui, se me permitirem.

Sabrina

Digo a vocês, Andrew e Eric, que nós quatro escondemos as chaves da caminhonete do Redmond, a gente as enterrou a alguns passos da estrada de terra. Ou talvez eu deva dizer "O'Bannon", em vez de Redmond, pois, ainda que Andrew esteja equivocado, agora acredito que este é seu nome verdadeiro. Redmond era terrível mesmo quando o encontrei pela primeira vez, no fórum on-line. Ele fazia piadinhas postando fotos de pintos e perguntava o que eu e Adriane estávamos usando enquanto compartilhávamos os sonhos, pesadelos, mensagens e visões que todo mundo estava tendo, e o que isso estava causando em nossas vidas. Mas, apesar disso, saber que outras pessoas estavam vivenciando a mesma coisa me deixou aliviada. Sim, é claro que nossas visões coletivas eram aterrorizantes, porém, por mais que eu estivesse assustada, encontrar os outros significou que eu não estava só, e que eu não estava tendo uma espécie de surto psicótico e poderia parar de ficar me analisando e me diagnosticando obsessivamente.

Na primeira noite juntos no fórum on-line, ainda não sabíamos o que as mensagens significavam ou que tínhamos uma missão a cumprir. Eu esperava que fôssemos como profetas ou algo assim. Alertar as pessoas, sabe? Alertá-las sobre o que poderia acontecer se não parássemos de fazer todas as cagadas que estávamos fazendo uns com os outros e com o meio ambiente. Contei aos outros como tudo isso começou, quando ouvi sussurros algumas noites antes, enquanto eu estava na fila da In-N-Out Burger. O hambúrguer era minha recompensa por um longo dia de estudos para o exame de admissão; eu planejava tentar uma vaga em programas de mestrado em enfermagem clínica no sistema da Universidade do Estado da Califórnia. Então, no começo, eu achava que algum maluco estava sussurrando no meu ouvido. E eu não estava apenas ouvindo o sussurro; sentia o ar da expiração balançando meu cabelo e tocando minha orelha. Eu me virei, mas não havia ninguém atrás de mim. Devo ter parecido uma lunática por ter virado daquele jeito. Tentei deixar para lá, achando que era coisa da minha cabeça agitada que não estava conseguindo sair do modo de estudo, e passei a mão nos ouvidos como se houvesse uma mosca ou mosquito dando voos rasantes bombásticos próximo de mim. Quase fiz meu pedido aos berros para a garota confusa atrás do balcão.

Os sussurros continuaram e eu achei que talvez fosse o ar-condicionado barulhento que estava funcionando em uma frequência estranha, então, em vez de comer no restaurante como eu havia planejando, catei tudo da bandeja e corri pro meu carro. Estava exausta e, agora, extremamente angustiada e a voz continuava comigo. Não estava na minha cabeça. Era como se alguém estivesse falando pelo minúsculo alto-falante de um celular e o aparelho não estivesse em contato com a minha orelha, mas enfiado no bolso dos meus jeans, ou perdido em minha bolsa, ou caído debaixo do banco do passageiro. Acreditem, já pensei muito, e por bastante tempo, sobre isso e sei que é o tipo de coisa que diria uma pessoa louca que não sabe que está enlouquecendo, mas aquela vozinha não estava na minha cabeça. Ela existia independente de mim e vinha de algum lugar dentro do carro.

Voltei para casa ouvindo a KRock no volume máximo. Gritei e cantei músicas cujas letras eu desconhecia. Estacionei e subi correndo para meu pequeno flat no segundo andar, procurando as chaves do carro na frente da porta, como naqueles momentos nos filmes de terror, antes de a lâmina da faca brilhar atrás da vítima, e então, já dentro de casa, deixei a comida sobre a mesa da cozinha, que estava coberta de papéis e da apostila preparatória para o exame. O apartamento estava silencioso, à exceção do barulhinho do ar-condicionado central e dos passos abafados que vinham do andar de cima. Nenhuma voz, nenhum sussurro, mas meu apartamento parecia estranho, como se tivesse sido organizado para ficar do jeito que eu o teria deixado, só que havia diferenças imperceptíveis. Algo estava errado, ou logo ficaria errado, e tudo o que eu podia fazer era esperar que o erro aparecesse.

Quanto mais eu escutava, filtrando aqueles sons de fundo habituais que eu geralmente ignorava, percebia um ruído agudo, do tipo que fica nos ouvidos após um show de música muito alta, mas ele não estava vindo de dentro da minha cabeça ou dos ouvidos. A forma como ressoava me indicava sua distância, que era grande, impossível. O ruído diminuiu, como o zumbido das hélices de um ventilador que vão girando mais lentamente, e concentrado em palavras que estavam em minha própria voz, mas uma voz que eu nunca usei. Sentei e escutei. Acabei nem comendo aquele hambúrguer idiota, adormeci na mesa e sonhei. Aqueles sonhos da primeira noite são como um baralho velho, as cores estão desbotadas, os cantos dobrados e descascando, e algumas cartas estão faltando e eu não sei quais, mas são importantes, as mais importantes. Apesar disso, eu me lembro de tudo que a voz me disse. E me lembro do ato físico de escutar. Lembro-me da sensação que aquelas palavras me deram.

Digo a vocês, Andrew e Eric, que na manhã após eu ter encontrado o fórum on-line (tinha ficado acordada até as primeiras horas do dia escrevendo, lendo e relendo as postagens de todo mundo), acordei com um desejo louco de dirigir até Valencia, uma cidadezinha a trinta quilômetros de Los Angeles. Eu não ia lá desde criança e não fazia ideia do porquê sentia necessidade de visitá-la ou o que iria encontrar. Ainda estava empolgada depois de ter me conectado virtualmente com os outros, então, em vez de sufocar essa vontade, eu a alimentei. Isso pode parecer estranho, mas a ideia de largar tudo para ir até sabe-se-lá-onde era ao mesmo tempo assustadora e excitante, e também representava um alívio. Era um alívio me entregar, mesmo sabendo que esse ato de fé mudaria minha vida de maneira irreparável. Eu não queria a mudança, nem ansiava por ela, pelo menos não de modo consciente. Até a noite na In-N-Out, eu estava cem por cento focada no meu trabalho e em entrar no programa de mestrado, em detrimento de minha vida social já pífia, mas isso realmente não me importava. Eu estava feliz, ou, mesmo que não estivesse, eu estava bem, o que já era mais que suficiente. Mas, naquela manhã, mandei avisar no meu trabalho que estava doente, embora eu soubesse que a recomendação por escrito da minha supervisora, necessária às candidaturas ao curso, estavam se tornando cada vez menos radiantes a cada dia de doença que se passava, e esse já era o terceiro dia em uma semana.

Ela estava muito puta, mas eu não tive escolha. Ou eu me convenci de que não tinha escolha. De um jeito ou de outro, para esta outrora orgulhosa agnóstica de longa data, as possibilidades e implicações da aventura maluca eram intoxicantes. Por algum motivo, eu havia sido escolhida. Recebera provas de que havia algo lá fora maior do que eu, ou do que nós, algo que ia além do nosso cotidiano, e estava se comunicando comigo, me dizendo o que fazer. Vocês têm ideia de quanto é delicioso entregar-se de corpo e alma a outra coisa? Foi o que eu fiz.

Digo a vocês, Andrew e Eric, que confiem no processo, certo? Era o dito favorito do papai, aplicado a tudo, de esportes a carreira e relacionamentos, a lidar com a tristeza após a morte da mamãe, alguns anos atrás. Nossa, eu odiava esse ditado e quanto ele o dizia! Fazia aquele homem grande e forte parecer tão escorregadio, passivo e fraco, resignado à derrota. *Confie no processo* e um dar de ombros. Podia muito bem usar uma camisa que dissesse CHEGA, EU DESISTO. Eu gritei com ele na frente do oncologista, pois, assim que ouviu os detalhes do tratamento proposto e (eu sabia) desesperado, ele disse: "Confie no processo".

Como se a vida fosse uma maldita aleluia! Hoje, eu devia lhe pedir desculpas, pois já perdi a conta de quantas vezes disse *confie no processo* a mim mesma nos últimos sete dias. Meu mantra divino. Eu disse isso quando estava em casa, ignorando as mensagens de texto e de voz dos meus amigos, e do meu pai também, perguntando onde eu estava. Disse quando peguei a malha da ortopedia e fiz nossas quatro máscaras brancas seguindo as instruções de uma visão que tive, ainda sem saber o motivo de sua existência e uso. Nunca havia motivo. Disse ao comprar a passagem de avião. Disse quando encontrei Leonard, Adriane e Redmond pessoalmente pela primeira vez em um Burger King de parada pra descanso na estrada, e disse quando vi que todos estavam usando jeans e camisas de botão como eu, e Redmond brincou que nós parecíamos uma dessas bandinhas indie, e disse quando as cores diferentes das camisas fizeram sentido e me contaram tudo que eu precisava saber sobre quem cada um de nós era ou deveria ser. Disse quando verbalizamos pela primeira vez o que realmente iríamos fazer no chalé, e disse quando olhei para a caçamba da caminhonete de Redmond e vi que ele tinha feito os bastões para nós com suas pontas de metal e outro bastão acoplado com um bloco a mais de marreta, cada um deles tal como eu tinha sonhado na viagem de avião até aqui, como se eles tivessem sido tirados da minha cabeça e armazenados na caminhonete, e disse quando ele nos contou como os tinha feito sem lembrar ou saber exatamente como, e disse quando subi na cabine da caminhonete, e disse enquanto aquelas coisas horríveis sacolejavam na caçamba a cada solavanco ou curva, e disse quando estacionamos na estrada de terra, e disse quando peguei a arma feita para mim, e disse quando soubemos que podíamos usar a corda, mas não os rolos de fita adesiva, e disse quando tentei enviar uma mensagem de texto pro papai dizendo: "Confie no processo. Te amo", e então deixamos nossos telefones na caminhonete e iniciamos nossa caminhada até aqui, e disse antes de forçarmos a entrada no chalé. E continuo dizendo. Caramba, eu até disse antes de subir as escadas do porão, tipo, dez minutos atrás. *Confie no processo.* Acreditando tolamente que as coisas são como deveriam ser e que vão dar certo simplesmente por causa dessa crença, mesmo que você saiba que não.

Digo a vocês, Andrew e Eric, sobre a minha viagem de última hora a Valencia, sobre como dirigi para o norte na I-5 sem nenhum mapa ou GPS e enveredei por uma saída aleatória. Eu nem sabia o que estava procurando e dirigi pela área urbana expandida, depois entrei na Francisquito Canyon Road, que vira uma área rural em um piscar de olhos e corta colinas onduladas e florestas como um rio sinuoso. Em uma curva fechada, encostei o carro e estacionei em um pequeno terreno pedregoso separado por um divisor de concreto. Mais além do divisor, estava a antiga San Francisquito Road, que fora fechada e desviada após inúmeras erosões. A estrada fechada acompanha as ruínas da Represa de São Francisco, que desmoronou bem no meio da noite em março de 1928, lançando pedaços enormes de concreto e bilhões de litros de água pelo vale, destruindo casas e ranchos, matando mais de quatrocentas pessoas, carregando corpos até o Oceano Pacífico. Eu não sabia nada sobre a barragem até chegar em casa e pesquisar na internet. Enquanto estive lá, percorrendo o caminho das ruínas, fiquei só, seguindo com todo o cuidado a estrada fechada, que estava sendo invadida e engolida pela vegetação, o barro e a terra do entorno. Caminhei pelo vale seco, árido e tão vazio quanto a superfície lunar. O céu estava limpo e azul sobre as faces escarpadas e assombreadas dos vales, os únicos ruídos vinham de insetos, e eu tive a sensação de estar atravessando uma paisagem pós-apocalíptica. Minha empolgação inicial logo desapareceu. Independentemente do que me seria revelado, eu tinha certeza de que não conseguiria deter isso e meu único objetivo era ser uma testemunha ocular.

Digo a vocês, Andrew e Eric, que hoje eu gostaria que meu único papel fosse o de uma testemunha passiva do fim. Não tive pressa e tomei o cuidado de não andar rápido demais, para que pudesse ver e gravar tudo. E, talvez depois de meia hora, avistei uma rocha da represa na beira da estrada com uns cinco metros de altura e o formato de um cubo, invadindo a vegetação como uma tartaruga ao sol. Seu concreto farelento de cor arenosa era estriado e, da estrada, ele parecia um degrau para um gigante. Como eu disse, só fui descobrir que era uma parte da Barragem São Francisco quando cheguei em casa, então eu sabia apenas que era uma ruína feita pelo homem, uma sobra, a lápide de um passado amaldiçoado. Continuei andando e seguindo a estrada e, talvez depois de mais meia hora, parei. Fui levada a parar. Hoje, acredito que eu estava no lugar onde a barragem foi construída e espalhada ao longo do vale. Saí da estrada e caminhei até uma área coberta de entulhos, uma mistura de pedras e pequenos pedaços de concreto poroso. Fiquei parada no ponto mais baixo do vale, tão silencioso quanto o fundo do mar. Esperava, não sei, ver alguém ou algo (ainda não tenho coragem de dizer Deus, ou um deus) aparecer sobre os cumes das colinas e — isso parece loucura, eu sei — me agarrar, me levar, pois eu me sentia do tamanho de uma boneca e já não achava mais que estava só, e esse pressentimento não era bom. Depois disso, tudo escureceu.

Digo a vocês, Andrew e Eric, que eu sei que Adriane disse ter visto a rocha que aparece em *Os Goonies* e o tsunami antes que assistíssemos a tudo isso na TV. Eu nunca tive essa visão. Não vou mentir pra vocês. Essa é uma promessa que posso cumprir. Eu não sabia que tinha percorrido o caminho de uma grande enchente e não vi nada além de escuridão. Não é como se eu tivesse perdido a noção do tempo, ou algo assim, e a noite tivesse caído no vale. Não era uma escuridão noturna; não dava pra ver nada. Não havia nada. Eu era nada. Só que então ouvi gemidos e sons agudos de tensão e só conseguia imaginar que um dos morros ia explodir ou se romper lá no alto.

Houve um estrondo de algo se partindo e um zunido que vibrava baixinho, como se a própria terra estivesse dando um suspiro de derrota, e então um oceano de água veio em cascata na minha direção, passou por mim e seguiu pela paisagem que eu já não podia mais enxergar. Houve o tremor das árvores se partindo e o rangido das casas e prédios desmoronando. Houve pessoas, tantas pessoas, gritando e gritando, e a pior parte foi que os gritos cessaram de repente, e só me restou imaginar como eles deveriam continuar. No vale, escutei um apocalipse que já tinha acontecido e estava escutando o fim de todo o resto, e esse fim nunca iria cessar. A impiedosa torrente de água não cessou e persistiu muito depois dos últimos ecos de destruição e morte. Continuou pra sempre. Eu fui junto, sem sentir frio ou calor, ou nada, como um pedaço qualquer de detrito flutuando para longe. Parte de mim ainda está lá agora. Em algum momento, eu fui tirada daquele tempo sem-fim, e já não estava mais no escuro, mas de volta ao carro e era quase meio-dia. Não me lembro de ter caminhado de volta ao veículo. Confie no processo, certo?

Digo a vocês, Andrew e Eric, que há outras lacunas na minha memória. Lacunas que não estou interessada em preencher. Já falei pra vocês de como tentei não vir a New Hampshire e como simplesmente meio que voltei a mim mesma, sei lá de onde, e estava sentada dentro de um táxi, em direção ao aeroporto de Los Angeles.

Só me deixem dizer uma coisa, Andrew e Eric: eu não era eu, ou eu não estava totalmente lá quando nós três matamos Redmond. Acho que foi como um transe, embora eu nunca tenha estado em um transe, então vai saber! Acho que uma parte de mim, a melhor parte, aquela que importa, foi enviada de volta ao nada, flutuando no interminável fim daquele vale, mas o suficiente de mim foi deixado para trás aqui, para ver Redmond sorrindo por debaixo do rosto mascarado, sentir o cabo de madeira vibrar na minha mão enquanto eu destroçava sua cabeça e ouvir o som que isso produzia. Eu não estava presente em todos os momentos. Não sei dizer quantas vezes bati nele. Não sei dizer quem de nós deu o golpe final, o golpe que o matou. Digo a você, Andrew, que já não consigo mais lembrar os detalhes da nossa briga no SUV. É como tentar puxar da memória alguma coisa da primeira infância. Há apenas traços muito vagos e esparsos de *isso aconteceu e eu estava lá*.

Eric me pergunta se eu já vi alguma outra pessoa aqui ou lá (ele não especifica onde fica *lá*) e murmura algo sobre um vulto e uma luz. Andrew se mete na conversa, quase gritando, dizendo a Eric que pare de falar comigo, e pergunta a ele se já está pronto para ir embora. Eric não olha para Andrew, só para mim. Tento não ficar olhando para sua filha, embrulhada em um lençol em seu colo. Só agora me ocorre que estou sendo uma péssima enfermeira por não insistir em dar uma olhada em Wen por baixo dos lençóis, e verificar se ela realmente não tem mais salvação.

Digo a você, Eric, que nunca vi uma figura como a que você descreveu, mas isso não significa que ela não exista.

Eric responde que, pouco antes de Redmond ser assassinado, ele sentiu uma presença na sala conosco. Era tipo quando você coloca um ovo em uma panela com água e a água sobe, é deslocada. Ele diz que foi assim.

Não gosto do que ele está dizendo, muito menos de seu aspecto. Está com aquele olhar de "as-luzes-estão-acesas-mas-não-tem-ninguém-em--casa". Pergunto-me se também estava desse jeito enquanto relatava minhas experiências e já não consigo mais lembrar do quanto contei a eles em voz alta, ou apenas em pensamento.

Eric explica que pôde sentir o espaço na sala ser deslocado. Ele diz ter visto alguma coisa aparecer, unir-se ao círculo em torno de Redmond antes de começarmos a espancá-lo. Conta que tentou se convencer de que não passava de um clarão de luz vindo do deque, ou de uma alucinação causada pela concussão e pelo estresse, um clarão que olhou para ele, que o acompanhou. Eric enuncia "acompanhou". Ele disse que não voltou a ver o vulto, mas o sentiu por perto. Estava aqui em algum lugar depois que Adriane e Wen morreram, e Eric diz que fechou a porta da frente do chalé para deixá-lo do lado de fora.

Eu te pergunto, Eric, ele está aqui agora?

Ele responde que não, mas acha que em breve estará.

Andrew atravessa a sala em minha direção. Está chorando, gritando e me pedindo para que pare de falar com Eric, que pare de encher sua cabeça com mentiras e disparates. Diz a Eric que ele está machucado, e o que quer que tenha visto foi uma alucinação e que ele não está pensando direito.

Digo a você, Andrew, que lamento, que não estou tentando convencer Eric de nada e que quero ajudar vocês dois a sair do chalé. É tudo que quero fazer agora. É a única missão que me resta na vida: ajudar vocês dois a sair daqui, e vivos.

Leonard diz que, em breve, eles precisarão tomar a decisão mais uma vez. Sua voz é um toque de alvorada, e a nova parte de mim que não é de fato minha se agita e, antes que eu consiga evitar a confirmação, respondo que sim.

Andrew ignora Leonard, fala para eu sentar em uma cadeira e que, se eu disser mais uma palavra, ele vai me matar.

Eu fico onde estou. Se Andrew atirar aquela marreta na minha cara, que seja. Eu digo a você, Andrew, escute, a caminhonete de Redmond está a exatamente cinco quilômetros do chalé. Do lado da estrada de terra, mais ou menos na metade do caminho entre este chalé e a caminhonete, nós escondemos as chaves debaixo de uma pedra plana do tamanho de um frisbee. Tem cor de ardósia, está coberta pela metade de líquen verde-claro e está, talvez, a uns quatro passos da estrada, na vegetação. A pedra está na frente de uma árvore cujo tronco tem um nó do tamanho de um bócio. Não sei qual a espécie da árvore, e peço a vocês, Andrew e Eric, que me desculpem. Agora vocês podem ir tentar encontrá-la sozinhos, mas será difícil identificar a árvore sem tê-la visto antes. Então, eu vou acompanhar vocês.

Andrew diz pra eu ir me foder.

Eu digo a vocês, Andrew e Eric, que nós quatro deixamos nossos telefones e carteiras na caminhonete. Deixá-los para trás foi nossa rede de proteção. Havíamos decidido que não podíamos arriscar que vocês nos dominassem, pegassem as chaves da caminhonete e simplesmente fossem embora, deixando o mundo perecer. Agora, isso é exatamente o que vou ajudá-los a fazer. Acredito no que está acontecendo aqui, mas, ao mesmo tempo, também não.

Leonard chama meu nome como um pai desapontado e descontente, um especialista autonomeado, uma autoridade sem autoridade. Ele me manda parar de falar sobre a caminhonete e convencê-los a tomar a decisão altruísta. Ele diz que o tempo está se esgotando mais rápido agora.

Eu digo a vocês, Andrew, Eric e Leonard, que não acredito nesse tipo de deus. Paro e rio de mim mesma. Em vez de dizer *alguém ou alguma coisa*, finalmente me dignei a dizer a palavra que começa com d, não foi?

Eu digo a vocês, Andrew, Eric e Leonard, que também não acredito nesse tipo de demônio, nesse tipo de universo. Tenho certeza de que todos eles ficarão desapontados ao ouvir isso. Eu rio novamente, e me desculpem, isso não tem graça. Não tem a menor graça.

Digo a vocês, Andrew, Eric e Leonard, que já não acho nada disso certo. Quero dizer, nunca acreditei que fosse certo ou ético, mas achei que tinha de acontecer para que o mundo fosse salvo, de qualquer jeito. Não penso mais assim. Chega de confiar no processo.

Eric diz a Andrew que ele deveria me dar ouvidos. Que eles deveriam me levar com eles.

Vou dizer que, após encontrarmos a caminhonete, vou acompanhá-los até a polícia e contar tudo sobre nós quatro e o sequestro, e vou assumir todos os crimes perpetrados aqui, mesmo que eu saiba que não viverei o suficiente para falar com alguém que não esteja neste chalé. Vou dizer tudo isso e muito mais, mas Eric e Andrew começam uma discussão ferrenha e me ignoram.

Apanho o bastão aos meus pés, aquele que Redmond fez especialmente para mim, aquele cuja função jamais foi explicada, mas que era óbvia sem que fosse preciso dizer nada, e a sensação dele nas minhas mãos é tão certa, e parece errado me sentir feliz caso alguém cortasse fora minhas mãos traidoras para que eu nunca mais volte a segurá-lo. Eu retorno à escuridão do vale e estou sozinha, flutuo para longe no meio do nada, e estou sozinha no chalé e o vulto de luz, ou sei lá o que era, que você, Eric, tentou me explicar, não está em parte alguma. Não há nenhuma luz. Nunca houve. Há apenas o vazio, a ausência e o vácuo, e tudo isso explica por que o mundo é como é, e eu gritaria se pudesse. Andrew, você está implorando para que Eric pare de escutar o que eu digo, para que ele considere a possibilidade de eu estar mentindo em relação às chaves e, assim, possa emboscá-los, que deveria ser mais do que óbvio que não se pode confiar em mim. E Eric, você está pedindo a Andrew para que me deixe ajudá-los, que você acredita em mim e que vocês precisam de mim para encontrar as chaves, precisam de mim para dar o fora. Corro pela sala com pés que não sentem o chão. A lâmina encaracolada está levantada sobre a minha cabeça como um estandarte, uma bandeira, um emblema de morte, sofrimento e violência infinita. Andrew, você diz a Eric que devem ir embora agora e que não vão me levar junto com vocês. Eric, você me vê atravessar a sala correndo, mas não avisa nada a Andrew.

Abaixo o bastão com força, como se estivesse querendo partir um tronco. Meu torso se curva e minhas pernas arqueiam anatomicamente, de modo que toda a força e o peso de meu corpo estejam apoiados no golpe. O fio da lâmina desaba no alto da cabeça de Leonard com um ruído molhado e um baque espesso. Sou trazida de volta do nada, de modo que consigo sentir o impacto reverberando pelas minhas mãos e por meus braços. Leonard solta um berro, agudo e algorítmico, com o cérebro preso em um modo de sirene disparada. A lâmina da pá afundou em seu crânio e eu coloco um pé no colo dele a fim de conseguir o apoio necessário para retirá-la. Leonard convulsiona e se agita sem parar, e seus gritos são agora os guinchos desesperados e traídos de uma presa moribunda. Finalmente, consigo libertar a pá e então dou um golpe horizontal, atingindo com a lâmina curva seu rosto e seu pescoço, várias e várias vezes. No fim das contas, tudo isso sou eu. Estou brandindo essa arma e atingindo Leonard com o máximo de força possível, até que ele pare de berrar e de se mover.

Atiro o bastão para trás dele. A arma quica uma vez e desaba sobre a mesinha de canto com o abajur de cúpula amarela, que balança e cai com um estrondo no chão. Digo a vocês, Andrew e Eric, que lamento muito.

Nunca mais vou apanhar aquela arma novamente. Pelo menos isso é o que foi prometido a mim. O rosto de Leonard está completamente desfigurado. Sua camisa branca só continua branca aqui e ali. Estou atordoada, mas não o bastante para cair no chão, mas é onde estou agora, de quatro. Puxo a máscara de atadura do bolso de trás da calça dele e a enfio dentro do meu. Apanhar a máscara é algo tão inexplicável quanto instintivo. Então, vasculho embaixo da cadeira de Leonard. Encontro um dente, o reviro e atiro para longe, como se tivesse apanhado por acidente uma aranha venenosa. Pingos de sangue morno caem de Leonard sobre minha cabeça, meu pescoço e meus braços. Tusso e continuo procurando pelo chão até encontrar o controle remoto da TV.

Eu me levanto por trás de Leonard. Meus braços e minhas pernas estão trêmulos pelo excesso de esforço, como se eu tivesse terminado, pouco tempo antes, um treino exigente. O cabelo de Leonard está sujo e escurecido de sangue, e o couro cabeludo está esmagado. Meus olhos se enchem de lágrimas, mas não por ele, não exatamente. Andrew e Eric olham boquiabertos para Leonard e depois para mim. Sinto muito por seus rostos vazios, cobertos de sangue, suor e lágrimas. Sinto muito por tudo. Eric olha para mim como se eu estivesse prestes a dar uma resposta. Andrew levanta e abaixa a arma feita com uma marreta, indeciso, movendo-a como se fosse o pêndulo de um relógio.

Limpo as duas mãos no meu jeans, tomando cuidado para trocar o controle remoto de mão e não derrubá-lo. Enquanto meu braço se ergue sozinho, um braço mecânico cheio de fios e mecanismos que realizam suas tarefas em segredo, eu digo a vocês, Andrew e Eric, que preciso tirar o volume do mudo, mas que vocês não precisam escutar as notícias e também não precisam olhar para a tela. Meu polegar tira a TV do mudo sem que eu precise ficar procurando pelo botão certo no controle remoto ensanguentado.

Na tela terrível, aquela que está sempre repleta de apocalipses grandes e pequenos, notícias de última hora interrompem a reportagem sobre a gripe aviária. Na tela terrível e medonha, veem-se os destroços em chamas de um avião. A fumaça espessa é do tom mais profundo de negro, uma coluna tóxica contorcida que cresce e se expande em uma nuvem, uma massa, um tumor nos céus. Corte rápido para uma tomada aérea do local do acidente e dos destroços espalhados pelo campo gramado como confetes. Corte rápido para outro avião caído bem no meio de uma cratera em outro campo. Mais fumaça preta e, no interior de suas ondulações hipnóticas, eu sei que existe uma mensagem. Então, um corte para outro avião caído, cujos pedaços flutuam em um oceano a poucas centenas de metros da costa. A cauda do avião, intacta, rompe a superfície das águas como a barbatana de um leviatã. Chapas prateadas da fuselagem ondulam serenamente sobre as ondas azuis. Se as deixarem assim, vão afundar, e eu as imagino se tornando parte de um coral, um habitat, um novo ecossistema, mas é claro que isso não vai acontecer. A promessa não é de vida.

Eric se levanta e recua do sofá para ter uma visão melhor da televisão. Ainda está carregando Wen em seus braços. O amontoado de papel toalha grudado na parte de trás de sua cabeça pende, solto, e está prestes a cair. Ele diz o mesmo que Leonard disse na véspera: os céus cairão e se espalharão pela terra como cacos de vidro, e então a escuridão última e eterna descerá sobre a humanidade.

Quero dizer a você, Eric, que pare de repetir as palavras de Leonard. Para início de conversa, não são dele. Nós quatro as recebemos e não há como saber quem as mandou para nós. Quero dizer a você, Eric, para ignorar essas palavras e os aviões e o sangue. Quero mentir para você, Eric, e dizer que você e Andrew podem dar o fora do chalé porque vai ficar tudo bem.

Digo a vocês, Eric e Andrew, que é melhor partirmos agora. É melhor não ficarmos nem mais um segundo neste lugar. Não digo que sou a última dos quatro e que sou a próxima e que será um alívio quando acontecer. A verdade, talvez, é que o fim já estava acontecendo muito antes de chegarmos ao chalé e o que estamos vendo, o que estivemos vendo durante todo esse tempo, não são os fogos de artifício do desfecho do mundo, apenas as fagulhas finais do nosso epílogo.

O comentarista diz que já houve confirmação de sete aeronaves caídas sem aviso, sem chamados desesperados, em meio a temores e especulações crescentes de um possível ataque cibernético coordenado aos sistemas de orientação aeronáutico. A Agência de Segurança dos Transportes Americana, a TSA, ainda não fez declarações a esse respeito. Em todo o mundo, aeroportos estão cancelando voos...

Andrew ergue a marreta, abrindo um buraco no meio da tela da televisão. O buraco é tão negro quanto a fumaça emitida pelos aviões.

Este É o Fim

Capítulo 7

Andrew e Eric

Não podemos seguir em frente. Encaramos a televisão. O buraco na tela é como a portinhola de um barco naufragado. É uma boca aberta repleta de pequenos dentes afiados, assimétricos, que um dia falou de coisas e lugares inimagináveis. É uma ferida, da qual escorrerá o mais escuro ichor*. É uma visão telescópica do universo antes das estrelas, ou depois delas.

No novo silêncio do chalé, Andrew só escuta a própria respiração e o metrônomo acelerado que são os batimentos de seu coração. Imagina-se destruindo a televisão com a marreta ensanguentada até não haver mais nada e até afastar os gélidos tentáculos da dúvida.

Eric olha para a tela como se tivesse medo de olhar para qualquer outro lugar; o próprio ato de olhar é uma superstição que já falhou em nos proteger. Carrega Wen em seus braços e balança no ritmo do zumbido frenético das moscas, que ecoa do interior do buraco. Apenas um de nós escuta e enxerga as moscas, assim como apenas um de nós viu o vulto de luz.

Silenciosamente, Eric diz a Wen que não a soltará nem pedirá a Andrew que a segure até que eles deixem o chalé, embora seus braços estejam cansados. Então ele diz:

---

* Fluido eterno, presente no sangue dos deuses gregos, de acordo com a mitologia. (N. E.)

— É melhor irmos embora agora.

Estaria ele dizendo aquilo apenas porque Sabrina sugeriu que fôssemos embora? Ele fecha os olhos e vê aviões caindo como gotas de chuva em um céu enegrecido.

— Certo. Vamos — responde Andrew. — Talvez seja melhor eu carregar Wen. — Ele odeia o tom derrotado e carente de sua voz.

— Não, pode deixar. Eu consigo. Eu dou conta.

Em sua cabeça, Eric pede forças para carregar Wen até que essas forças não sejam mais necessárias. Por algumas semanas depois do seu terceiro aniversário, Wen passou por uma fase em que insistia para ser carregada em passeios intermináveis pelo condomínio só para contar o número de voltas que eles davam, como um meio de medir quanto éramos fortes. Nós dois completávamos de propósito o mesmo número de voltas, e isso frustrava imensamente Wen — ela reagia como se estivéssemos escondendo um segredo dela. De brincadeira, dizíamos que nossos braços tinham sempre o mesmo nível de força e só nos cansávamos porque ela estava crescendo, ficando maior a cada segundo enquanto a segurávamos em nossos braços falsamente trêmulos.

— Sei que você consegue — diz Andrew. — Mas, se precisar, basta dizer.

A forma do corpo de Wen está quase apagada, por causa do lençol que o cobre. Ele quer segurá-la novamente, naquele exato instante, e se pergunta se os braços dela, que ele havia posicionado com cuidado ao lado do corpo, mudaram de posição ou se dobraram, e se pergunta o que suas mãos estão fazendo, e seus pés; talvez fosse melhor desenrolá-la para ter certeza de que está mesmo tudo bem ali embaixo, e então beijar sua testa e não olhar para a metade inferior do seu rosto.

— Pode deixar — responde Eric.

Andrew está chorando.

— Está bem. Me desculpe.

Enquanto viver, Andrew vai se perguntar se Eric, em parte, o culpa pela morte de Wen, devido à sua participação involuntária na Máquina de Rube Goldberg infernal que tomou conta da vida deles, porque ele trouxe a pistola para o chalé, porque ela estava em suas mãos, porque seu dedo estava no gatilho, porque ele não conseguiu impedir que o gatilho fosse puxado.

A arma, aquela máquina fria, está guardada em seu bolso traseiro. Agora, as mãos de Andrew estão ocupadas com o cabo de madeira da maldita arma criada por O'Bannon. Ele deseja segurar Wen, e não aquilo.

— Por que está se desculpando?

Eric não sabe o que dizer a ele. Quer dizer a Andrew que o ama, mas tem medo de que isso pareça fatalista demais.

Andrew não explica e repete mais uma vez, "me desculpe". Não gosta do jeito como Eric está de pé — cambaleante, inclinando-se para um lado e depois para o outro, nem de como está falando, sem inflexão. Não gosta de como seus olhos estão inescrutáveis. É mais do que a concussão e as pupilas dilatadas e o choque daquilo tudo. Será que ele está assim porque já desistiu?

— Eu disse que podemos ir agora — repete Eric.

— Eu sei. Estamos indo.

Dizemos as palavras certas novamente, mas não nos mexemos. Ficamos ali parados. Agora que Sabrina é a única que restou dos quatro, e está desarmada, sentimos mais medo do que estamos pensando e do que o outro está pensando. Temos medo pelo outro e temos medo por nós mesmos. Como podemos seguir em frente? Com esse pensamento compartilhado, viramos as costas para a televisão e um ao outro.

Sabrina está atrás de Leonard, com uma máscara esticada entre as mãos. Ela a veste na cabeça dele, que não passa de uma massa erodida, uma pasta. A malha se encaixa naquela nova fisionomia irreconhecível e o branco imediatamente se torna vermelho. Sua cabeça escondida e deformada é grotescamente pequena, um pequeno volume no alto da cadeia montanhosa que são seus ombros largos e seu peito grande como uma pradaria, que resiste a ser confinado no interior das cordas amarradas. Seu corpo sinistro amarrado é um desenho animado de mau gosto, um exagero cômico da forma humana.

Andrew gesticula para Sabrina:

— Eu e você vamos ao deque primeiro.

— Por quê? — pergunta ela.

— Para procurar as chaves da caminhonete nos bolsos de O'Bannon.

— Não estão lá. Eu já disse que escondemos as chaves debaixo de uma pedra achatada e prometo que vou ajudar vocês a encontrá-las.

Ela olha para Eric e seu meio-sorriso se transforma em uma careta, como se ela estivesse envergonhada, com culpa por haver pedido apoio.

— Um projeto de caipira como ele jamais deixaria suas chaves para trás — retruca Andrew.

Sabrina não protesta nem discute. Ela caminha da sala para a cozinha e para o deque, e apoia as pernas uma de cada lado do corpo estirado de Adriane para tentar lidar com a porta de correr, que, teimosamente, continua a rejeitar o trilho.

— Arranca logo essa coisa e atira lá fora.

Sabrina carrega a porta até o deque e a apoia entre a mesa de piquenique e a parede do chalé. Andrew lhe diz para ficar ao lado de O'Bannon e de costas para o corrimão de madeira. Depois de ela obedecer àquelas instruções, Andrew vai se juntar a ela. O ar está úmido e quente, prestes a explodir. O vento balança as árvores, e marolas lambem a superfície do lago mais abaixo. O céu cinzento é uma mancha, um céu do *Neuromancer*, morto e anacrônico.

Eric caminha por trás de Leonard de modo a ter visão total do que está acontecendo no deque. O sol está contido, mas o cinza do céu é claro demais para ele. Ele não escuta nenhum pássaro trinar ou cantar; apenas as moscas que se reúnem sobre o cadáver de Leonard. Ele tenta abafar o zunido com preces silenciosas, súplicas e *o que vamos fazer agora*. Aviões caem dentro de sua cabeça; um deles mergulha no lago e afunda até o leito, a água não passa de uma cortina afastada de lado.

— Levante a colcha e procure nos bolsos dele — ordena Andrew.

Ele tem esperança de que as chaves estejam com O'Bannon. Se estiverem, então terá flagrado Sabrina na mentira e será mais fácil convencer Eric de que ela e os outros mentiram o tempo todo, e que toda essa insanidade de barganhar com o fim do mundo não passa, de fato, de insanidade.

Sabrina puxa a colcha da metade inferior do corpo de O'Bannon. Tosse e recua, fugindo do cheiro rançoso, fecal e nauseante que domina o deque brutalmente. Andrew inclina o corpo para trás e protege o nariz e a boca com o antebraço, um gesto tão ineficaz quanto construir uma parede de areia para conter a maré alta.

Recompondo-se, Sabrina tem o cuidado de dobrar a colcha para que o torso e a cabeça de O'Bannon permaneçam encobertos. As manchas de sangue na calça jeans dele secaram e se transformaram em uma crosta dura. De joelhos, ela enfia a mão dentro de cada bolso frontal, fazendo caretas e grunhindo, e em seguida virando-os do avesso.

— Não tem nada nas suas mãos? Você escondeu as chaves? — pergunta Andrew.

Sabrina ergue as mãos vazias.

— Olhe nos bolsos de trás. — Ele está tão desesperado para que as chaves estejam ali que se repete. — Olhe nos bolsos de trás!

— Não tem nada...

— Olhe! Agora!

Sabrina gira O'Bannon de lado e o cheiro fica impossivelmente mais intenso, mais palpável, uma coisa que rasga membrana e matéria. Os olhos de Sabrina lacrimejam e sua respiração pesada sibila por entre os dentes cerrados. Ela vira a cabeça para o lado, arfando em busca de ar fresco.

— Não tem nada neles. Não consigo mexer nesses bolsos. Você vai ter que procurar por conta própria. — Ela apoia o cadáver sobre um dos quadris.

A calça jeans azul de O'Bannon se transformou em algo escurecido, uma mistura terrível de sangue e merda. Os bolsos traseiros parecem achatados e agarrados contra o corpo, mas Andrew não tem como certificar-se de que não há uma chave solitária neles. Sabrina deixa o corpo de O'Bannon cair antes que Andrew consiga decidir se enfia ou não a mão naqueles bolsos. Ela se contorce para longe do corpo e cai de quatro, tossindo e quase vomitando.

— Talvez ele tenha guardado as chaves dentro das meias. Olhe nelas também — ordena Andrew.

— As chaves não estão aqui.

— Faça o que eu digo.

Ela dobra as barras da calça de O'Bannon pelos tornozelos grossos e cobertos de sardas. Ela suspira e diz:

— Olha só. Ele está usando essas meias de cano curto. Elas nem cobrem os se...

— Tire os sapatos. Ele pode ter guardado dentro do sapato. Tem que estar com ele em algum lugar.

Sabrina dá de ombros e diz:

— Sério?

Ela está perdendo a paciência e a atitude de "eu-só-quero-ajudar", o que agrada Andrew. É mais provável que ela caia em contradição se estiver cansada e irritada.

Sabrina desamarra os sapatos de O'Bannon e os remove dos pés gordos.

— Andrew, nós escondemos as chaves na floresta. Eu juro. Não estou mentindo. — Ela atira os sapatos pretos e pesados para Andrew. Eles caem ruidosamente, giram e param de lado. Nenhuma chave sai dali. — Vá em frente, olhe. Eu não menti para você desde que cheguei aqui. Nem uma única vez. — Ela se levanta e cobre novamente a metade inferior do cadáver.

Eric grita de dentro do chalé:

— Não acho que ela esteja mentindo, Andrew. Realmente não acho.

— Eu posso mostrar onde estão as chaves — diz Sabrina. — É possível que vocês as encontrem sem a minha ajuda, mas eu realmente acho difícil. Não estou dizendo isso pra provocar você. É apenas a verdade. Mas, após encontrá-las, vocês podem me deixar ali, no meio da estrada, amarrada em uma árvore, ou me jogar no porta-malas e me levar com vocês até a polícia, pra que me prendam. Vocês é que sabem. O que vocês quiserem. Eu juro.

O que Andrew quer é ter Wen de volta e que Eric seja seu Eric, e não esse protozumbi com lavagem cerebral. E, se isso não é possível, o que ele quer é sentar e chorar e nunca mais se mexer. Ele quer se cobrir com a colcha, aquela que costumava a pertencer a eles, que era deles. Quer amarrar Sabrina no corrimão do deque e deixá-la ali para todo o sempre. Quer saber o que de fato está acontecendo na cabeça contundida de Eric. Quer berrar e gritar com Eric por defender qualquer coisa que Sabrina diga. Quer pegar Wen de Eric; arrancá-la de suas mãos.

Andrew diz para Sabrina:

— Certo. De volta para o chalé. Seja rápida.

— Nós não vamos embora? — pergunta Eric. — Ela vai conosco? Acho que precisamos...

— Vamos todos embora! — grita Andrew.

O berro alto perfura a cabeça de Eric, e ele se retrai e fecha os olhos. Quando os abre, olha para além de Andrew, para o lago atrás dele, e um pensamento lhe ocorre: ele poderia caminhar até o lago com Wen em seus braços, caminhar até ficar coberto pela água. Poderia caminhar até que seus pés afundassem na lama e, então, construir amarras com as algas, para que nunca mais emergisse, nunca mais fosse exposto à luz. Então, tudo acabaria; ele teria feito o sacrifício e o mundo estaria salvo. Não eram essas as regras? As regras que uma parte em crescimento, em metástase, dentro dele, acreditava ser verdadeiras? Apesar das dúvidas, já se tornou mais fácil acreditar do que não acreditar. Teria sempre sido mais fácil acreditar? Seja como for, a solução do lago não parece certa, e não seria justo levar Wen consigo, arrancá-la de Andrew. Eric perambula até o sofá e se senta. Abre bem as pernas, equilibra o corpo de Wen sobre suas coxas e retira os braços de baixo dela para descansá-los. Ele precisa descansar, se quiser carregá-la durante a caminhada, sendo curta ou longa. Dessa vez as moscas pousam em seus braços, e não no corpo de Wen. Ele não as espanta.

Sabrina passa por cima do corpo de Adriane e entra no chalé. Andrew vem logo atrás. Ele entra na cozinha e pega uma faca de vinte centímetros do cepo de facas. Atira a marreta pela porta e ela cai sobre O'Bannon. Andrew comenta:

— Ótimo. — Agora que aquele pedaço de pesadelo voltou a seu criador, a cereja no topo daquela pilha de refugo, Andrew recupera as forças e consegue concentrar-se no que precisa fazer para sobreviver aos próximos minutos e, com sorte, aos minutos subsequentes a esses.

Andrew segue a passos rápidos e pesados até o meio da sala, mas desacelera quando ouve um som parecido com um soluço vindo de seu joelho direito, um aviso de seus ossos vacilantes para que ele vá mais devagar. Caminha com mais cuidado pelo chão escorregadio de sangue. Sabrina está parada com as costas apoiadas na parede da frente, e Eric está no sofá com o corpo de Wen no colo. É como se a saída até o deque não tivesse acontecido, como se ninguém tivesse saído do lugar, como se nada tivesse mudado. E, em um estalar de dedos, a energia de Andrew se dissipa e o desespero surge com a constatação de que, mesmo depois de sairmos pela porta da frente, parte de nós ficará presa no chalé, congelada naquelas posições para sempre.

Andrew diz a Sabrina, fazendo sua melhor imitação da voz de um professor sério:

— Vire-se, fique de joelhos e coloque as mãos nas costas.

Sabrina faz como ele manda. Olhando para a parede, diz:

— Você não precisa me machucar. Vou ajudar quanto eu puder.

— O que você está fazendo? — pergunta Eric.

— Eu vou amarrar as mãos dela e, então, nós vamos ao lugar onde estão as chaves.

Andrew corta as cordas usadas nas pernas de Leonard. O tamanho da faca faz com que ele se atrapalhe. Sem querer, ele acerta e perfura o corpo de Leonard duas vezes. Gotas vermelhas escorrem devagar dos furos, como a seiva de uma árvore. Ele consegue cortar quatro pedaços de corda do comprimento de um braço e os leva até Sabrina, que ainda está ajoelhada, esperando. Ele pensa em ameaçá-la para o caso de ela não obedecer, mas, em vez disso, simplesmente a avisa para não se mexer. Ele se agacha atrás dela. Seu joelho está inchado como uma bola de boliche. Os dedos e as mãos de Sabrina estão rosados, com a memória do sangue. A parte de trás de sua camisa continua branca como uma única nuvem fofa de verão.

Andrew não diz nada a ela e ela não lhe diz nada. Ele amarra as mãos e os punhos de Sabrina com o primeiro pedaço de corda, rapidamente e sem muita precisão. Isso a manterá presa por tempo suficiente para que ele possa ser mais cuidadoso no reforço. Se em qualquer momento o processo se revela desconfortável ou doloroso, não há como saber, pois Sabrina não esboça reação. Quando ele termina, as mãos e os punhos dela foram engolidos por uma amarração grossa e dupla. Ele tenta separar os antebraços dela, mas não há movimento, a corda não cede.

Eric se levanta do sofá e vai para trás de Andrew. Olha para a porta e sente tanto medo do que há lá fora como do que há ali dentro. Diz:

— Estamos fazendo a coisa certa.

Andrew se espanta porque considera ter ouvido: *Vamos fazer a coisa certa.* Ele diz para Sabrina:

— Tudo bem, você pode se levantar. Precisa de ajuda?

— Não, estou bem.

Ela ergue o joelho direito até que seu pé esteja rente ao chão e se levanta fluidamente e sem muito esforço. Vira-se e oferece um sorriso simpático do tipo "estou do seu lado", que, logo em seguida, se transforma em pena, uma transformação feia e familiar para nós dois.

— Estou pronta — diz ela.

Andrew caminha até a porta de entrada e a abre com o som de dobradiças enferrujadas.

Eric prende a respiração e reza, pedindo por luz e para que qualquer entidade que possa estar ali dentro não esteja lá fora, esperando por nós. O fato de não ter havido mais nenhuma aparição do vulto cintilante só serve para convencê-lo de que ele vai voltar. O interior do chalé clareia em alguns tons, o suficiente para lavar as cores e acrescentar mais sombras. A luz não pertence a nenhum horário, nem antes nem depois das horas douradas do amanhecer e do entardecer. Nada se move no chalé; até mesmo as moscas de Eric estão paradas.

Andrew para no vão da porta e olha para dentro do chalé, onde os restos retorcidos da televisão e os cabos sem vida pendem de um buraco denteado e cheio de estilhaços na parede mais distante, e o sangue no chão se coagula em crostas colossais. A sala foi destruída, devorada por parasitas tão ávidos que mataram seu hospedeiro.

Andrew gesticula com a faca e diz:

— Vamos.

Sabrina é a primeira a sair — e faz isso silenciosamente. Eric e Wen são os próximos, com Eric caminhando de maneira obediente e de cabeça baixa. Andrew pensa em erguer a mão e tocar o ombro de seu marido quando ele passa, mas não consegue levantar a mão a tempo. Eric já desceu as escadas e chegou ao gramado. Andrew é o último a sair e fecha a porta, impedindo que o que quer que reste dentro do chalé os acompanhe.

Está mais escuro lá fora agora do que estava dez minutos atrás e venta bastante. A cobertura de nuvens tem a cor do carvão. O chalé e os grupos de árvores em torno impedem que eles enxerguem ao longe. Pelo menos no deque podíamos ver além do lago até a floresta e as montanhas, e imaginar com mais facilidade o mundo amplo que existia mais além, mais além do que vimos na televisão. Sem a perspectiva elevada, o jardim da frente não passa do fundo de um frasco cheio de gafanhotos.

Caminhamos pela grama até a trilha de cascalhos. Nossos passos soam barulhentos e estridentes. Não nos sentimos seguros. Estamos expostos e vulneráveis, e reprimimos o desejo de correr para dentro do chalé e nos esconder do mundo.

— Esperem — diz Andrew, e para ao lado da nosso SUV. A porta do passageiro está aberta, e pedaços de vidro parecidos com dentes de tubarão se agarram teimosamente à estrutura de metal. Os pneus cortados se derreteram e se tornaram poças de borracha. O veículo se inclina, torto, um navio abandonado e afundado. — Não podemos ir de carro. Isso aí não vai a lugar algum — continua Andrew, como se tivesse de explicar ou justificar por que deixava algo que pertencia a nós para trás. Ele abre o porta-malas cuja porta sibila ao se erguer.

Aquele silvo é um grito agudo para os ouvidos de Eric e ecoa pela floresta, incitando sussurros similares, mas não iguais, como o coro zombeteiro das moscas no chalé; é um som mais profundo, o zumbido de cabos de energia. Talvez seja um erro estarem ali fora, tentando escapar, agindo como se simplesmente pudessem seguir em frente.

— O que você está fazendo? — pergunta Eric.

— Serei rápido.

Há balas, aquelas ameaças de metal reluzente, derrubadas e espalhadas pelo interior do bagageiro, que é preto como terra para plantas. Andrew corre a mão por cima da evidência de sua luta anterior com Sabrina, e os cartuchos mais parecem folhas de chá, uma premonição dos acontecimentos que se sucederam no chalé.

Retira a pistola do bolso traseiro. Estuda o cano curto de onde explodiu uma bala igual àquelas que continuam dormentes no porta-malas, uma bala que atravessou o rosto de sua filha...

— Pare — sussurra Andrew. Ele vai ter de recarregar a arma e levá-la consigo para o caso de Sabrina ou qualquer outra pessoa ter alguma outra surpresa guardada para nós. Andrew fala para o interior do carro, porém alto o suficiente para que Eric escute. — Quando isso acabar e estivermos a salvo, vou atirar esse revólver na floresta ou no lago ou, de preferência, em um buraco sem fundo.

— Vou te ajudar a encontrar um e jogaremos a arma juntos — retruca Eric.

Aquilo soa muito ansioso e sentimental, portanto parece uma mentira óbvia e deslavada. Andrew recarregando a arma, *a* arma, e em seguida a tentativa desajeitada de Eric de comiseração, esse é outro microevento no meio dos gigantescos dias de horror e maldade que nos marcarão, quer vivamos sessenta segundos ou sessenta anos, quer juntos ou separados.

Andrew coleta as balas espalhadas rapidamente, antes que mude de ideia. Não passam de coisinhas geladas em seus dedos, e ele carrega as cinco câmaras da pistola e recoloca a arma no bolso traseiro. Põe a faca no bagageiro, ao lado do cofre da arma, deixando uma oferenda para um deus violento e sanguinolento, o único tipo que existe.

Andrew olha para Eric, desesperado para dizer algo, qualquer coisa além de *a pistola está carregada, podemos ir agora*.

Eric ajusta o corpo de Wen em seus braços e caminha pela trilha da entrada na direção de Sabrina, que está parada como uma estátua.

Andrew deixa o porta-malas aberto e corre para alcançar Eric. É possível ouvir seu joelho direito estalando e rangendo, e ele se ampara quando o joelho se dobra e para de funcionar, a perna tremendo como uma mola solta.

— Merda!

Do início da trilha, ao lado de Sabrina, Eric pergunta:

— Qual é o problema?

Ela lança um olhar rápido para Eric, como se quisesse compartilhar algo somente com ele. Talvez queira lhe dizer que essa é a última oportunidade que Eric tem de salvar o mundo: melhor deixar Andrew para trás enquanto ele e Sabrina seguem pela estrada, e, no caminho, Eric poderia fazer o sacrifício, um autossacrifício, sem que Andrew precise testemunhar seu suicídio, sem que possa impedi-lo, e quando estiver terminado, então Andrew viverá. Será difícil, mas Andrew viverá. E o resto do mundo também viverá.

— Talvez fosse melhor você... — diz Eric. Ele pausa por tempo suficiente, de propósito, para que Andrew o interrompa e para ele não ter que completar a frase. *Talvez fosse melhor você ficar aqui.*

— Não se preocupe comigo. Eu estou, hã, reiniciando a perna.

Andrew se arrepende de não ter trazido uma das armas consigo, pois poderia usá-la como bengala. Caminha com mais cautela e com um mancar mais pronunciado e pausado, colocando peso na perna direita apenas quando se faz absolutamente necessário, antes de voltar a pôr o peso na esquerda. Procura por um pedaço de pau na margem da floresta, ao longo da trilha, e encontra um comprido o suficiente, mas talvez seja fino demais para suportar todo o seu peso. Mais parece um dedo artrítico e retorcido, de madeira escura, cheia de nós, salpicada com os brotos verdes e brancos do líquen. Terá de servir.

— Tudo resolvido — diz, e cambaleia.

Sabrina grita para Andrew com a voz aguda e excessivamente alegre.

— Não é tão longe. Você consegue.

E será que ele viu um sorriso malicioso e espertalhão, do tipo que diz "estamos de olho em você", que seus melhores alunos lhe dão quando ele está sendo obtuso de brincadeira durante uma discussão do grupo? Sabrina lança a Andrew um olhar que o prende, e que agora ele interpreta como *eu posso correr a qualquer momento e você não vai conseguir me pegar, e não vai atirar em mim*. Andrew acelera o passo, apoiando todo o seu peso na bengala inadequada e torta, desesperado para provar que consegue andar de forma saudável e rápida. Devia ter apanhado mais cordas e prendido uma entre ele e Sabrina. No que estava pensando? Mas agora é tarde demais. Não há como voltar para o chalé e apanhar mais. Não há mais como voltar para nada.

Dobramos à direita no fim da trilha. Está mais escuro na estrada de terra, que é mais estreita do que nos lembrávamos, grande o suficiente apenas para a passagem de um carro, e pode ser nossa imaginação, mas a estrada parece estar se estreitando à medida que avançamos. As árvores acompanham nossa procissão, querendo se aproximar, nos abraçar, nos impedir. São nosso júri, e suas deliberações sussurradas acontecem acima das copas. As copas das árvores se dobram e olham para baixo para ver melhor, ou para oferecer um último olhar antes de mostrar os polegares para baixo. Acima das árvores conspiradoras, as nuvens perderam sua individualidade, pressionadas firmemente em grossas camadas de cinzas. Está mais escuro à frente, e a estrada conduz a um ponto além daquele que podemos enxergar, um ponto que talvez nunca alcancemos.

Depois de algumas centenas de passos percorridos em silêncio, já não se pode mais avistar o pequeno chalé vermelho. Sabrina está alguns passos à frente. Ela caminha sem titubear e com uma confiança que nenhum de nós sente. Nós cambaleamos atrás, lado a lado, trocando olhares nervosos.

Eric olha para Wen e outro pensamento aterrorizante se apresenta: mais tarde (seja lá quando esse *mais tarde* será, cedo ou tarde), quando ele se recordar de como foi carregar Wen em seus braços, será que se lembrará unicamente e para sempre dessa caminhada fúnebre? Não parece que é ela que ele está carregando. Não é disso que ele quer se lembrar, e o corpo dela de repente se torna pesado como uma cruz de madeira. Eric se lembra de sua professora de catequese, a Sra. Amstutz, uma mulher de meia-idade que sempre usava vestidos azuis estampados, sapatos de couro preto com fivelas prateadas e meias-calças cor da pele que faziam suas pernas parecerem de madeira. Ela nunca sorria, e seus lábios comprimidos em desaprovação eram um entalhe permanente em seu rosto corado. A mãe de Eric não gostava muito dela. Ela nunca confessou isso abertamente, mas ele sabia, pois ela se referia à Sra. Amstutz como "sua professora", e nunca pelo nome. Certa vez, a Sra. Amstutz passou a aula inteira falando sobre como era pesada a cruz que obrigaram Jesus a carregar. Ela não estava falando metaforicamente. Pediu a cada criança na sala para fazer uma comparação de peso. As outras crianças, entusiasticamente, compararam o peso da cruz a carros, rochas, elefantes, um dos jogadores dos Pittsburgh Steelers, Jabba, o Hutt, e ao tio obeso de alguém; as crianças não levaram a pergunta nem um pouco a sério, como era a intenção dela. Quando chegou a vez de Eric, ele estava quase chorando e seu coração rufava como um tambor. Em um ambiente escolar normal, Eric parecia confiante, sereno e, segundo todos os seus professores, maduro para sua idade. Na catequese, ele era diferente. Não era a professora que o deixava incomodado e com medo. Era Deus. Deus estava observando, ouvindo, prestando atenção ao que Eric dizia, fazia e pensava. A Sra. Amstutz perguntou três vezes a Eric quanto ele achava que a cruz pesava. Ele se lembra dessa pergunta sempre que vai à igreja e vê a cruz pendurada sobre o altar e, toda vez, ele se lembra da sua resposta: o Eric de dez anos gritou que não conseguia imaginar nada mais pesado.

— Fale comigo — pede Andrew. — Como você está, Eric? Quer que eu a carregue um pouco?

Eric faz que não — não como uma resposta, mas ao momento estranho em que Andrew faz a pergunta. Ele precisa revelar a Andrew o que acredita que talvez tenha de ser feito. O *talvez* permanece dentro dele, como uma migalha de consciência em uma pessoa culpada que não se arrepende. Mas está diminuindo de intensidade.

— Sei que estou machucado — responde ele. — Contundido. Não consigo pensar direito. Mas...

— Mas o quê?

Continuamos a caminhar juntos. Nossos pés acertam o chão em ritmos distintos, deixando dois rastros separados de pegadas na terra.

— Talvez isso seja real — diz Eric. — Acho que está acontecendo.

— O quê? Me diga o que está acontecendo.

Andrew quer que Eric pare de se referir de forma oblíqua à proposta de fazerem uma escolha e à sua consequência apocalíptica. Se Eric conseguir elaborar tudo isso em detalhes e parar com aquela atitude educada e vaga do Meio-Oeste — o modo, por exemplo, como as pessoas falam sem falar sobre uma doença séria na família —, então talvez ele conseguisse perceber o quanto tudo aquilo parecia irracional. Andrew também se beneficiaria, pois a falta de lógica do discurso daqueles caras seria reforçada. Nessas horas apagadas, implausíveis, ele não está imune à dúvida.

Eric sente como se estivesse sendo obrigado a responder à pergunta da professora da catequese novamente: *quão pesada*? Ele não sabe quão pesada é a cruz. Andrew talvez saiba; Andrew deveria saber.

Eric gostaria de dizer coisas demais de uma só vez e não consegue organizar tudo. O que está acontecendo conosco é essa coisa grande e incômoda na cabeça dele, que muda de forma a cada segundo que se passa. Não há como começar do início, portanto ele diz:

— Aqueles aviões caindo, todos ao mesmo tempo. Leonard disse que eles cairiam dos céus.

— Não. Ele não disse isso.

— Sim, disse sim.

— Ele nunca falou de avião nenhum. Em algum momento ele falou a palavra *aviões*?

— Não, mas...

— Leonard disse que o céu cairia aos pedaços. Ele não falou em aviões. Como um falso vidente, ele criou uma fala genérica, uma fala culturalmente associada às histórias do fim do mundo, dizendo basicamente que o céu iria cair, fazendo com que você preenchesse as lacunas. E se nós tivéssemos ligado no noticiário e visto um arranha-céu desmoronando? Isso significaria que o céu está caindo aos pedaços, não é? Ou que tal uma monção ou uma tempestade de granizo feia? Seria possível dizer que qualquer uma dessas opções é uma interpretação mais literal de *o céu vai cair*. Ou uma morte em massa de pássaros, ou pedaços de um satélite se despedaçando, ou, sei lá, estações espaciais, o maldito Skylab 2.0 caindo na Terra... qualquer coisa. Metaforicamente, é possível aceitar praticamente qualquer coisa...

— Dá um tempo, Andrew, não é um salto metafórico muito grande de céu para aviões. Os aviões literalmente caíram do céu e em pedaços. Ele disse "pedaços".

— Francamente, e daí? — Andrew faz uma pausa e se lembra das imagens dos aviões destruídos, do medo que correu em suas veias como o vírus da raiva e de, em seguida, ceder ao impulso de destruir a televisão para que não tivesse de assistir a mais nada. Com o máximo possível de bom senso que consegue reunir, ele completa: — Aviões caem o tempo todo.

— O tempo todo? Sim, eles caem como folhas no outono. Temos de estar olhando pra cima o tempo todo e nos proteger e...

— Está bem, foi um exagero, mas só um pouco. Acidentes acontecem com frequência. É uma questão numérica: há milhares e milhares de aviões pelo mundo todo no ar a qualquer momento. Na véspera de virmos para cá, aquele teco-teco caiu em cima de uma casa em Duxbury.

— Certo, tudo bem, mas isso é diferente da queda de um avião pequeno. Aqueles eram aviões comerciais, todos caindo ao mesmo tempo. Você destruiu a televisão, mas parecia que havia mais aviões, talvez até todos os que estavam no ar, e caíram logo depois que Leonard foi morto.

— Sabe, só agora me ocorre que isso também não é verdade.

— O que não é verdade?

— Que os aviões caíram *depois* que Leonard foi morto. Pense cronologicamente: os aviões devem ter caído antes da morte dele, provavelmente uns vinte minutos antes, pelo menos.

— Do que você está falando?

— Se os aviões estivessem caindo no exato instante da morte de Leonard, o noticiário não teria tido tempo suficiente para conseguir as imagens exibidas.

— Hoje em dia, as imagens são praticamente instantâneas. Todo mundo tem uma câmera.

— Eles não estavam exibindo vídeos de celular, certamente não a da vista aérea do acidente, nem especialmente aquela do avião no mar. Esses acidentes aconteceram antes de Sabrina matar Leonard.

— Pode ser, mas isso não é importante. Quero dizer, você está se apegando ao horário?

— O horário é muito importante, não acha?

— Sim, claro, porque tudo o que Leonard disse que iria acontecer, aconteceu, e aconteceu cada vez que um deles foi morto. Você realmente acha que tudo o que vimos, tudo o que passamos, foi uma coincidência?

— Sim, acho — responde Andrew, mais como uma afirmação para si mesmo. — Eles sabiam do terremoto no Alasca antes de virem para o chalé, e daí, sim, o segundo terremoto e o tsunami foram coincidências. Mas eles sabiam que a reportagem filmada e pré-programada sobre a gripe aviária passaria no dia seguinte e sincronizaram seus relógios, e então...

— E então todos aqueles aviões, por coincidência, caíram exatamente no instante em que o Leonard morreu.

— Eles não caíram quando...

— Andrew!

— Sim, está bem, foi uma coincidência, mas não há nada de estranho nisso. Talvez os aviões também tenham sido uma parte programada da história deles. É possível que eles soubessem de relatórios, avisos governamentais sobre terrorismo ou... como era mesmo? Ataques cibernéticos aos aviões, e nós não estávamos sabendo de nada porque estamos aqui e não tínhamos ligado a televisão nem nos conectado à internet por dias a fio. Mesmo que não seja esse o caso, tudo o que eles tinham que fazer era nos obrigar a assistir a um canal que mostra só notícias ruins o tempo todo. Basta ligar a televisão que, dentro de alguns minutos, você é bombardeado com notícias de última hora sobre guerras, homens-bomba, atiradores em massa, acidentes de trem, de avião, de carro...

— Não funciona assim. Eles não teriam tanta sorte com as adivinhações e com a estratégia de ligar a televisão e aguardar até aparecer algo aleatório que combinasse com elas. Não desse jeito.

— Pense no estresse psicológico e no estado em que nos colocaram. Eles arrombam a casa, nos aterrorizam, nos amarram, e você machuca gravemente a cabeça. Então, eles nos contam todas essas maluquices pseudo-cristã-bíblicas sobre o fim do mundo, sabendo que, a qualquer momento, poderiam ligar a televisão porque, em nossos cérebros fritos e atordoados, alguma coisa muito provavelmente faria sentido.

— Então eu acredito neles porque sou católico, é isso? É tão injusto e...

— Não, Eric, não, não estou dizendo isso, não quero que você se sinta mal, estou apenas tentando...

— E não são maluquices... cidades inundadas, praga, o céu caindo aos pedaços. Tudo isso já aconteceu. Eu sei que você quer que eu perceba como tudo isso parece absurdo, mas você deveria escutar o que está dizendo. Está se retorcendo todo para racionalizar o impossível.

— Aí é que está. Estou dizendo que não é... — Andrew se interrompe e recomeça. — Eric, vou ser curto e grosso: você acha que um de nós tem que ser morto pelo outro para que o mundo não acabe?

— Por que aqueles quatro inventariam tudo isso e nos fariam passar por isso?

— Você não respondeu à minha...

— Responda à minha.

— Pelo amor de Deus, Eric, a porra do cara que cometeu um crime de ódio contra mim invadiu o nosso chalé! O'Bannon e os outros vieram aqui com um plano para aterrorizar os gayzinhos. Está aí o motivo.

— Se é que era ele mesmo.

— Eric...

— Eu sei, sinto muito, mas não tenho tanta certeza assim que seja o mesmo cara. Ele... ele parece diferente pra mim. Mas, mesmo que seja ele, é razão suficiente? Quero dizer, por que inventar todo o resto? Se a questão era a gente, eles não se matariam, né?

— Eles são cultistas. É isso o que são. Cultistas do juízo final, homofóbicos. Extraem significado, identidade e propósito da crença de que o fim está próximo. Não apenas isso: esses soldados devotos do deus deles acreditam que têm o poder de impedir o apocalipse se conseguirem fazer com que os gays ataquem a si mesmos. Se isso falhar, então eles mesmos começam o fim do mundo. Estão perdidos e iludidos, e tudo o que fizeram e fazem serve para preservar a ilusão deles, mantê-la viva. Pense nisso. Não há como eles saírem perdendo, desde que se mantenham presos à sua ilusão. Se um de nós matar o outro e o mundo não acabar — porque não vai acabar, não agora, pelo menos —, então eles estavam certos, não é? E se todos se matarem, não importa se o apocalipse vai acontecer ou não, porque eles não estarão aqui para ver o mundo seguir adiante sem eles.

— Eu sei, mas... isso faz sentido, parece verdadeiro. Mas não é. Talvez tudo o que vimos, e se Redmond de fato for O'Bannon, seja prova de que Deus está realmente testando...

— Você vai responder à minha pergunta?

— Qual pergunta?

— A pergunta à qual você não respondeu. Você acha que um de nós tem que matar o outro para evitar...?

— Ainda não.

Andrew não tem certeza do que Eric quer dizer com tudo aquilo. Será que o "ainda não" significa que ele não está pronto para responder à pergunta, ou significa que nós temos de fazer o sacrifício, só que não agora, *ainda não*?

Finalmente fazemos uma pausa. Nossa conversa rápida, uma pergunta atrás da outra, nos deixa com a respiração pesada e tão assustados quanto coelhos em um campo aberto. Mentalmente, repetimos tudo o que dissemos e o que não dissemos. Não olhamos um para o outro. Sabrina permanece silenciosa, alguns passos à nossa frente, arrastando-se de cabeça baixa. Mantemos o olhar na estrada repleta de sulcos, esburacada e com pedras soltas, e cercada por uma floresta que um dia a tomará. Não mais conseguimos imaginar o fim da estrada. Nossos olhos se desviam para o alto, tentando escapar.

Andrew vê nuvens de chuva ameaçadoras e escuras. Ele consegue sentir no nariz e na garganta a chuva que se aproxima. Seus ouvidos estalam com a queda da temperatura e da pressão atmosférica. O ronco baixo do trovão se anuncia a distância.

Eric vê um céu estranho, mais roxo do que preto, como um hematoma. A cor muda conforme ele observa; o céu se torna mais cinzento que roxo, e então mais preto do que cinza, depois outra mudança para um tom mais roxo do que os dois anteriores, então uma cor que ele nunca viu antes e só pode descrever como mais roxa do que o próprio roxo. O céu está muito baixo e mais parece um teto pintado. O trovão que atravessa o vale não é um trovão; é o som do céu em avalanche. A cabeça de Eric lateja, emitindo ondas quentes e cortantes para o fundo de seus olhos crédulos.

Caminhamos, observamos e aguardamos que Sabrina nos diga que chegamos ao local onde eles esconderam as chaves da caminhonete. A chuva cai hesitante. Ouvimos o tamborilar dos pingos d'água nas folhas antes de podermos senti-los na pele.

Andrew pigarreia e diz:

— Eric. — Ele pigarreia novamente, mais alto e demorado. — E Wen?

— Sua voz vacila e se derrama sobre as rochas de seu nome.

— Como assim?

— Além de tudo isso, eles esperam que acreditemos que a morte de Wen não é...

— Não! Não! — grita Sabrina, e sai correndo, desajeitadamente.

Seu torso se retorcendo na corrida é uma compensação ruim para correr com os braços soltos.

Andrew berra para que ela pare onde está. Retira a pistola do bolso com a mão esquerda e a segura em frente ao corpo, o mais distante de si que consegue. Ela não para nem reduz a velocidade. Ele não atira, e sai mancando na direção dela.

Os gritos e grunhidos de Sabrina e Andrew, e o ruído estridente de seus passos pesados, são um prelúdio do fim, seus movimentos descoordenados assemelhando-se a um balé assimétrico para aquele caos atonal. Eric não corre nem apressa o passo para ir atrás deles. Ele se sente um idiota, um idiota indefeso e sem esperança por ter acreditado em algum momento que poderíamos sobreviver.

A corda amarrada ao redor das mãos e dos punhos de Sabrina não cede, não se desfaz, não se solta, não se torna um espaguete ou uma longa cauda branca. Aparentemente sem esforço algum da parte dela, o emaranhado de cordas escorrega do corpo de Sabrina completamente intacto, mantendo seu formato e caindo ao chão como uma bola de massinha, como se o ato de correr simplesmente tivesse desencadeado sua soltura.

Sabrina alterna entre dar braçadas e tapar os ouvidos com as mãos livres, gritando algo parecido com:

— Estou ajudando todos eles!

Andrew pensa em disparar um tiro de alerta no ar para evitar que ela amplie ainda mais a distância entre eles. Mas, antes que ele troque a arma e a bengala de mãos — ele nunca conseguiu atirar com a mão esquerda —, Sabrina adentra a floresta. A apenas três ou quatro passos da estrada, ela cai de joelhos em frente ao tronco largo de um pinheiro cheio de nós. Grunhindo, ela vira uma pedra chata de tamanho considerável e a afasta para a esquerda. Então, ela cava a vegetação rasteira com as mãos.

Andrew cambaleia até a beira da estrada. Eric não está muito distante e logo o alcança. Mantendo Andrew à sua esquerda, Eric sai da estrada e entra na mata. Sabrina, de perfil, chora e fala consigo mesma. Eric está próximo o suficiente para ver suas mãos cheias de terra e lama aparecendo e desaparecendo.

Andrew prende o pedaço de pau debaixo do braço e aponta a arma na direção de Sabrina.

— Que merda foi aquilo? Você devia ter nos avisado que chegamos. Você não precisava... — Ele olha para trás e vê o amontoado de corda caído na estrada. — Você poderia ter nos mostrado onde as chaves estão. O que está fazendo? Cavando? Você não falou nada sobre cavar. Eu quero que você se levante e me mostre as mãos.

Sabrina levanta e se vira em nossa direção. Em sua mão direita, está um chaveiro vermelho com as chaves do carro. Ela atira o chaveiro. As chaves voam em uma breve trajetória curva, passando por nós, e caem com um baque abafado no meio da estrada. Seu braço esquerdo está enfiado até o cotovelo em uma sacola azul-marinho, de cordão.

— O que é isso? — grita Andrew. Ele levanta a pistola, mas não consegue se obrigar a pôr o dedo no gatilho. Não quer sentir, não quer lembrar como foi quando puxou o gatilho pela última vez. Seu dedo, em vez disso, se curva em torno do guarda-mato. — Abaixe isso, Sabrina. Ei, você disse que ia nos ajudar. Lembra? Isso não é ajudar...

— A caminhonete está a uns dois quilômetros daqui, pela estrada — responde ela. — Leve as chaves. Você consegue.

O ritmo e a inflexão dela soam estranhos, como se ela estivesse lendo uma declaração que lhe apresentam sem pontuação ou formatação.

Eric gostaria que Sabrina olhasse para ele, e não para Andrew, embora ela tampouco esteja realmente olhando para Andrew; os olhos dela estão desfocados, mirando algum lugar atrás de nós. Eric precisa ver o terrível reflexo da luz nos olhos dela para ter certeza do que precisa fazer.

Sabrina afasta a sacola e a deixa cair no chão, revelando uma pistola maior que a de Andrew. O tijolo de polímero escuro que ocupa a mão dela parece ser uma Glock semiautomática. Ela diz:

— Eu não sabia que Redmond tinha deixado isso aqui. Eu juro a vocês. Só pode ter sido Redmond. Oh, meu Deus...

— Por favor, Sabrina. Abra a mão e deixe a arma cair — pede Andrew.

— Como eu não vi que ele deixou isso aqui? Eu vi quando ele escondeu as chaves embaixo da pedra e era ali que elas estavam, mas agora essa sacola está aqui também, enterrada. Não vi esta sacola e não vi a arma...

— Abaixe essa arma agora, Sabrina.

— Eu teria visto Redmond carregar a sacola até aqui. Eu caminhei ao lado dele o tempo todo pela estrada. A menos que tenha sido Leonard. Talvez Leonard tenha enterrado isso aqui antes; antes de chegarmos aqui. Quando estacionamos a caminhonete, Leonard saiu correndo na nossa frente para ser o primeiro a chegar ao chalé. Como deveria ser, certo? Como deveria ser...

O fato de a pistola estar ali faz todo o sentido para Andrew. Se tudo desse errado no chalé, os outros ainda teriam aquela arma escondida, o trunfo deles. Andrew desliza o dedo pelo guarda-mato e para cima do gatilho de sua pistola. Ele não sabe se consegue fazer aquilo. Nada daquilo.

O fato de Sabrina ter encontrado a pistola também faz todo o sentido para Eric. Como ela é a última dos quatro, essa pistola é sua chance de fazer o sacrifício final, caso não escolhamos.

A arma de Sabrina está abaixada ao lado do seu quadril, apontada para o chão. Ela enfia a mão no bolso traseiro e puxa uma máscara de gaze branca. Veste-a grosseiramente com uma das mãos. A máscara fica torta, dobrada, e cobre apenas a parte de cima de sua cabeça e de seu rosto. Em uma concessão ao ritual, sua boca e o topo do seu nariz permanecem descobertos.

A chuva cai com mais força agora, transformando o vermelho do barro em um tom marrom-escuro. O sangue na camisa da Sabrina escorre, tornando-se cor-de-rosa.

— Vocês têm a chave — diz ela. — Vão embora, por favor. Vão. Peguem o carro e sigam pra bem longe daqui, e então irão... — Ela para, a fim de se permitir chorar, com a boca aberta e silenciosamente. Pressiona as costas da mão contra a boca e então continua. — Desculpem. Eu queria ajudar vocês. Eu tentei ajudar, ajudar mais do que isso.

Andrew diz:

— Abaixe a arma e você ainda pode ajudar vindo conosco até a polícia e contando tudo o que aconteceu para eles. Precisamos que faça isso por nós.

Sabrina balança a cabeça, escondida pela metade.

— Eu quero ir, acredite em mim. Mas não posso. Não tenho permissão.

Eric se abaixa e, com reverência, pousa o corpo de Wen em uma cama de plantas semelhantes a samambaias. Ajoelha ao seu lado, e gotas de chuva pesadas escurecem a mortalha. O curativo na parte de trás da cabeça dele finalmente cede e desliza até o chão.

Sabrina ergue a pistola em um gesto preciso e controlado. Sua mão esquerda sobe automaticamente. O braço se move como se não fosse dela. Ela pressiona o cano contra a própria testa. Seu braço direito ondula e tremula, em uma mistura confusa de gestos que dizem *vão embora* e *por favor me ajudem*. Ela continua a chorar com a boca aberta, agora grande o suficiente para caber um grito.

Andrew aponta a arma para o ombro esquerdo dela e puxa o cão para trás.

— Abaixe essa arma, Sabrina! Não faça isso!

Eric se levanta rápido demais, e sua visão se enche de estrelas que se transformam em manchas de luz líquidas. Ele fecha os olhos e respira fundo três vezes. Quando os abre novamente, Sabrina se vira para ele e sussurra de maneira quase cômica, com a boca aberta:

— Você ainda tem tempo de salvar a todos, Eric. Você ainda tem uma chance. Mas tem que ser rápido. — Sabrina balança a cabeça, em uma negativa, em desacordo com o que acabou de dizer. Então fala: — Você é...

E a arma dispara. A bala atravessa sua cabeça e sai do outro lado com uma tira de sangue. Seu corpo desaba contra o abeto e aterrissa com o torso parcialmente para cima. A cabeça gira para a direita, o que permite, convenientemente, que o seu conteúdo se esvaia pelo buraco aberto nela.

— Merda! — grita Andrew, e gira para trás. Continua gritando o palavrão e se abaixa, apoiando as mãos no joelho. A chuva bate em sua cabeça e em suas costas. Com delicadeza, ele volta o cão da pistola à posição original.

Eric caminha pelo mato até o corpo de Sabrina e apanha a pistola da mão dela, que está aberta. A arma é mais leve do que ele imaginava. A floresta escurece; não há limite para quão escura poderá ficar. Moscas cobrem o corpo de Sabrina, rastejando por sobre sua máscara e para dentro e para fora de sua boca aberta e descoberta. O zumbido delas serve como um ruído subjacente ao trovão, que ele agora percebe não ser mais um trovão, não mais. Ele ouve engrenagens se movendo e se encaixando com um ruído, e talvez, irrevogavelmente, começando a girar.

Andrew permanece abaixado, de costas para Eric. Eric deveria fazer aquilo antes de Andrew se virar? Seria mais fácil assim. Ele reza em silêncio, enche o peito largo de ar e diz:

— Ela disse que eu ainda posso salvar a todos.

Andrew se apruma e vê Eric na floresta, na frente do corpo de Sabrina. Ele está segurando a arma dela com a mão direita, e seu braço está cruzado na frente do peito.

— Eric...

— Ela disse que eu preciso ser rápido.

— Onde está Wen? — pergunta Andrew.

— Está logo ali. Aqui perto. Eu não a deixaria sozinha. Eu não queria colocá-la no chão, mas tive de fazer isso.

Vê-la no chão sozinha é como vê-la outra vez no chão do chalé.

— Talvez seja melhor eu carregá-la agora.

— Acho que você vai ter que fazer isso. Sabrina disse que a caminhonete não está longe daqui.

Andrew não se move. Tem medo de se mexer.

— Ei, eu não terminei de dizer o que ia dizer sobre Wen porque a Sabrina saiu correndo, e então... — Ele para de falar e aponta para o corpo de Sabrina.

— O que você ia dizer sobre Wen?

Eric entende agora o que os outros estavam sentindo quando nos diziam que o tempo estava se esgotando. É uma sensação física; ele a sente correndo em suas veias.

— Esqueça O'Bannon, Redmond e todas as outras coincidências, as regras e tudo o mais — diz Andrew. — Pense apenas nisto: eles esperam que a gente acredite que a morte de Wen não foi um sacrifício suficiente para o deus deles. Então, quer saber do que mais? Foda-se eles e o deus deles! Foda-se todos! — Ele diz tudo isso em um só fôlego, e então começa a chorar descontroladamente. Lágrimas e chuva se misturam e escorrem pelo seu rosto, borrando a visão de Eric e da floresta.

Antes daquele dia, Eric só vira Andrew chorar uma vez. Foi quando ele retornou ao apartamento deles depois de passar dois dias internado no hospital, após ser atacado no bar. Eric sentou-se ao lado de Andrew na beira da cama e o abraçou. Ninguém falou nada. Andrew chorou sem parar, e, quando terminou, disse: — Já chega disso.

— Você tem razão — diz Eric. — Tem mesmo. E eu sei que você consegue encontrar um motivo para tudo o que aconteceu, o que está acontecendo, mas... — Ele se interrompe e dá a Andrew a chance de dizer a coisa certa, a coisa certa e impossível, que faria tudo aquilo desaparecer e levaria a nós dois e Wen de volta para casa, sãos e salvos.

Andrew não sabe o que Eric quer que ele diga, portanto vai continuar falando até acertar.

— Desculpe por ter falado mal do cristianismo antes. — Ele gagueja uma meia-risada, um meio-choro, mas Eric apenas olha para ele. — Mas você...

— Eu vi algo no chalé que você não viu, Andrew. Acho que era para que eu visse. E eu senti também. Tive a sensação. Foi real, era feito de luz e estava ali quando eles mataram Redmond, quando eles foram levados a matá-lo. E então se transformou... se transformou em pura luz e eu fechei a porta pra que aquilo não pudesse mais entrar.

— Não tenho dúvida de que você viu e sentiu algo, tanto quanto não tenho dúvida de que tudo isso foi por causa da concussão...

— Pare de falar isso.

— Não paro, porque eu te amo e não vou deixar você fazer isso.

— Eu... eu sei. Eu também te amo, mais do que você imagina. Mas sinto muito; um de nós precisa fazer isso.

— Essa coisa de luz está aqui agora?

— Não.

Eric gostaria que estivesse. Deseja que ela apareça e tome conta dele, como fez com os outros, e o conduza pela mão. Mas não está ali. Ele não sente sua presença. Há apenas a floresta, a escuridão, a chuva, o trovão e nós.

Andrew deixa a pistola cair na estrada molhada. Ele sai mancando pela floresta sem usar a bengala, e para próximo de Eric.

— Então, qual de nós será?

Nós encaramos nossos rostos machucados, ensanguentados, com a barba crescida, de olhos vermelhos, e ainda assim belos, esperando por uma resposta, esperando pela resposta.

— Por favor, não tente tirar a pistola de mim. — Eric gira o corpo e ergue o braço, para que a arma aponte para a parte de baixo de seu queixo.

— Prometo que não vou tocar na arma. Prometo que não. — Andrew se aproxima. — Olhe pra mim, tá legal? Talvez você não veja o que não quer ver, se olhar pra mim.

— Fique longe, por favor. — Eric dá um passo para trás e seus calcanhares encostam nas pernas de Sabrina.

— Isso eu não posso fazer. Está tudo bem. Não vou pegar a arma. Vou pegar sua outra mão. Só isso. Posso fazer isso, não é? — Andrew levanta o braço e seu dedo toca Eric, hesitante. As costas da mão de Eric estão frias e úmidas. Os dedos dele se cerram ao toque de Andrew, como uma mola. — Você vai me deixar completamente sozinho, então?

Eric abre o punho fechado. Andrew fecha a mão sobre a de Eric.

— Você está perto demais. Deveria se afastar. Não quero que se machuque — diz Eric.

— Você atiraria em mim, em vez disso? Prefiro não ficar aqui sozinho, sem você. Nem por um segundo.

Eric observa o rosto de Andrew, uma paisagem em constante mudança, mais familiar que o seu próprio rosto. Ele não reza, nem para a luz nem para Deus.

— Não quero que você fique sozinho — sussurra ele, e então ofega quando Andrew gentilmente pousa a mão sobre seu punho, logo acima da arma.

– Está tudo bem. Não vou tirar a pistola de você. Eu disse que não iria.

Andrew puxa a arma de baixo do queixo de Eric e direciona o braço de Eric até que a arma esteja apontada para si mesmo, o cano pressionado contra seu peito.

— Atirar em mim seria seu maior sacrifício, não? Porque daí você ficaria preso aqui sozinho.

— A não ser que eu mate você e depois me mate. Não acho que isso seja contra as regras.

Andrew não diz nada. Tira a mão do punho de Eric. A pistola permanece apontada, grudada em seu esterno.

— Não sei o que fazer — diz Eric.

— Sim, você sabe. Você vai atirar essa arma para longe, Eric. Vai ser difícil, mas nós vamos pegar as chaves da caminhonete e sair caminhando pela estrada.

Nossos rostos estão a apenas centímetros de distância. Respiramos o mesmo ar, piscamos no mesmo instante. Apertamos as mãos. A chuva traceja as linhas de nossos rostos, os caracteres da mais complexa linguagem.

— E se for tudo real? — pergunta Eric.

— Mas não é, eu...

— Andrew!

Eric grita e Andrew ergue a cabeça, surpreso. Eric quer puxar a arma do peito de Andrew e aninhá-la embaixo do seu próprio queixo novamente. Mas a pistola permanece onde está, e Eric implora, repetindo a pergunta.

— E se for real?

Andrew inspira, e sua resposta desafiadora sai com a expiração.

— Se for, então será. Ainda assim, não vamos machucar um ao outro.

— O que faremos? Não temos como seguir em frente.

— Nós seguiremos.

Nós nos encaramos e observamos a chuva e nossos rostos, e não dizemos nada, e dizemos tudo.

Eric retira a pistola do peito de Andrew, abaixa o braço e deixa a arma cair no chão da floresta. Encosta-se em Andrew. Andrew se apoia em Eric.

Nós nos apoiamos um no outro e nossas cabeças ficam lado a lado, face contra face. Nossos braços pendem como bandeiras abaixadas, mas nossos dedos se encontram, e nos damos as mãos.

O céu é de um preto sem-fim, impossível não atribuir malignidade a ele quando relâmpagos o partem em dois. Vento e trovão fazem a floresta tremer, parecendo o grito de uma terra moribunda. A tempestade rodopia diretamente acima de nós. Mas nós já passamos por várias outras tempestades. Talvez essa seja diferente. Talvez não.

Nós vamos pegar as chaves da caminhonete caídas na lama. Vamos erguer Wen em nossos braços e carregá-la, e vamos nos lembrar dela e amá-la, e vamos nos amar. Caminharemos pela estrada, ainda que esteja inundada pelas águas turbulentas ou bloqueada pelas árvores caídas, ou ainda que ávidas fissuras se abram sob nossos pés. E caminharemos pela estrada perigosa depois desta.

Seguiremos.

Agradecimentos

Em primeiro lugar, obrigado à minha família e à minha família estendida, que me apoia, ama e atura.

Obrigado a meus leitores beta: meu primo Michael Coulombe, um dos integrantes do pequeno grupo de familiares que leu o primeiro conto que escrevi na vida, há mais de vinte anos, e que resgatei como leitor beta para este livro; Stephen Graham Jones, um dos meus escritores preferidos e um grande amigo; e meu amigo e leitor beta de todas as horas, John Harvey, que lê e critica o que escrevo há mais de uma década. Suas opiniões foram inestimáveis.

Obrigado à minha editora e amiga, Jennifer Brehl. Nas primeiras conversas sobre este livro, ela evitou que eu fizesse uma escolha desastrosa e, quando o acabei, ficou ao meu lado para melhorar o texto e me segurar nos tropeços. Não consigo me imaginar escrevendo um romance sem tê-la ao meu lado.

Obrigado a todo mundo da William Morrow pelo trabalho duro e pelos esforços na divulgação.

Obrigado a meu agente, Stephen Barbara, por sua amizade, entusiasmo, conselhos e espetacularidade generalizada. Não consigo imaginar uma vida literária sem ele. Obrigado a meu agente de direitos para cinema, Steve Fisher, por seu trabalho incansável, seu apoio, nossos excelentes almoços e seu entusiasmo por este romance em particular.

Obrigado a todos os meus amigos e colegas por sua inspiração e por aguentarem minha tagarelice e minhas aflições, com um agradecimento todo especial a: John Langan, por nossos telefonemas semanais e por seus cactos estranhamente ameaçadores; Laird Barron, por ser o diabinho no meu ombro que me faz tomar as decisões certas; a banda Future of the Left e Andrew Falkous, por sua amizade, nossos papos mensais no meio da madrugada e por mais uma epígrafe; a banda Clutch e Neil Fallon, por dois shows sensacionais e pelas conversas durante o verão de 2017 e pela epígrafe; Nadia Bulkin, por seus textos inspiradores, seu bom gosto em cinema e sua epígrafe; a banda Whores, que ganha bônus extra por emprestar o título de sua música, "Bloody Like the Day You Were Born", à terceira parte deste livro; Stephen King, por me transformar em um leitor, por seu apoio aos meus livros e por sua espetacularidade constante; Sarah Langan, Brett Cox e JoAnn Cox, por serem amigos generosos e sempre alto-astral e co-conspiradores do Shirley Jackson Awards; Jack Haringa, pela amizade, por seus conhecimentos especializados em uísque, por suas habilidades em elaborar um release com entrevista e por ser o presidente que todos nós merecemos; Anthony Breznican, por ser sempre gentil e por guiar Sarah Langan e a mim em uma caminhada pelas ruínas da Barragem de São Francisco, em Valencia; Jennifer Levesque (minha prima-irmã ligeiramente mais velha que eu) e Dave Stengel, pelo amor e a generosidade de sempre me deixarem dormir em sua casa quando vou a Nova York, embora eu desconfie que talvez isso não seja mais possível, graças àquela rachadura; Brian Keene, por ser um super-herói e meu consultor de armas — qualquer erro nessa área se deve a mim, não a ele; Kris Meyer, por não desistir nunca; Stewart O'Nan, por me ajudar a começar e a continuar; Dave Zeltserman, por comprar as boas brigas; e você, por ler este livro.

Impresso no Brasil pelo
Sistema Cameron da Divisão Gráfica da
DISTRIBUIDORA RECORD DE SERVIÇOS DE IMPRENSA S.A.
Rua Argentina, 171 – Rio de Janeiro, RJ – 20921-380 – Tel.: (21)2585-2000